Herbert Dutzler

# Die Welt war eine Murmel

*Roman*

Für meinen Enkel Gregor, damit er sich vorstellen kann, wie das Leben zur Zeit seiner Groß- und Urgroßeltern war.

MIX
Papier aus verantwortungsvollen Quellen
FSC® C014138
FSC
www.fsc.org

Auflage:
4 3 2
2024 2023 2022 2021


HAYMON verlag
Innsbruck-Wien
www.haymonverlag.at



**ISBN 978-3-7099-8101-6**

Buchinnengestaltung nach Entwürfen von himmel.
Studio für Design und Kommunikation, Innsbruck / Scheffau –
www.himmel.co.at
Satz: Da-TeX Gerd Blumenstein, Leipzig
Umschlaggestaltung: hißmann, heilmann, hamburg
Umschlagabbildung: DEEPOL by plainpicture
Autorenfoto: Haymon Verlag / Fotowerk Aichner

Gedruckt auf umweltfreundlichem,
chlor- und säurefrei gebleichtem Papier.

# 1 Die Reise nach Italien

*Immer wieder fiel ihm etwas in die Hände, das ihn daran hinderte, mit dem Ausräumen von Mamas Wohnung zügig weiterzukommen. Er hatte sich nicht dazu überwinden können, das Auflösen ihres Haushalts einer professionellen Entrümpelungsfirma zu übergeben. Einer der Kartons am Dachboden war voll mit Urlaubserinnerungen, ein Beweis, wie wichtig ihr die Italienurlaube mit der Familie gewesen waren. Was zählte heute schon eine Woche an der oberen Adria? Für seine Mutter war es ein unvergessliches Erlebnis gewesen. Da war zum Beispiel das Fotoalbum, an das er sich noch gut erinnern konnte. Es war immer wieder herumgereicht worden, wenn Besuch gekommen war. Man musste ja schließlich alle darüber aufklären, dass man sich eine Reise nach Italien leisten konnte.*

*Verblasst waren die Bilder, und einen rosa Stich hatten sie alle. Auf den Fotos vom Strand waren hauptsächlich dicke Menschen in altmodischen Badeanzügen zu sehen, die meisten davon kannte er nicht einmal. Auf einigen Seiten fanden sich dann aber auch Familienfotos. Uschi im Tretboot, er selbst – mit dicker Brille – im Liegestuhl, das unvermeidliche Winnetou-Buch auf dem Schoß. Besser gesagt, auf dem Bauch, der damals schon viel zu dick gewesen war. Er ertrug es nur schwer, Fotos von sich selbst aus dieser Zeit zu sehen. Mama im Bikini. Eine der wenigen Frauen, die damals so etwas gewagt hatten. Sehr freizügig waren aber auch Bikinis damals nicht gewesen, er hatte den Eindruck, als seien die Körbchen aus festem, dichtem Stoff viel zu groß für die kleinen Brüste seiner Mutter. Dafür stellten Uschi und Mama üppig mit Blütenranken dekorierte Badehauben zur Schau. Papa war auf keinem der Bilder, er hatte offenbar immer fotografiert. Es war ihre erste Urlaubsreise gewesen, die in diesem Album dokumentiert war. Sie waren mit dem Bus gefahren. Eine untergegangene Welt, dachte er seufzend. Und anstatt zügig weiter auszumisten, setzte er sich auf Mamas altes, abgewetztes Sofa und hing Erinnerungen nach.*

Morgen fahren wir nach Caorle. Es wird mein erstes Mal am Meer sein. Ich bin unglaublich aufgeregt, denn ich war überhaupt noch nie im Ausland, bin noch nie über die Grenzen Österreichs hinausgekommen.

Wir werden mit einer ganzen Gesellschaft von Kastenkirchenern mit dem Bus reisen. Ja, mit dem Bus. Wir haben nämlich kein Auto. Etwas Besonderes ist das nicht, denn von den 36 Buben in meiner Volksschulklasse verfügen nur drei über Eltern, die ein Auto besitzen.

Wir, das sind ich, Siegfried, zehn Jahre alt und etwas übergewichtig. Man nennt das bei uns „gut beieinander“. Dann meine Schwester Uschi, die ist acht Jahre alt und spindeldürr, sowie mein Vater Adolf und meine Mutter Edeltraud. Ja, ich weiß, dass der Name meines Vaters ein wenig bedenklich stimmt. Aber davon später. Ich muss ja jetzt sehen, dass diese Geschichte auch wirklich weitergeht.

Ich darf meinen eigenen Koffer packen. Der ist braun, aus verstärkter Pappe hergestellt, und hat an den Ecken Lederstücke aufgenäht. Der Griff ist aus hartem Kunststoff und schneidet beim Tragen schmerzhaft in die Handflächen.

*Natürlich musste man seine Koffer mühsam per Hand schleppen und konnte sie weder rollen noch auf den Rücken schnallen. Was hatte er sich abgeschleppt, bis er endlich im passenden Alter für Rucksackreisen gewesen war! Danach war man ja direkt in die Ära der Rollkoffer übergegangen.*

Ich packe hauptsächlich Bücher ein, denn wenn wir eine Woche in Italien bleiben, muss ich mich als Erstes darum kümmern, dass mir der Lesestoff nicht ausgeht. Zwei, nein, drei Karl-May-Bücher. Karl May hat unglaublich viele Abenteuergeschichten geschrieben. Soviel ich weiß, war er ein Verrückter, der sich jede Menge Indianergeschichten ausgedacht hat. Wüstengeschichten aus Nordafrika hat er auch geschrieben. Alle voller wilder Abenteuer. Karl hat im 19. Jahrhundert gelebt, und von Amerika und seinen Indianern hat er höchstens Kupferstiche gesehen. Vielleicht hat er auch ein paar Bücher gelesen, von Abenteurern, die Expeditionen nach Amerika oder Afrika unternommen haben. Der Karl, der hat jede Menge Fantasie gehabt. Und ich lese so viel, damit ich auch so viel Fantasie bekomme wie der Karl, weil ich nämlich Schriftsteller werden möchte. Meine Schulkollegen kennen teilweise nicht einmal dieses Wort. Schriftsteller. Ich muss ihnen dann erklären, dass das ein Kerl ist, der Bücher schreibt. „Bücher schreibt?", haben manche mit aufgerissenen Augen den Kopf geschüttelt.

Dann kommen noch Donald-Duck-Bücher hinein. Zur Entspannung. Man kann schließlich nicht immer Indianer- und Wüstengeschichten lesen. Die muss ich vor meiner Mutter verstecken, weil sie der Meinung ist, dass das Schundhefte sind. Sie glaubt, wenn man Donald-Duck-Bücher liest, verblödet man und wird gewalttätig. Weil in den Geschichten hie und da einmal geprügelt wird. Mama kriegt schon Zustände, wenn einmal „WUMMS!" neben einem Bild steht, auf dem einer mit der geballten Faust zuschlägt. Und aus dem Kopf zischen kleine Blitze. Das Gleiche gilt, zumindest der Meinung meiner Mama nach, auch für das Fernsehen. Fernsehserien, in denen geschossen wird, dürfen wir auf keinen Fall sehen. Anscheinend glaubt sie, dass wir, sobald wir erwachsen sind, sofort in einen Waffenladen rennen, uns mit Schusswaffen eindecken und gleich vor der Ladentür damit herumzuballern beginnen, wenn sie uns erlaubt, „Bonanza" anzusehen. Das ist eine Westernserie, in der geschossen wird. Manchmal.

Die Donald-Duck-Bücher verstecke ich also am besten unter meinem gestreiften Pyjama. Sicherheitshalber stopfe ich auch noch einen warmen Winterpullover in den Koffer. Man weiß ja nie. Die italienischen Hotels, munkelt man, haben überhaupt keine Heizung. Und im Fernsehen heißt es im Wetterbericht immer wieder, ein Mittelmeertief sei im Anzug. Wäre mir sowieso lieber, ehrlich gesagt. Ich könnte dann im Hotel in meinem Bett liegen bleiben und lesen. Und müsste nicht an den doofen Strand hinaus. Ich war noch nie an einem Strand, aber angeblich gibt es da Krabben, die einen in die Zehen zwicken, und Quallen mit langen Tentakeln, die fürchterlich brennen, wenn man sie berührt. Und das Essen, habe ich gehört, soll auch ziemlich seltsam sein. Hat Hansi gesagt. Der war voriges Jahr schon in Caorle. Fürchterlich angegeben hat er damit. Er war nämlich in der vierten Klasse der Einzige, der schon am Meer war. Aber heuer! Da wird er kleinlaut sein, wenn wir wieder einen Aufsatz über das aufregendste Ferienerlebnis schreiben müssen. Wenn man so etwas im Gymnasium überhaupt macht. Im Herbst komme ich nämlich ins Gymnasium. Gleich nach dem Urlaub. Wir fahren natürlich in der letzten Ferienwoche – da ist schon Nachsaison und alles viel billiger, sagt Papa. Mama rümpft über die Nachsaison die Nase, möglicherweise ist ihr die nicht fein genug.

Mein Kopf ist hochrot, als ich den Koffer die Stiege hinuntergeschleppt habe. Wegen der vielen Bücher ist er sehr schwer geworden. „Aber Siegfried!", schreit meine Mama.

„Du bist ja ganz heiß im Gesicht! Du wirst mir doch nicht etwa Fieber bekommen!“ Mama ist schon eine ganze Woche lang total nervös, weil wir ans Meer auf Urlaub fahren. Es ist auch ihr erstes Mal. Bisher war sie höchstens in Kärnten bei Verwandten. Noch nicht einmal in Wien ist sie gewesen, ehrlich nicht.

*Heute konnte sich kein Mensch vorstellen, dass ein erwachsener Mensch noch nie in Wien gewesen war, aber so war das damals eben. Er konnte sich noch vage an die erste Reise nach Wien erinnern, er musste etwa zwölf gewesen sein, sie waren in einen weiß-blau bemalten Zug gestiegen, der „Transalpin“ genannt wurde. Und sie hatten bei einer entfernten Tante übernachtet, die sehr dick war und in deren Wohnung es schlecht roch.*

Ein Urlaub in Italien ist ein echtes Highlight. Etwas ganz Besonderes. Meine Oma, die ist bis jetzt nie weiter als bis nach Bad Aussee gekommen. Papa hat ihr versprochen, dass wir einmal auf den Großglockner fahren zu ihrem Geburtstag, aber da wird die Oma wohl noch ein Weilchen warten müssen.

Mama ist übrigens die Einzige, die mich „Siegfried“ nennt. Denn das Abkürzen von Vornamen, das findet Mama unfein. Und was meine Mama am liebsten möchte, ist fein zu sein. Eine „feine Dame“. Das ist eine Wunschvorstellung von vielen Frauen, „feine Damen“ zu sein. Die Illustrierten sind voll davon. Eine Mindestanforderung dafür scheint mir, dass man in einem teuren Kostüm mit weißen Handschühchen mit Spitzen daran auf einer Seeterrasse Tee schlürft und dabei den kleinen Finger wegstreckt, wenn man die Tasse anfasst. Also, hörbar schlürfen darf man dabei wohl nicht, denn das wäre wieder unfein. Leider streiten meine Eltern oft wegen der Feine-Damen-Geschichte, zum Beispiel dann, wenn mich mein Papa „Friedl" nennt und meine Schwester „Sigi" zu mir sagt. Ich finde „Friedl" auch ziemlich blöd, weil ich eine Großtante habe, die Elfriede heißt, und die nennen auch alle „Friedl". Papa wollte mich „Friedrich" nennen, das klingt eigentlich genauso blöd wie Siegfried. Papa ist dafür immer ein bisschen peinlich berührt, wenn die Mama „Adolf!" schreit. Das hat etwas mit Politik zu tun, habe ich schon mitbekommen, aber was genau, das muss ich noch herausfinden. Vielleicht hat auch der Kaiser „Adolf" geheißen, von dem die Mama immer schwärmt. Seine Frau jedenfalls, die hat Sissi geheißen, und das ist ja auch ein abgekürzter Name. Für Elisabeth. Aber wenn der Papa das meiner Mama erklärt, gibt es meistens Streit. Von royalen Angelegenheiten, meint Mama dann, verstehe Papa nun wirklich nichts. Mama kennt sich mit royalen Angelegenheiten aus, weil sie immer die „Bunte Illustrierte" liest.

Uschi und ich werden um acht Uhr ins Bett geschickt. Der Gutenachtkuss von Mama fällt heute ein wenig zerstreut aus, sie ist anscheinend zu nervös für eine innige Zärtlichkeit. Unser Bus fährt um fünf Uhr früh ab, weshalb wir um halb vier Uhr morgens aufstehen müssen. Trotzdem sollen wir erst um fünf Uhr nachmittags in Caorle ankommen. Das liegt daran, dass nach Italien keine Autobahn führt, ganz im Gegenteil, wir müssen über mehrere Gebirgspässe und durch enge Täler. Das dauert seine Zeit, denn wir werden nicht die Einzigen sein, die unterwegs sind.

*Heute konnte man Kinder nicht so einfach abends ins Bett schicken, wenn man früh loswollte. Und wenn, dann würden sie unter der Bettdecke ihr Handy hervorholen und darauf herumspielen. Zum Beispiel den Mitschülern gehässige Nachrichten zukommen lassen oder niederträchtige Gerüchte über sie verbreiten, damit ihnen nicht fad wurde. In seinem Zimmer damals war das einzige elektrische Gerät eine Nachttischlampe gewesen. Keine Musik, keine Stöpsel in den Ohren.*

Papa wollte gerne sein Kofferradio mit nach Italien nehmen, aber Mama hat es ihm ausgeredet. „Im Bus kannst du es sowieso nicht aufdrehen, und unten verstehst du kein Wort, weil sie keine deutschen Sender haben." „Unten" ist übrigens Italien. Ein kleiner Hinweis darauf, wie wir über Italiener denken: Sie sind „unten", während wir natürlich „oben" wohnen. Mein Vater hat sich kürzlich ein sündteures Kofferradio gekauft, leider aber ist es Mama nicht fein genug. Es hat vier Kilo und ist so groß wie eine Schuhschachtel. Papa stellt es auf eine Fensterbank, wenn er sich mit einer Flasche Bier in der Hand in seinen Gartensessel setzt, und hört sich das Wunschkonzert an. Das ist eine Sendung, wo man sich ein Musikstück wünschen kann, indem man vorher eine Postkarte mit seinem Musikwunsch an den Radiosender schickt. Postkarte deswegen, weil viele Leute kein Telefon haben, auch wir nicht. Noch nicht. Papa hat uns zwar angemeldet, aber angeblich dauert es ein halbes Jahr, bis wir einen Viertelanschluss bekommen. Deshalb die Postkarten. Eine Postkarte ist übrigens ein kleiner Pappkarton, auf dem schon eine Marke aufgedruckt ist und auf die man Nachrichten schreibt, die dann per Post zugestellt werden. So ähnlich wie eine Ansichtskarte, nur ohne Bild.

Papa hat schon mehrere Postkarten geschickt, aber sie haben ihm seinen Musikwunsch noch nicht gespielt. Den „Bauernkasten" von Fritz Edtmeier hat er sich gewünscht. Natürlich, den „Bauernkasten", den spielen sie jedes Mal. Aber eben nicht für Adi Niedermayr aus Kastenkirchen. Und genau das will Papa, dass der „Bauernkasten" für ihn ganz allein gespielt wird. Und er selber nennt sich, wie ich jetzt schon verraten habe, lieber Adi als Adolf. Leider ist beides nicht fein, der „Bauernkasten“ nicht und der Adi auch nicht. Das führt auch gelegentlich zum Streit zwischen unseren Eltern, denn unterhalb von Opernmusik ist Mama nichts fein genug. Vielleicht noch Operette. Höchstens. Man möchte es nicht glauben, aber der unterschiedliche Musikgeschmack meiner Eltern führt nicht selten zu mittelgroßen Ehekrisen. Wenn Papa die Opernmusik ab- und den Bauernkasten aufdreht. „Müssen ja nicht alle Nachbarn hören, was du dir unter Musik vorstellst!“, schimpft Mama dann.

Ja, und der Viertelanschluss. Du kriegst ein Telefon, aber sozusagen mit drei anderen gemeinsam. Die anderen drei Telefone stehen in anderen Häusern oder Wohnungen. Wenn einer von denen telefoniert, ist bei dir Pause. Und wenn du das Pech hast, dass du mit einem Dauertelefonierer zusammengeschlossen bist, dann kannst du es dir sogar abschminken, die Rettung zu rufen, wenn du dir einen Finger abgehackt hast. Dann geht nämlich gar nichts.

Ich kann einfach nicht schlafen, ich bin viel zu aufgeregt. Was, wenn ich verschlafe, und sie fahren ohne mich? Dann werde ich vielleicht nie das Meer sehen. Irgendwann fallen mir dann doch die Augen zu, aber ich habe fürchterliche Träume, immer vergesse ich irgendwas, und als meine Eltern mit den Koffern vor der Haustür stehen, merke ich plötzlich, dass ich nur eine Unterhose und Schwimmflossen anhabe. Ich fahre immer wieder schweißgebadet hoch. Schließlich bin ich sogar froh, als meine Mama mich in stockfinsterer Nacht aufweckt.

Ich ziehe meine Sachen, die mir Mama gestern herausgelegt hat, vom Stuhl und schlüpfe hinein. Die kurze Hose kneift ein wenig. Möglicherweise habe ich schon wieder zugenommen. Das ist unangenehm, denn die Mode ist eng. Man trägt die Sachen auf Haut geschnitten. Bei einem, der ein paar Kilo zu viel auf den Rippen hat, sieht das nicht gerade vorteilhaft aus. Bauch und Oberschenkel tendieren zum Hervorquellen. Dazu gibt es ein geringeltes Leibchen. Da es Sommer ist, werden weiße Socken und Sandalen getragen. Das ist völlig normal – Kinder tragen die Sandalen mit weißen Socken, Pensionisten mit schwarzen. Dazwischen sind auch geringelte und braune erlaubt. Bei uns in Österreich heißen Sandalen übrigens Klapperl. Wahrscheinlich, weil sie beim Gehen klappern, wenn sie schlecht sitzen. Und sie sitzen immer schlecht. Meine sind mir zu lang, gleichzeitig aber zu schmal.

Mama flattert aufgeregt um uns herum. Während wir alle frühstücken, muss sie nämlich die Jause herrichten. Das ist so üblich, dass Frauen für alles zuständig sind, was Verpflegung betrifft. Vor kurzem ist im Fernsehen ein Bericht gelaufen, in dem es darum ging, dass sich Männer und Frauen den Haushalt teilen sollten. Man hat einen Mann beim Kochen und beim Wäscheaufhängen gesehen und die Frau ist mit dem Auto gefahren. Papa hat nur verächtlich gezischt und den Kopf geschüttelt. Solche Ideen, hat er gemeint, kann sich die Mama gleich aus dem Kopf schlagen. Alles, was mein Vater in der Küche tut, ist, sich ein Bier aus dem Kühlschrank zu holen. Ich glaube, er hat noch nicht einmal eine Semmel entzweigeschnitten, seit er mit meiner Mutter verheiratet ist. Ich persönlich interessiere mich für das Kochen und Backen, aber ich fürchte, es würde Papas Vorstellung von der Welt völlig erschüttern, wenn ich mich darin ernsthaft versuchen würde. Wahrscheinlich würde er mich einen „warmen Bruder" schimpfen. Wie die entsprechende Bezeichnung für die Schwestern heißt, weiß ich leider nicht. Kann man ja auch nirgends nachschlagen. Das einzige Buch, das ich bei uns zu Hause zum Thema Sexualität gefunden habe, stammt von der katholischen Kirche. Das haben meine Eltern zur Hochzeit bekommen, es steht vorne drin. Obwohl meine Mama es im Nachtkästchen versteckt, habe ich es gründlich gelesen. Die wesentlichen Teile halt. Und Homosexuelle kommen da nur vor, wenn es darum geht, wie man sie heilen könnte. Im Eheratgeber kommen sie dann natürlich überhaupt nicht mehr vor. Was aber drinnen steht, ist, dass beim ehelichen Beiwohnen vor allem molligen Frauen ein Polster unter das Gesäß geschoben werden sollte. Ich meine, ich sitze auf der Küchenbank auch gerne auf einem Polster, aber was hat das mit dem Eheleben zu tun?

*Sexualität war wohl jenes Gebiet, auf dem sich seit seiner Kindheit am meisten verändert hatte. Über Homosexualität wurde damals überhaupt nur hinter vorgehaltener Hand gesprochen, und die Kirche wie die Volkspartei waren sich darin einig, dass Schwule entweder zu heilen waren oder hinter Gitter zu wandern hatten. So war es natürlich verständlich, dass Eltern große Angst davor hatten, dass ihre Kinder homosexuell sein könnten.*

Mama schneidet also zwölf Semmeln entzwei und legt Wurst auf die jeweils untere Hälfte, in neun davon kommen noch Essiggurkenscheiben hinein, denn die Uschi mag keine Essiggurken. Dann werden die Semmeln zusammengeklappt. In Windeseile, denn wir müssen bald zum Bus.

Dann muss sie auch noch die Küche blitzblank putzen, denn wie sieht denn das aus, wenn die Küche nicht aufgeräumt ist, und es ist niemand zu Hause. Da könnte ja dann die Frau Weichselbaumer, die uns die Blumen gießt, herumerzählen, dass die Niedermayrs nach Italien gefahren sind, ohne dass die Frau Niedermayr die Küche ordentlich aufgeräumt hat. Und wenn jemand etwas Unangenehmes über einen herumerzählt, das ist so ziemlich die größte Katastrophe, die man sich vorstellen kann. Nicht, dass sich meine Eltern dabei zurückhalten würden, Schlechtes über andere herumzuerzählen. Sogar über die Frau Weichselbaumer. Die soll ja, so meine Mama, das Unkraut in ihrem Gemüsebeet wild wuchern lassen, sodass sie Schädlinge, die dann unser Gemüse auffressen, geradezu züchtet. Außer Lästern gibt es wenig Möglichkeiten zur eigenen Unterhaltung.

Mama wickelt die Semmeln in Butterbrotpapier und stopft sie in den alten, leinenen Rucksack, den die Eltern vom Opa geerbt haben. Er sieht so aus wie der Rucksack, den der Jäger auf dem uralten Gemälde mit dem röhrenden Hirsch auf dem Rücken trägt. Es hängt oben bei Oma über dem Bett. Dazu packt Mama ein bisschen Saft in alten Feldflaschen aus Blech.

*Plastikflaschen gab es damals nicht. Überhaupt keine. Das Wasser trank man von der Leitung. Kein Mensch kaufte Mineralwasser, denn es war sehr teuer. Nur Opa bekam welches, weil es der Arzt empfohlen hatte. Und das wurde in Glasflaschen verkauft, wie auch alle anderen Getränke, sogar die Milch. Seltsam war das. Er konnte sich an keinerlei Kunststoffverpackungen erinnern. Sogar das Yoghurt war in braune Glasflaschen gefüllt worden.*

Den Rucksack muss Papa tragen. Als wir schon auf der Straße sind, kehrt Mama noch einmal um, weil sie sich nicht sicher ist, ob sie den Herd abgeschaltet und die Haustür zugesperrt hat. „Jetzt tu einmal weiter!“, schimpft Papa. Mich wetzt meine kurze Hose jetzt schon, im Schritt und überall. Am liebsten hätte ich meine Lederhose angezogen, die hat man mir mit genug Reserve zum Hineinwachsen gekauft. Aber Mama war dagegen. Für Italien, hat sie gesagt, ist eine Lederhose auf keinen Fall fein genug. Ob ich denn aussehen will wie ein Bauernstoffel.

Fast im Laufschritt geht es zur Abfahrtsstelle unseres Busses. Es ist immer noch stockfinster, und in unserer Straße gibt es nur eine dürftige Beleuchtung, die flackert. Jetzt beginnt es noch dazu zu regnen. „Wären wir doch daheim geblieben!“, jammert Mama. Das macht Papa immer wütend, wenn Mama so zu jammern anfängt. Vor allem über Sachen, die längst schon vorbei oder gar nicht mehr zu ändern sind. „Jetzt reiß dich einmal zusammen, Traudi!“, schimpft er. „Eine Woche Vollpension, das ist doch was! Andere fahren zelten, da müssen die Frauen auch in den Ferien drei Mahlzeiten auf den Tisch bringen! Du weißt gar nicht, wie schön du es hast!“ Mama ist verschnupft, weil er schon wieder vergessen hat, dass sie „Edeltraud“ genannt werden möchte.

*Vollpension war mittlerweile schon fast in Vergessenheit geraten. Das hieß, man setzte sich zum Frühstück, Mittagessen und Abendessen in den Speisesaal des Hotels und bekam das Essen vorgesetzt. Aussuchen konnte man sich dabei wenig, man musste nehmen, was der Küche recht war. Mit dem heute gefragten „all inclusive“, wo man Berge von Delikatessen einfach von einem Buffet auf den eigenen Teller türmt, konnte die Vollpension naturgemäß nicht mithalten. Aber keiner in seiner Familie hatte damals je in seinem Leben ein All-you-can-eat erlebt, und so war für jemanden wie ihn, der gerne aß, so eine Vollpension eigentlich der Himmel auf Erden.*

Als wir in den Bus einsteigen, gibt es leider wieder Ärger. Mama und Papa haben die Plätze auf der Achse bekommen, direkt über den Hinterrädern. „Da setz ich mich auf keinen Fall hin, da wird man durchgeschüttelt und mir wird schlecht!“ Mama wirkt leicht hysterisch. „Hast du das etwa beim Bestellen nicht dazugesagt, dass wir gute

Plätze haben wollen?“ Papa zuckt mit den Schultern und zischt ihr irgendwas ins Ohr. Vor lauter Aufregung stößt Mama mit dem Kopf gegen das Gepäcksnetz über den Sitzen, wovon ihre auftoupierte Frisur eine leichte Delle bekommt, die sie noch mehr aufregt. „Ich will wieder hinaus!“, jammert sie. „Warum kaufst du uns auch kein eigenes Auto! Das ist ja eine Zumutung hier!“ Ich mache mich auf meinem Platz eine Reihe weiter vorne ganz klein, damit niemand merkt, dass ich zu dieser Familie gehöre. Auftoupiert heißt übrigens, dass man Haarsträhnen hochzieht und sie dann mit Haarspray versteift. So entsteht eine Art Helm, der hochmodern, aber sehr empfindlich gegen das Zerzausen ist. Mama kann daher ihren Kopf auch nicht an die Rückenlehne des Sitzes lehnen.

Irgendwie schafft Papa es, Mama zu beruhigen. Sie hat auch überhaupt keine Gelegenheit für Debatten mehr, denn der Bus ist schon losgefahren. Dicke Rauchschwaden ziehen über mich hinweg, denn nach der Abfahrt haben sich fast alle Passagiere – sozusagen zur Feier des Tages – Zigaretten angezündet. So etwas wie Rauchverbot, das gibt es nicht. Geraucht wird ständig und überall. Es gibt zwar Gerüchte, dass Rauchen ungesund sei, aber niemand glaubt ernsthaft, dass es einen Zusammenhang zwischen dem Lungenkrebs, an dem die Hälfte aller Männer stirbt, und dem Rauchen geben könnte. „Mein Großvater“, sagt Papa zum Beispiel, „ist 83 geworden und hat bis zum letzten Tag geraucht!“ Das genügt ihm als Beweis dafür, dass er sich keine Sorgen zu machen braucht. Rauchen gilt sogar als fein, deshalb raucht auch meine Mama. Lange, schmale Zigaretten, die ein bisschen nach Pfefferminz riechen. Man sieht auch überall an den Plakatwänden ganz edel gekleidete Menschen, die sich im Zigarettennebel wohlfühlen.

Ganz vorne hat einer ungeniert seine Pfeife angezündet, und wenn mich nicht alles täuscht, hat sich der Busfahrer eine Zigarre in den Mundwinkel gesteckt. Niemanden stört das. Man kann jetzt wohl einwenden, dass ja dann am Ende der Reise in Caorle alle ganz fürchterlich nach Tabak stinken müssen. Das ist zwar richtig, aber egal. Überall stinken alle nach Tabak, sodass das niemandem auffällt. Auch wir Kinder stinken natürlich, denn wir werden ja mit eingenebelt.

Langsam wird es hell, und auf dem ersten Pass, der zu überqueren ist, dem Pyhrnpass, gibt es schon die erste Pause. Weil von dem Geschaukel im Bus und der schlechten Luft vielen übel geworden ist. Die müssen jetzt alle aussteigen und kotzen. Mama will auch aussteigen. „Kommt, wir vertreten uns ein bisschen die Beine!“, lockt sie uns. Als ich aus dem Bus steige, merke ich, wie kalt es hier oben ist. Ich friere erbärmlich in meiner kurzen Hose. Uschi jammert. „Marlene ist kalt!“ Sie legt einen Fetzen um die kleine, schwarzhaarige Puppe, die sie immer bei sich hat. Dauernd redet sie von ihr, als wäre sie ein wirklicher Mensch. Manchmal frage ich mich, ob sie ganz richtig im Kopf ist, aber meinen Eltern ist anscheinend noch nichts aufgefallen.

Papa zündet sich eine Zigarette an und wirft einen skeptischen Blick auf die fast leere Packung. „Ich muss mir vor der Grenze noch welche kaufen. Wer weiß, was die Katzelmacher da unten für ein Zeug rauchen.“ Katzelmacher, das ist die inoffizielle Bezeichnung für Italiener. Meine Eltern machen kein Hehl daraus, dass sie die Italiener für faule, primitive Menschen halten. Ich habe noch nie jemandem zugehört, der anders denkt, und niemand macht meinen Eltern deswegen den Vorwurf, sie seien Rassisten. Vor allem mein Opa nicht. Der ist, sagt Mama, ein alter Nazi und schimpft auf alles, was nicht deutsch und blond ist. Das geht vor allem dann los, wenn man ihn vor die Fernsehnachrichten setzt. Kaum hat eine Meldung begonnen, gibt er schon lautstarke Kommentare zu allem und jedem ab. Meist, dass alle Deppen und Trottel sind, und Kommunisten obendrein. Ich habe noch nicht herausgefunden, was Nazis und Kommunisten sind, weil es mich, ehrlich gesagt, wesentlich weniger interessiert als meine Karl-May-Bücher. Aber irgendwann muss ich das auch wissen.

Um halb zehn Uhr kommen wir in einen kleinen Ort, der schon in der Steiermark liegt. Dort wird vor einem Wirtshaus angehalten. „Jetzt gibt's ein kleines Gulasch! Zur Stärkung!", ruft der Busfahrer ins Mikrophon. Ich würde lieber nach Italien weiterfahren. Mama holt den Rucksack aus dem Gepäcksnetz, aber Papa winkt ab. „Wenn alle ein Gulasch essen, dann tun wir das auch. Urlaub ist nur einmal im Jahr, und da kann man sich auch ein bisschen was leisten!" Wenig später sitzen wir in der völlig verrauchten Wirtsstube und trinken Kracherl. Zumindest Uschi und ich. Kracherl, das ist das geläufige Wort für Limonade mit Bläschen drinnen. Wir kriegen es nur im Gasthaus und sind deswegen begeistert davon. Uschi hat ein Himbeerkracherl, das natürlich tiefrot ist, und ich ein Libella, ein Orangenkracherl in einer braunen Flasche. Auf das Gulasch verzichte ich lieber, weil ich mich schon auf die Wurstsemmeln freue.

Es dauert geraume Zeit, bis weitergefahren werden kann, und dann geht es auf die zweite Passstraße, den Triebener Tauern. Der Bus heult laut auf, kriecht aber nur im Schneckentempo die steile Rampe empor. Ich esse zwei Wurstsemmeln, die leider schon weich und klebrig geworden sind. Uschi eine halbe. Es dauert mindestens eine halbe Stunde, bis wir oben sind, und dann müssen wir auch gleich wieder stehen bleiben, weil viele erstens wegen dem Bier aufs Klo müssen und ihnen zweitens vom Gulasch, der Schaukelei und dem vielen Rauch schon wieder schlecht geworden ist. Mama geht es auch nicht gut. „Wären wir doch nur nicht da mitgefahren. Ich sag's dir, wir kommen nie an! Nie!" Papa winkt ab. Nachdem wir ausgestiegen sind, sieht sich Papa nach einer Tabaktrafik um, während Mama in den Grasstreifen am Straßenrand kotzt.

Ich sitze jetzt am Fenster neben Papa, Uschi hat die ganze Zeit gejammert, dass sie zu Mama möchte. Jetzt schläft sie mit dem Kopf auf ihrem Schoß. Ich habe inzwischen weitere zwei Wurstsemmeln gegessen und ungefähr hundert Seiten in „Winnetou II" gelesen. Ich lese es zum dritten Mal. Mir wird zum Glück nicht schlecht, Papa auch nicht. Zu Mittag kommen wir schließlich in Kärnten an, wo, natürlich, wieder ein Wirtshaus auf uns hungrige und durstige Urlauber wartet. Mama braucht frische Luft und setzt sich mit Uschi auf eine Bank im Friedhof neben der Kirche, der gleich neben dem Gasthaus ist. „Das Letzte, was ich jetzt will, ist, dass ich mich schon wieder in eine so verrauchte Wirtsstube setze!" Mamas Ton ist der, den sie verwendet, wenn sie klarmachen möchte, dass etwas auf keinen Fall fein ist. „Sollen wir euch schon was bestellen?", fragt Papa. Mama schüttelt nur den Kopf. „Magst du ein Schnitzel?", fragt mich Papa. „In Italien kriegst du so etwas nämlich nicht!" Ich bin überzeugt. Im Gasthaus esse ich sogar den Salat zum Schnitzel, weil es eine Verschwendung ist, etwas übrig zu lassen, für das man bezahlt hat. Zu Hause lasse ich den Salat lieber stehen. Manche unserer Mitreisenden sind schon äußerst gut gelaunt, an einem Tisch wird gesungen und geschunkelt. „Komm ein bisschen mit nach Italien, komm ein bisschen mit ans blaue Meer!", singen sie. Wenn Erwachsene zu viel getrunken haben, beginnen sie zu singen, haken sich an den Armen unter und schwanken mit dem Oberkörper im Takt zur Musik hin und her. Das heißt Schunkeln und gilt als äußerst unterhaltsam. Mama schunkelt nicht, denn es ist nicht ... na, das muss ich nicht extra erklären. „Ich muss ..." Papa drängt zum Zahlen und Aufbrechen. Es ist die letzte Rast vor der Grenze, und er hat immer noch keine Zigaretten bekommen. Gegenüber vom Wirtshaus erspäht er Gott sei Dank eine Trafik und kauft sich eine Stange Smart Export. Zehn Packungen. „Hoffentlich", meint er, „komme ich damit aus. Sonst ist der ganze Urlaub ..." Er erklärt mir nicht, was der ganze Urlaub dann wäre.

Im Bus wird es nach der Mittagsrast ruhiger, anscheinend hat das Rauchen, Trinken, Essen und Singen unsere Mitreisenden so erschöpft, dass viele davon eingeschlafen sind. Es wird allerdings immer heißer, und ich fange an zu schwitzen. Zum Fenster scheint die Sonne herein. Klimaanlagen kennen wir nur aus amerikanischen Filmen, deswegen beginnt der Schweiß bereits über mein Gesicht und den Rücken hinunterzulaufen. Papa stöhnt. Zur Erleichterung zündet er sich eine Zigarette an. Ich versuche es mit zwei Wurstsemmeln. Ich fühle mich dann zwar wohler, aber mir ist immer noch heiß. Fünf Semmeln sind noch da, ich habe sechs gegessen, Uschi und Mama je eine halbe und Papa gar keine. Ihm haben das Gulasch und das Schnitzel gereicht.

Plötzlich hält der Bus an. „Grenze!", schreit der Fahrer, und zumindest die, die wach sind, beginnen hektisch in ihren Handtaschen und Rucksäcken nach den Pässen zu suchen. Papa zieht lässig seinen Reisepass aus der hinteren Hosentasche. „Allzeit bereit!", sagt er grinsend. Ich habe keinen Pass, denn ich bin in Papas Pass eingetragen, genau wie Uschi. Es ist das allererste Mal, dass ich über eine Staatsgrenze fahre, und ich bin gespannt, was da auf uns zukommen wird. Mama hält ihren Reisepass auch schon in der Hand und schaut nervös über die Sitzlehne zu uns zurück. „Ob wir streng kontrolliert werden?", fragt sie. Papa winkt lässig ab. „Die Katzelmacher sind ja froh, dass wir kommen und ihnen unser ganzes Geld dalassen!", sagt er.

„Die Carabinieri kommen!", ruft der Busfahrer. „Pässe!" Ich habe keine Ahnung, was Carabinieri sind. Plötzlich öffnet sich die Bustür mit einem lauten Zischen und ein Mann in einer prächtigen Uniform steigt ein, der laut „Passaporti!“ ruft. Der Uniformierte ist der erste Mensch in meinem Leben, der nicht Deutsch spricht. Ich rutsche nervös auf meinem Sitz hin und her. Papa zuckt zusammen, obwohl er vorher noch so lässig war. Ich stehe auf, um einen Blick nach vorn zu erhaschen. Der Offizier bewegt sich langsam durch die Reihen, nimmt den einen oder anderen Reisepass in die Hand, blättert sogar gelegentlich darin herum. Schließlich gibt er die Pässe mit einer arroganten Geste den Besitzern zurück. Papa zieht mich auf den Sitz. „Nicht auffallen!“, zischt er mir zu. Als der Carabinieri zur Reihe vor uns kommt, lächelt er Mama zu. „Bella signora!“, sagt er. Mama lächelt zurück und sagt „Grazie!“, während Papa leise, aber deutlich wahrnehmbar schnaubt. „Buon viaggio!“, sagt der Offizier, als er Mama den Pass zurückgibt. Er verbeugt sich sogar ein klein wenig.

Mit einer ziemlich herrischen Geste fordert der Mann danach Papas Reisepass und blättert ihn durch. „Ah, Adolf!“, grinst er. Dann streckt er die rechte Hand nach oben und schreit „Meine Fuhrer!“. Grinsend gibt er den Pass zurück, während Papa in seinem Sitz zu versinken scheint. Ich habe keine Ahnung, was das ganze Theater zu bedeuten hat, nehme mir aber vor, Papa danach zu fragen, wenn er wieder besser gelaunt ist. Momentan ist Feuer am Dach, denn kaum ist der Mann draußen und der Bus losgefahren, wirft Papa Mama vor, mit dem Italiener geschäkert zu haben. „Das kann ja lustig werden“, flüstert er nach vorne, „wenn du schon auf den ersten Papagallo hereinfällst, der uns begegnet!“ „Mach dich nicht lächerlich!“, kontert Mama. „Ich war lediglich höflich. Und dass ich ein paar Worte Italienisch gelernt habe, das wird uns sicherlich nützlich sein!“ Papa sagt nichts mehr, schmollt aber weiter.

Was ein Papagallo ist, das muss ich auch noch herausfinden. Es ist schrecklich heiß im Bus. Obwohl ich immer heftiger schwitze, finde ich die Reise schön langsam interessant. Man lernt viel Neues kennen. Ein paar dicke Frauen haben sich bereits so weit ausgezogen, dass ich befürchte, dass das, was sie noch am Leib haben, eher als Unterwäsche einzustufen ist. Sie wedeln sich mit ihren Klatschmagazinen frische Luft zu. So weit so etwas in unserem Bus überhaupt verfügbar ist. Der Bus fährt immer langsamer, gelegentlich kommt er sogar zum Stillstand. Es scheint sich ein Stau gebildet zu haben. „Urlauberschichtwechsel", erklärt Papa wissend. „Am Samstag. Da fahren alle hinunter. Kanaltal."

„Intermezzo!", schreit der Busfahrer und fährt auf einen Parkplatz. Es ist aber nicht nur ein Parkplatz, es gibt da auch ein langgestrecktes Betongebäude, das aussieht, als wäre es nicht fertig geworden, bevor man es in Betrieb genommen hat. Es gibt nämlich keine Türen und Fenster, trotzdem aber überall Geschäfte und Marktstände. „FABRIK BILLIGER JAKOB" steht in großen Lettern auf dem Beton. Unsere Mitreisenden drängen sich hastig aus dem Bus. Als ich aussteige, erschlägt mich die Hitze fast. So heiß, kommt mir vor, ist es bei uns zu Hause nie. „Wir schauen uns ein bisschen um!", sagt Mama. Uschi nimmt gleich ihre Hand. „Ich geh mit!" Papa zuckt mit den Schultern und schließt sich einer Gruppe von Männern aus unserem Bus an, die auf ein paar schattige Tische an einer Bude zusteuern, an der anscheinend Getränke verkauft werden. Ich merke Papa an, dass er unsicher ist, als er zu der Bude hintritt. „Birra!", sagt er, und „Limonade!" Der Mann in der Bude stellt zwei Flaschen vor ihn hin. „Quattrocento", sagt er. Papa sieht ihn ratlos an. Der Mann grinst so breit, dass sich seine Schnurrbartspitzen heben. „Nix Italiano? Deitsch?" Papa nickt. „Viereunderte", sagt der Mann und streckt vier Finger hoch. Papa sieht ihn ratlos an. „Vierhundert?“, frage ich erstaunt nach. „So viel?“ Papa sucht in seiner Geldbörse. Er hat sich noch nicht mit dem italienischen Geld vertraut gemacht und legt schließlich einen Tausender auf den Tresen.

„Teuer ist das Bier!“, sagt Papa, als wir schließlich an einem Tischchen Platz genommen haben. „Und das Kracherl erst!“ Meine Flasche heißt „Lemonsoda“, ist giftgelb und schmeckt sehr künstlich. Ich vermisse unser österreichisches Kracherl. Ob ich mich mit dem italienischen anfreunden kann, weiß ich noch nicht. „Und warm ist es, und schmecken tut es auch nicht!“, schimpft Papa. „Da haben wir uns was angefangen! Aber es hat ja unbedingt Italien sein müssen!“

„Ich muss aufs Klo!“, erkläre ich. „Wie heißt denn das auf Italienisch?“ Papa zuckt mit den Schultern. „Ich finde das aber alleine nicht!“ Seufzend trinkt Papa sein Bier aus. Gott sei Dank finden wir ziemlich schnell zwei Türen, die mit passenden Symbolen gekennzeichnet sind. Als ich allerdings in die Toilettenkabine trete, erstarre ich vor Schreck. Da ist nur ein Loch im Boden. Ich habe keine Ahnung, was ich tun soll. Oben hängt ein Spülkasten mit einer Kette daran, und auch eine Rolle Klopapier liegt auf einem Brett an der Wand. Fliegen summen. Ich muss plötzlich nicht mehr und verlasse die unangenehm riechende Kabine.

Als wir wieder in den Bus steigen, klebe ich mit den Oberschenkeln fast auf den glühend heißen Plastiksitzen fest. Zuerst überlege ich, ob ich meine Erfahrungen mit einem italienischen Klo mit meiner Familie teilen soll, dann tröste ich mich stattdessen mit einer Wurstsemmel. Die ist inzwischen badewannenwasserwarm und batzweich geworden, und sie schmeckt auch schon etwas komisch. Mit dem „Winnetou“ in der Hand dämmere ich ein wenig weg. Am liebsten wäre ich jetzt wieder daheim in meinem Zimmer. Wenn ich das Fenster aufmache, weht kühle Luft aus dem Garten herein ... „Aufwachen!", ruft Mama. „Wir sind da-ha!" Schlaftrunken blinzle ich aus dem Fenster. Der Bus fährt noch. „Die Ortstafel ist schon vorbei!", informiert mich Papa.

Es dauert noch geraume Zeit, bis sich der Bus durch die engen Straßen zum Hotel gewunden hat. Fast alle sind vor Aufregung aufgesprungen und starren aus den Fenstern. „Da ist schon das Hotel Marco Polo!", ruft eine der dicken Frauen vor mir. „Und da das Miramare! Nur noch zwei Häuser weiter!" Sie scheint sich hier schon auszukennen. Schließlich kommt der Bus rumpelnd zum Stehen.

## 2 Das Hotel

*Papa hatte auch das Hotel fotografiert, allerdings nur von außen. Es lag direkt an einer Straßenkreuzung, trotzdem konnte er sich nicht erinnern, unter dem Lärm gelitten zu haben. Als Kind schlief man wohl tief und fest, ohne dass einem Umwelteinflüsse dabei viel ausmachten. Eine schmale Fassade, noch schmälere Balkone, und er war sich ganz sicher, dass die Zimmer damals lediglich über ein Waschbecken, nicht aber über WC und Dusche verfügt hatten. Papa hatte zwar nicht das Zimmer, aber die Aussicht auf die Straße fotografiert. Einige Mopeds konnte man verschwommen erkennen, die Markise des Cafés gegenüber dafür deutlich. Sie war blau-weiß gestreift und trug den Schriftzug „Spumante“. Er erinnerte sich, dass seine Eltern gern von diesem – selbst für ihre Verhältnisse extrem billigen – Schaumwein getrunken hatten.*

Das Ausladen der Koffer auf dem schmalen Gehsteig wird zum Chaos, und drinnen im engen Vorraum ist es nicht viel besser. Hinter der Rezeption steht ein hagerer Mann, der seine schwarzen Haare zurückgegelt über den Kopf gelegt hat. In seinem Mundwinkel baumelt eine Zigarette, während er unsere Namen auf einer Liste sucht. Es dauert, so kommt es mir zumindest vor, eine Ewigkeit, bis er „Nedermahere“ oder so etwas Ähnliches sagt. Papa reagiert zunächst nicht. „Das sind wir“, zischt Mama. Papa langt nach dem Schlüssel. Unser Zimmer ist im dritten Stock, und wir quälen uns zu viert samt unseren Koffern in den engen Lift. Dort ist es bei weitem heißer als draußen in der Rezeption, und es stinkt noch ärger nach Tabak. Kein Wunder, denn an der Wand des Lifts ist ein bereits überquellender Aschenbecher befestigt.

Als Papa die Zimmertür aufsperrt, starren wir zunächst ins Dunkel. Irgendwie riecht es muffig. „Da gehört einmal ordentlich gelüftet!“, sagt Mama. Sie schlüpft zwischen den ziemlich eng stehenden Betten durch und schiebt den hölzernen Fensterladen zur Seite. Eigentlich ist es ein Türladen, denn es gibt kein Fenster, sondern nur eine Tür zum winzigen Balkon. Kaum hat sie ihn aufgestoßen, dringen laute Straßengeräusche herein. „Das kann ja lustig werden!“, sagt Mama und stemmt die Hände in die Hüften, während sie vom Balkon hinunter auf die Straße schaut. Ich inspiziere das Zimmer. Gegenüber dem Doppelbett für die Eltern stehen hintereinander zwei schmale Betten an der Wand, die offensichtlich für Uschi und mich gedacht sind. Im Zimmer ist es drückend heiß. Papa lässt sich auf das Bett fallen. Es quietscht und hängt durch. „Hast du das gesehen, Traudi? Nur eine Bettdecke!“ Papa zieht erstaunt an der dünnen Decke herum. „Wie soll denn das gehen?“ Ich nehme das Bett, das gleich am Waschbecken steht.

Ja, Waschbecken. Es ist nämlich so, dass unser Hotelzimmer kein eigenes Bad und Klo hat. Dusche und Toilette, das ist alles auf dem Gang, und man muss es sich mit den anderen Bewohnern des Stockwerks teilen. Das ist ganz normal und überrascht unsere Eltern auch nicht. Unsere Tante Hermi in St. Edelgund vermietet auch zwei Privatzimmer an Fremde, die müssen sich das Klo und das Bad mit der Familie teilen. Und nach dem ersten Wannenbad ist meistens das warme Wasser aus, obwohl die Tante Hermi ein Schild am Haus hat, das „fließendes Kalt- und Warmwasser“ anpreist.

Dass es keinen Fernseher gibt, brauche ich eigentlich gar nicht zu erwähnen. Mama sagt, die Italiener haben nicht einmal zu Hause einen Fernseher stehen. Die meisten von ihnen zumindest nicht. Außerdem gibt es im Ausland sowieso kein deutsches oder österreichisches Fernsehen. Nur italienisches. Behauptet zumindest Papa. Und dieses Gequassel, so meint er, kann ohnehin kein Mensch verstehen.

Seufzend wuchtet Mama die Koffer auf die Betten und gibt ihr Bestes beim Versuch, alle unsere Sachen in die beiden wackeligen Schränke zu räumen. „Meinen Koffer brauchst du nicht ausräumen!“, erkläre ich. „Den schiebe ich unters Bett.“ Mama muss nicht unbedingt sofort herausfinden, wie viele Donald-Duck-Bücher ich in meinen Koffer gepackt habe. Unter dem Bett ist es ziemlich staubig. Hoffentlich merkt Mama das nicht, denn da ist sie ein bisschen empfindlich. Staub unter den Betten, das geht gar nicht.

Mama seufzt. „Ob wir es hier eine Woche aushalten? Da fragt man sich wirklich, wozu man überhaupt auf Urlaub fährt. Erholung wird das jedenfalls keine.“ „Aber wir erleben was! Die Kinder haben was zu erzählen! Und sie lernen endlich das Meer kennen!“ Papa versucht, sie aufzumuntern. Plötzlich fällt mir ein, dass ich das Meer überhaupt noch nicht gesehen habe. Es müsste aber, das haben die Leute im Bus gesagt, gleich hinter dem Hotel sein. „Gehen wir das Meer anschauen?“, frage ich.

„Ich muss mich jetzt erst einmal frisch machen“, erklärt Mama. Papa hat es sich auf dem Bett gemütlich gemacht und raucht eine Zigarette. „Wir könnten ja alleine gehen“, schlage ich vor. Mama zischt durch die Zähne. „Damit ihr gleich von einem dieser wahnsinnigen Mopedfahrer über den Haufen gefahren werdet!“ „Lass sie doch!“, sagt Papa. „Ihr passt auf, oder?“ Ich nicke. „Ich will auch das Meer sehen, Papa!“ Uschi ist aufgesprungen. Und so nehmen wir beide den Lift, der schlingert und klappert, und fahren ins Erdgeschoß hinunter. Dort steht der Hotelbesitzer hinter der Rezeption und hat immer noch oder schon wieder eine Zigarette im Mundwinkel. „Bambini!“, grinst er. Ich nicke, grinse zurück und nehme Uschi an der Hand. Gemeinsam treten wir auf die Straße. Es ist heiß und laut. Gegenüber vom Hotel sitzen Leute in einem Café unter einer Markise und essen Eis. Darauf hätte ich jetzt auch Lust, aber Papa hat mir keine Lire gegeben. So heißt das italienische Geld. Ich ziehe Uschi hinter mir her. Da, gleich um die Ecke, da ist ein hoher Damm, und dahinter muss das Meer sein. Wir steigen die Stufen hinauf, und oben weht uns gleich eine erfrischende Brise ins Gesicht. Vor unseren Augen erstreckt sich ein breiter Strand, der mit Liegestühlen vollgestellt ist, die nicht so wie bei uns ganz durcheinander, sondern in Reih und Glied stehen. Dazwischen sind Wege angelegt, die zum Meer führen. Und auf den Wegen liegen Plastikmatten.

Das Meer ist blau und unendlich. So etwas habe ich noch nie gesehen. Von diesem Moment an weiß ich, dass ich einmal am Meer wohnen möchte. Bei uns sieht man nur Bäume und Wiesen und Hügel. Aber hier sieht man in eine unglaubliche Ferne, und die Wolken stapeln sich am Horizont, so, als ob sie direkt auf dem Wasser liegen würden. Sogar einige Schiffe kann man weit draußen erkennen. „Komm!“, sage ich zu Uschi. Wir betreten einen der Plastikwege, gehen nach vor bis zur ersten Liegestuhlreihe und stehen vor einem breiten Streifen aus ganz feinem, hellgelbem Sand. „Wir ziehen die Klapperl aus“, sage ich, doch als ich mit den nackten Füßen in den Sand steige, zucke ich zurück. Er ist glühend heiß. „Wenn wir laufen, geht es schon!“, sagt Uschi und läuft los, ihre Sandalen in der Hand. Sie hat leicht reden, ist dünn und leicht wie eine Feder, in ein paar Sekunden ist sie am Rand des Wassers, wo der Sand feucht ist. Meine Spezialität ist das Laufen nicht, ich sinke im Sand ein und komme keuchend, mit fast verbrannten Sohlen bei ihr an.

Ich stecke die Füße ins Wasser und atme erst einmal auf, bevor ich misstrauisch nach Quallen oder Krabben Ausschau halte. Es sind keine zu sehen, dafür jede Menge Leute, die im Wasser planschen, das vom aufgewirbelten Sand ganz trüb ist. Blau, wie im Lied, das die Leute gesungen haben, ist es eher nicht. Am liebsten würde ich mich gleich hineinstürzen, so heiß ist mir. Aber wir haben keine Badesachen mit, und außerdem habe ich keine Ahnung, wo man sich hier umziehen kann. „Komm!“, schreit Uschi und watet ins Wasser. Bis zu den Knien, finde ich, können wir es ruhig riskieren. Womit wir nicht gerechnet haben, sind die Wellen. Plötzlich klatscht eine gegen unsere Beine, und wir sind bis zu den Oberschenkeln ganz nass. Uschi quietscht vor Freude. Ich denke an das Theater, das Mama machen wird. Schon zu Hause hat sie darüber gejammert, dass das Salzwasser den Textilien so zusetzt. „Wir müssen wieder zurück, Uschi. Ich glaub, es gibt gleich Essen.“

Es ist so heiß, dass unsere Sachen fast wieder trocken sind, als wir in den Lift steigen. „Hotel Corallo“ heißt unser Hotel übrigens, und der Chef heißt Ignazio Tangari. Das kann man auf einem großen Namensschild lesen, das auf dem Tresen der Rezeption thront. „Ah, bambini!“ ruft er, als er uns wiedersieht. Es klingt seltsam gequetscht, weil er ja nur auf einer Seite sprechen kann – mit der anderen muss er seine Zigarette festklemmen.

Als wir ins Zimmer kommen, schlafen unsere Eltern. Obwohl es brüllend heiß ist – Mama hat den Türladen ja nicht wieder zugemacht – und die Mopeds auf der Straße draußen einen Höllenlärm veranstalten. Mama fährt aber gleich hoch, als ich die Tür zufallen lasse. „Wie spät ist es? Ich muss mich herrichten!“ Sie springt auf. „Schon sechs! In einer Stunde gibt es Essen!“ Sie läuft zum Waschbecken und zieht ihr Kleid aus. Ich schmeiße mich auf mein Bett, bin froh, dass Mama die feuchten Salzränder an meiner

Hose nicht bemerkt hat, und verstecke mich hinter „Winnetou II“, damit ich nicht dabei zusehen muss, wie sich Mama – immer noch in Unterwäsche – wäscht und die Haare macht. Es ist mir peinlich, meine Mutter in Unterwäsche zu sehen. Die ist recht kompliziert. Neben einem schweren, sehr steifen Büstenhalter trägt sie meistens eine weiße Unterhose. In der kalten Jahreszeit mit Beinen dran, die bis fast zu den Knien reichen. Dann braucht es noch einen Strumpfhaltergürtel, ein Mieder, wenn sie sich zu dick fühlt, und Strapse zum Festhalten der Strümpfe. Darüber trägt Mama außerdem noch ein Unterkleid aus Plastik, in dem man schnell ein wenig riecht, wenn man schwitzt. Aber das ist wie mit dem Tabakgeruch – wenn alle so riechen, merkt man es nicht mehr. Und sowas wie die Mama tragen die anderen Frauen auch. Woher ich das alles weiß, wo wir uns doch in der Regel verschämt hinter verschlossenen Türen umziehen? Na ja, es gibt ja schließlich Wäscheleinen und, zum genaueren Studium, noch die Versandhauskataloge.

Zu „Winnetou II“ ist natürlich noch etwas zu sagen. Es ist ja nicht so, dass ich das Buch zum ersten Mal lese. Ich habe nur 56 Bücher – ordentlich nummeriert und katalogisiert – und da muss man haushalten. Ich habe mir vorgenommen, kein Buch öfter als einmal im Jahr zu lesen. „Winnetou II“ kenne ich trotzdem schon beinahe auswendig. Eine große Enttäuschung war für mich der Film, weil er mit dem Buch beinahe gar nichts zu tun hat, außer dass es die gleichen Hauptpersonen gibt. Trotzdem habe ich als Lesezeichen ein Foto von Ribanna, das ich aus einer Illustrierten ausgeschnitten habe. Sie ist eine wunderschöne Frau mit schwarzen Zöpfen, von der ich sogar manchmal träume, obwohl ich inzwischen weiß, dass Indianerinnen ganz anders aussehen. Die Schauspielerin, die im Film die Ribanna spielt, ist eine Deutsche.

Mama hat die Salzränder schließlich doch entdeckt, ein bisschen geschimpft, die Hose im Waschbecken eingeweicht und mir eine Ohrfeige angedroht, falls ich noch einmal mit meiner Kleidung mit Salzwasser in Berührung komme. Zur Ehrenrettung meiner Mutter muss ich hier natürlich einfügen, dass sie Ohrfeigen in der Regel nur androht. Meistens sagt sie, wenn das und das passiert oder eben nicht sofort passiert, dann schmiert sie mir eine. Das ist der bei uns gebräuchliche Ausdruck für „jemandem eine Ohrfeige verpassen". Nur ein einziges Mal hat sie es tatsächlich getan, damals aber leider, ohne dass sie es vorher angekündigt hat. An den Anlass kann ich mich nicht mehr erinnern, aber es war am Heiligen Abend. Da ist Mama immer sehr nervös, weil natürlich am Abend alles andächtig und stimmig zu sein hat, weil es sich ja schließlich um das Fest der Liebe handelt. Und da hat sie mir im Stress eben einmal eine Watschen gegeben. Leider ist der Stress daraufhin nur größer geworden, weil meine Brille zerbrochen ist, und sie hat den Großteil des Vormittags damit verbringen müssen, mit mir zum Optiker zu gehen, damit ich nicht am Heiligen Abend halbblind unter dem Christbaum stehen muss.

Um Punkt sieben Uhr fahren wir mit dem Lift hinunter in den ersten Stock zum Speisesaal. Mama hat sich so fein gemacht, wie es mit den zerknitterten Kleidern aus dem Koffer eben möglich ist. Papa hat darauf verzichtet, sich umzuziehen. „Hier müffelt's!", sagt Mama im Lift und schnuppert. „Ist ja kein Urlaub, wenn man sich ständig umziehen muss!", brummt Papa. Er trägt ein kariertes, kurzärmeliges Hemd, eine beige kurze Hose, braune Socken und Sandalen.

Ich merke, wie aufgeregt unsere Eltern sind. Es ist schließlich ihr erstes Essen in einem Land, in dem man nicht Deutsch spricht. Sie können allerdings nichts dafür, dass sie noch nie im Ausland waren. Es hat bisher einfach das Geld gefehlt. Man darf nicht vergessen, als meine Eltern Kinder waren, da war Krieg, der Zweite Weltkrieg, genauer gesagt. Und im Krieg fährt man nicht ins Ausland auf Urlaub, denn da hocken die Feinde. Das ist übrigens auch ein Grund, warum die Italiener bei meinen Eltern unbeliebt sind. Die waren nämlich im Zweiten Weltkrieg zuerst Freunde, später Feinde und somit überhaupt Verräter. Und nach dem Krieg, da hatten unsere Großeltern alle Hände voll damit zu tun, Kaputtes wieder zu reparieren und Essen auf den Tisch zu bringen. Da hat niemand an so etwas wie Urlaub gedacht. Und später – ja, jetzt wird es kompliziert. Meine Mutter ist nämlich Hausfrau. Das heißt, sie geht nicht arbeiten und verdient kein Geld. Da ist es schon einmal logisch, dass man sich nur schwer einen Urlaub leisten kann. Dafür kann man aber auch nicht meiner Mama die Schuld geben, denn das ist so üblich. Wenn Frauen heiraten, dann hören sie auf, arbeiten zu gehen. Weil der Mann das so will und weil es sich so gehört. Und weil Frauen putzen, waschen, bügeln, kochen und sich um die Kinder kümmern, weil Männer das nicht können. Außerdem gibt's kaum Kindergärten, und wenn, dann sperren sie um zwölf Uhr mittags zu. Und mein Papa hält sich da strikt an die geltenden Regeln.

*Wahrscheinlich war das Rollenbild der Geschlechter eine der Entwicklungen, die seine Kindheit am weitesten von der Gegenwart entrückt hatten. Frauen hatten damals nichts gegolten, wurden als unmündige Anhängsel der Männer betrachtet. Er erinnerte sich, dass es zwischen seiner Mutter und ihrer Schwester oft Diskussionen gegeben hatte. Die Schwester war als Buchhalterin in einer Möbelfirma beschäftigt, litt aber sehr darunter, dass sie nicht Hausfrau sein konnte wie seine Mutter. Ein Makel war es gewesen, wenn der Mann nicht genug Geld nach Hause brachte, um die Familie allein zu ernähren.*

Der Speisesaal ist groß und laut. Papa geht voran, weiß aber nicht, wohin, und kratzt sich am Kopf. Plötzlich taucht der Busfahrer neben uns auf. Ein Mann von Welt, der anscheinend schon halb Europa bereist hat. „Kennst dich nicht aus, Niedermayr?", sagt er jovial und klopft Papa auf die Schulter. „Auf dem Tisch steht ein Schild mit eurer Zimmernummer." „Ah ja!", Papa nickt, als sei ihm das nur vorübergehend entfallen. Ich strecke meine Hand aus und zeige auf unseren Tisch. „Da! 323!" Mama schlägt mich auf die Hand. „Man deutet nicht mit den Fingern!"

Wir nehmen Platz, und ich bin schon sehr gespannt. Es dauert nicht lang, und eine junge Frau taucht auf. Sie ist groß, schlank und hat schwarze Haare. Ich finde, irgendwie sieht sie Ribanna sehr ähnlich. Abgesehen von der großen, runden Brille, die sie trägt. Ich bin fasziniert, und mir bleibt der Mund offen stehen. Mama drückt mein Kinn mit der Hand wieder nach oben. „Prego?", fragt die junge Frau. „Suu trinkene?" Mama und Papa blicken einander an. „Wir könnten schon ..." Sie wirft ihre Blicke über die anderen Tische. „Einen Wein?" Sie sieht Papa fragend an. „Weissweine unde Wassere?" Die Kellnerin lächelt. Sie deutet auf sich selbst. „Maria!" Papa nickt. „Eine Weine, eine Wassere. Bambini?" „Coca Cola!", sage ich vorlaut. Maria verzieht ihr hübsches Gesicht zu einer unansehnlichen Grimasse und wedelt mit erhobenem Zeigefinger vor ihrer Brust herum. „Non c'è!", sagt sie. Ich verstehe natürlich auch so, was gemeint ist. „Lemonsoda!", sage ich also selbstbewusst. Maria lächelt und sieht Ribanna immer ähnlicher. Wenn sie ihr Haar doch zu Zöpfen geflochten hätte! Nickend notiert sie die Bestellung. „Ragazzo sveglio!", sagt sie noch. Mama rümpft die Nase. „Das habe ich nicht verstanden. Aber ‚ragazzo', das heißt so viel wie ‚Bursche'."

Gott sei Dank steht auf dem Tisch eine deutsche Speisekarte. Na ja, nicht ganz deutsch. Zuerst steht alles auf

Italienisch, darunter auf Deutsch. Oder was man hier eben dafür hält. Als Vorspeise soll es „Spaghetti bolognese" geben. Spaghetti kenne ich, aber was bolognese bedeutet, davon habe ich keine Ahnung. Darunter steht die Übersetzung. „Spaghetti Nudel mitt Sausse von Bologna". Das hilft mir jetzt auch nicht weiter. Als Alternative gibt es „Suppe von Gemusen" oder „Gemiste Salat". Mir ist klar, dass ich die Nudeln nach Bologneser Art nehmen werde, obwohl es schon komisch ist, dass man Nudeln als Vorspeise isst. Aber vor Gemüsesuppe graust mir, und Salat muss ich auch nicht haben. Wir wissen noch nicht, dass man in Italien alle Nudelgerichte als „Primo piatto", also als Vorspeise, anbietet. Meine Mama wundert sich zwar, dass der Salat bei den Vorspeisen steht, bestellt ihn aber trotzdem. Papa, Uschi und ich bestellen die Spaghetti.

Als die Vorspeise kommt, wundert sich nicht nur Mama. Denn die „Spaghetti Bolognese" sind nichts anderes als eine gewöhnliche „Pastaschutta", wie dieses Gericht – das einzige italienische, das wir kennen – bei uns heißt. Mama wundert sich nochmals, und zwar darüber, dass man ihr zum Salat Essig und Öl hinstellt. „Der ist ja noch gar nicht angemacht!" „Sieht so aus, als ob du das selber machen musst", schlussfolgere ich. Mama schüttelt den Kopf und macht sich ans Werk. „Adolf, das Öl da. Kannst du da mal riechen? Und die Farbe ... das ist ja grün?" Papa riecht und zuckt dann mit den Schultern. „Ist halt ein anderes wie zu Hause." Zu Hause haben wir feinstes Speiseöl. Steht zumindest auf der Flasche. „Vielleicht ist es Olivenöl? Darüber ist im Reiseführer was gestanden!" Mama nimmt allen ihren Mut zusammen und gießt ein wenig von dem Öl über ihren Salat. „Ja", nickt sie nach dem ersten Bissen. „Ein bisschen ... ich weiß nicht ... mehr Geschmack als bei uns!" „Dann ist es ja gut!", brummt Papa mit vollem Mund. „Adolf!", zischt Mama. „Benehmen!" Mir schmecken die

Spaghetti, die Soße ist ein bisschen roter als zu Hause und schmeckt nach Tomaten.

Als Maria an unserem Tisch vorbeigeht, schüttelt sie den Kopf und schnalzt mit der Zunge. „No, no, no!“, sagt sie entrüstet, wackelt dazu drohend mit dem Finger und sieht auf unsere Teller. „Signore“, sagt sie zu Papa. „Nix coltello mit Spaghetti!“ Dazu macht sie schneidende Bewegungen, als ob sie ein Messer benutzen würde. Wir sehen erstaunt zu ihr auf. Wie soll man denn Spaghetti sonst essen? Sie sind doch viel zu lang, dass man sie auf die Gabel kriegt! „Arrotolare!“, sagt Maria und zeigt uns gleich, was sie meint. Sie nimmt Papa die Gabel aus der Hand, schnappt sich seinen Löffel, sticht die Gabel in den Nudelhaufen und dreht die Gabel im Löffel mehrmals herum. „Arrotolare e arrotolare e arrotolare!“, erklärt sie geduldig. Mama ist vor Scham rot angelaufen, weil schon Leute von anderen Tischen zu uns herüberschauen und kichern. Sie schaufelt den Salat in sich hinein und ist wahrscheinlich froh, dass sie nicht auch drehen muss.

Ich bin ja Neuem gegenüber immer aufgeschlossen und probiere es gleich. Beim ersten Mal erwische ich viel zu viele Nudeln, rund um die Gabel sammelt sich ein ganzer Berg von rötlicher Pasta, sicherlich ein Viertel von allen Nudeln auf dem Teller. Ich begreife, dass ich weniger aufrollen muss. Schon beim zweiten Mal klappt es ganz gut. Was hinunterhängt, sauge ich einfach auf. „Ragazzo sveglio!“, lobt mich Maria im Vorübergehen, streicht mir über die Wange und verschwindet in der Küche. „Du brauchst der gar nicht so in den Ausschnitt zu starren! Iss lieber deine Nudeln, bevor sie kalt werden!“, zischt Mama. Papa schüttelt den Kopf und trinkt einen Schluck Wein. Die Stimmung ist ein wenig unterkühlt, aber das bin ich schon von zu Hause gewöhnt, das ist nichts Ungewöhnliches. Mama tupft sich den Mund ab und nimmt ebenfalls einen Schluck Wein. „Wenigstens ist der lieblich und nicht so sauer wie das Zeug, das du immer heimbringst." „Nicht zum Saufen ist der!", kontert Papa. „Aber ein gescheites Bier bekommst du ja hier auch nicht!" Ich inspiziere die Weinflasche. „Verduzzo friulano" steht drauf, und darunter „dolce". Das heißt wahrscheinlich „süß", denn auf der Speisekarte steht das auch über dem letzten Gang. Darunter steht allerdings nur „Frutta", und da kann ich mir schon vorstellen, was das heißt.

Als Hauptgang gibt es „snizzel mitt bataten". Mittlerweile fühle ich mich als Experte im Deuten von italienischem Deutsch und rechne mit einem Schnitzel. „Du hast gesagt, in Italien kriege ich kein Schnitzel!", werfe ich Papa vor. Er zuckt nur mit den Schultern. Was nach den Nudeln serviert wird, ist allerdings ein Stück flach geklopftes, fast rohes Fleisch mit ein paar gebratenen Erdäpfelspalten. Dazu gibt es nur eine Scheibe Zitrone. Ich habe jetzt, wegen der Nudeln, keinen wirklich großen Hunger mehr, aber ich probiere. Es ist ein wenig zäh, schmeckt aber gut. Ein bisschen wie Grillfleisch. Mama starrt immer noch auf ihren Teller und schüttelt den Kopf. „Da ist Blut auf dem Fleisch!", flüstert sie. „Wird man da nicht krank davon?" Papa lacht. „Jetzt reg dich doch nicht auf. Es kann ja nicht alles sein wie daheim!" Er lässt den Mann von Welt heraushängen, was aber die Laune von Mama nicht hebt.

Ich esse mein Schnitzel auf, während Uschi nur an den Kartoffeln herumknabbert und das Fleisch stehen lässt. Mama kostet, kann sich aber nicht überwinden, mehr als ein kleines Stück zu essen. „Non piace?", fragte Maria mit sorgenvollem Blick, als sie unsere Teller abserviert. Papa und mir lächelt sie hingegen zu, mir tätschelt sie sogar den Scheitel. „Bravi ragazzi!", sagt sie noch, und Papa grinst, als hätte er in der Lotterie gewonnen.

Zum Nachtisch gibt es, wie erwartet, nur Obst. Eine Banane, einen Apfel und ein paar Schnitten von etwas Rotem mit grüner Schale. „Was ist das?", erkundige ich mich. „Melone", sagt Mama. „Süß und sehr gesund. Aber zu teuer, bei uns zu Hause." Ich nehme mir eine Spalte, finde die Melone allerdings sehr wässrig und weiß nicht recht, wohin mit den Kernen, also schlucke ich sie hinunter. Ausspucken wäre wahrscheinlich gescheiter, aber sicherlich unfein gewesen. Als ich fertig bin, sind Mund, Wangen und Hände klebrig.

*Er musste schmunzeln. Fast peinlich, die Familie Niedermayr, wie sie so gar keine Ahnung von ausländischem Essen hatte. Aber woher hätten sie es kennen sollen? Alles, was aus dem Ausland kam, war selten und teuer. Und so hatten sie im Winter Kraut und Erdäpfel gegessen. Und Tomaten kannte man nur, sobald die im eigenen Garten reif waren, also von Juli bis September. Und was das Fleisch betraf: Damals wurde alles zu Tode gebraten und gekocht, bis sich keine Faser im Fleisch mehr rührte. Darauf, dass das Fleisch innen rosa und saftig war, hatte man nicht geachtet. Das hatte man früher so gelernt – denn nur durch stundenlanges Garen hatte man alle Bakterien im Fleisch totgekriegt, die es sich wegen der fehlenden Kühlung dort gemütlich gemacht hatten.*

# 3 Der Strand

*Was sollte er mit dem Karton voller Muschelschalen anfangen? Es war unglaublich, dass Mama sie aufgehoben hatte. Aus welchem Urlaub sie stammten, war natürlich nicht mehr herauszufinden. Allerdings erinnerte er sich daran, dass die Begeisterung fürs Muschelsuchen ab dem zweiten Italienurlaub deutlich abgenommen hatte. Viel mehr als Scherben waren nicht mehr in dem Karton, doch eine große Schellmuschel hatte die Jahrzehnte fast ohne Kratzer überstanden. Er nahm sie aus dem Karton und schnupperte. Mit ein wenig Fantasie konnte man das Meer noch riechen. Er würde sie aufheben. Wahrscheinlich würde sie nie wieder jemand zur Hand nehmen, bis seine Kinder wieder das aufräumten, was ihre Eltern hinterlassen hatten.*

Ich werde davon wach, dass jemand am Waschbecken plätschert. Es ist Mama. „Wie spät ist es denn?“, frage ich. „Schon acht vorbei. Wenn wir einen guten Platz am Strand bekommen wollen, dann musst du aufstehen.“ Ich wälze mich vorsichtig aus dem Bett. Mein Pyjama ist völlig nass geschwitzt, aber ich habe gut geschlafen. „Ich habe kein Auge zugetan!“, sagt Mama. „Der Lärm von draußen, und die Balkontür kann man nicht zumachen, weil man dann erstickt!“ „Ich hab ganz gut geschlafen“, antwortet Papa. „Kein Wunder“, zischt Mama. „Du hast ja auch noch den ganzen Wein ausgetrunken!“ Im Bett hinter mir stöhnt Uschi. Sie tut sich mit dem Aufstehen am Morgen immer am schwersten von uns vieren. Ich schlüpfe in meine

Kleider von gestern. „Nur noch Zähne putzen. Dann bin ich fertig!“, verkünde ich. „Waschen!“, ordnet Mama an. Ich stöhne. „Wenn ich doch aber eh heute ins Meer baden gehe! Wozu dann waschen?“ Mama fackelt nicht lange, kommt mit einem nassen Waschlappen zu mir und fährt mir über Gesicht, Ohren und Hals.

Das ist bei uns die ganz normale Alltagshygiene. Am wichtigsten ist es, laut Mama, sich die Ohren zu waschen. Obwohl ich herausgefunden habe, dass die Finger vor allem dann ein wenig stinken, wenn man über die Haut hinter den Ohren reibt. Man müsste sich also hinter den Ohren gründlicher waschen. Mehr ist nicht drin – wir müssen nämlich zu Hause den Badeofen mit Holz einheizen, damit wir genug warmes Wasser für die Badewanne haben, und über eine Dusche verfügen wir gar nicht. Das geschieht jeden Samstag, denn da haben wir Zeit. Allerdings erst am Abend, denn am Samstagvormittag ist nur Mama zu Hause – Uschi und ich sind in der Schule, und Papa muss arbeiten. Und weil eben das Herstellen des Warmwassers so mühsam ist, begnügt man sich wochentags damit, die sichtbaren Stellen des Körpers oberflächlich zu reinigen.

Das Frühstück ist, zumindest zum Teil, ebenfalls eine Überraschung. Genauso wie zu Hause gibt es für die Erwachsenen Kaffee und für uns Kakao. Die Semmeln allerdings sind eine bemerkenswerte Besonderheit: Sie sind schneckenförmig und zerbröseln einem sofort unter dem stumpfen Messer, wenn man versucht, sie in zwei Hälften zu schneiden. Drinnen bleibt dann ein Knödel weichen Weißbrots zurück, den ich gleich aufesse, bevor ich den Rest der hohlen Semmel mit Butter und Marmelade bestreiche. Sonst gibt es nämlich nichts zum Frühstück. Gut, dass es um eins schon wieder ein Mittagessen mit drei Gängen gibt.

*Er musste unwillkürlich lächeln. Ja, so war das damals gewesen. Man hatte Kaffee oder Kakao getrunken, wobei der Kaffee meist mit Ersatzkaffee gestreckt wurde, da die echten Bohnen so teuer waren. Niemals hatte es etwas anderes zum Brot gegeben als Butter, Marmelade und Honig. Bei ihnen zu Hause meistens Schwarzbrot, Semmeln nur am Sonntag. Schwarzbrot, so hatte man den Kindern damals erklärt, sei viel gesünder. Und nebenbei wahrscheinlich billiger, dachte er. Bei einem Besuch bei seiner Tante Hermi, die Privatzimmer vermietete, hatte ihnen die Tante unter entrüstetem Kopfschütteln anvertraut, dass sie deutsche Gäste gehabt hätte, die hätten Wurst und Käse zum Frühstück haben wollen. Und dazu noch ein weiches Ei und Toast. Das gebe es bei ihr nicht, hatte Tante Hermi erklärt. Und von Toast hatte er selbst damals noch nie etwas gehört gehabt, geschweige denn von einem Toaster.*

Es dauert doch geraume Zeit, bis meine Familie alles für den Strand beisammenhat. Mama hetzt hektisch durchs Zimmer. „Man findet ja nichts! Alles ist so eng!“ Ich brauche nur meinen „Winnetou“, ein Donald-Duck-Buch und meine Taucherbrille. Eine Badehose genügt, denn ich ziehe mich nie um, wenn ich aus dem Wasser komme. Mama allerdings stülpt mir einen Sonnenhut über den Kopf und wirft mir seltsame Schlapfen hin, die so eine Art Bügel zwischen großer und zweiter Zehe haben. „Wir nehmen die Badeschlapfen“, erklärt sie. „Sonst werden die Klapperl im Sand kaputt!“ Ich fühle mich unwohl in den Badeschlapfen, weil sie zwischen den Zehen drücken.

Ich kann es gar nicht erwarten, ins Wasser zu kommen. Ich sause den Damm hinauf und will gleich auf der anderen Seite ans Meer, dort, wo ich gestern schon mit Uschi war. Oben bleibt Mama erst einmal stehen. „Das Meer!“ flüstert sie verträumt. „Adolf, das Meer! Wir sind endlich am Meer!“

Sie wischt sich Tränen aus den Augenwinkeln. „Dass ich das noch erleben darf!“ Mama scheint überwältigt, während Papa nur den Kopf schüttelt. „Auch nicht viel anders als der Traunsee!“ „Du hast keine Ahnung von Romantik!“, schimpft Mama. Ich will ins Wasser und gehe zwischen den Liegestuhlreihen voraus. „Halt!“, schreit mir Mama hinterher. „Das ist nicht unser Strand!“ Ich verstehe nicht. Strand ist doch Strand, oder? Mama zeigt auf die Schilder, die an jedem Weg, der zum Meer führt, angebracht sind. „Was steht da?“, fragt sie in belehrendem Ton. „Hotel Miramare!“, buchstabiert Uschi etwas mühsam. Sie kommt zwar schon in die dritte Klasse, aber mit dem Lesen hat sie es nicht so. Ich hab schon versucht, ihr wenigstens „Winnetou I“ nahezubringen, aber es hat nicht funktioniert. „Unser Strand ist in diese Richtung!“ Mama deutet nach rechts. „Ein paar Minuten nur.“ Zehn Minuten später bin ich schon beinahe verschmachtet, als wir endlich das Schild „Hotel Corallo“ sehen. Das ist unseres. Die nächste Enttäuschung folgt aber gleich auf dem Fuß. In den ersten drei Reihen hängen schon Badetücher über den Liegestühlen, und erst in der fünften Reihe finden sich vier Liegestühle nebeneinander, die noch frei sind. Es ist so eng wie im Kino. Das habe ich mir anders vorgestellt. „So viel zum Thema Nachsaison!“, höhnt Papa.

Mir ist das aber egal, ich will so schnell wie möglich hinein ins Meer. Zuerst allerdings gilt es, sich umzuziehen. Wir haben unsere eigene Umkleidekabine mitgebracht. Mama hat sie aus einem alten Vorhang genäht. Oben ist ein Gummizug, den stülpt man sich um den Hals, und darunter kann man seine Kleider aus- und die Badekleidung anziehen. Es ist nämlich so, dass keinesfalls ein Stück Hintern oder ein Busen gesehen werden darf, von den behaarten Stellen unten herum ganz zu schweigen, denn das wäre peinlich, unmoralisch und zum Schämen. Überhaupt gibt es unglaublich viel, für das man sich schämen muss, und das wird uns Kindern auch frühzeitig beigebracht. Man darf auch zu Hause auf keinen Fall nackt oder halbnackt herumlaufen, und das Bad wird von den Eltern sorgfältig abgesperrt, wenn sie sich in die Badewanne legen. Jeder für sich natürlich, das versteht sich von selbst. Und über Sex wird nicht gesprochen. Nie. Kann sein, dass unsere Eltern glauben, dass mich das sowieso noch nicht interessiert, aber ich habe in den Büchern, die sie im Regal stehen haben, schon alle Stellen gefunden, wo man etwas über das Geheimnis der körperlichen Liebe erfährt. Die Bücher sind übrigens alle von Donauland, denn sonst bekommt man in Kastenkirchen keine Bücher zu kaufen. Außer den Heimatromanen, die sich in der Trafik im Wandregal stapeln.

Ich komme Gott sei Dank als Erster dran mit dem Umziehen und sprinte zum Ufer, ohne mich um Uschi zu kümmern. Die ist sowieso feig und geht sicher nur mit Mama ins Wasser. Das Wasser allerdings ist mein Element. Für jemanden, der ein wenig übergewichtig ist wie ich – eigentlich habe ich bloß schwere Knochen –, sind Schwimmen und Tauchen ideale Möglichkeiten, seinen Körper so wenig wie möglich zu spüren. Zunächst bin ich allerdings vorsichtig, das Wasser ist trüb und schäumt ein wenig, von den leichten Wellen, die ans Ufer schlagen. Ich muss auch immer an die Krabben und die Quallen denken. Doch ich sehe jede Menge Kinder und Erwachsene im Wasser herumspritzen, so gefährlich kann es dann wohl nicht sein. Sehr warm ist es, und ich stürze mich hinein. Leider schmeckt es fürchterlich eklig, wenn man Wasser in den Mund bekommt. Natürlich weiß ich, dass das Meer mit Salzwasser gefüllt ist, aber dass es gar so stark gesalzen ist, habe ich nicht erwartet. Da muss man sich echt daran gewöhnen. Ich schwimme ein Stück hinaus und merke, dass das Wasser klarer wird. Durch die Taucherbrille kann ich sogar den Boden sehen.

Plötzlich taucht neben mir ein Bub auf, etwa in meinem Alter. „Hast du dir schon einen Einsiedlerkrebs gefangen?“, fragt er und streckt mir seine Handfläche entgegen. Darauf liegt ein kleines kegelförmiges Schneckenhaus, aus dem immer wieder eine winzige Kralle auftaucht. „Da ist der Krebs drin!“, sagt er. „Und wie fängt man den?“, frage ich. „Du musst einfach mit den Zehen im Sand bohren. Wenn du auf etwas Hartes stößt, dann ist es wahrscheinlich ein Krebs.“ „Aber gibt’s da nicht auch Krabben?“, frage ich. Der Bub lacht. „Die rennen eh davon, wenn du da herumtappst!“ Nach einigem Zögern probiere ich es auch. Bei den ersten beiden Versuchen fördere ich allerdings nur leere Muschelschalen zutage. Beim dritten Mal ist es auch ein Schneckenhaus mit Krebs.

*Wie würden Kinder heute mit so einem Fund umgehen? Wahrscheinlich, so dachte er, würden sie sofort ihre action cam zücken oder vielleicht gar ein wasserdichtes Handy aus der Badehose ziehen und das Video in den sozialen Netzwerken posten, noch bevor sie wieder aus dem Wasser gestiegen waren. Damals hatte er sich einfach mit dem Betrachten begnügen müssen, und der einzige Speicher für die Bilder war sein Gedächtnis gewesen. Es hatte gereicht. Was aber viel wahrscheinlicher war, dass sich Kinder heutzutage mit den Einsiedlerkrebsen so langweilen würden, dass sie sich stattdessen lieber im Liegestuhl von Spongebob und Mr. Krabs unterhalten lassen würden.*

Ich verbringe die nächsten zwei Stunden im Wasser damit, Einsiedlerkrebse aufzuspüren. Ich finde auch größere und solche, die sich in ganz anderen Muschelformen niedergelassen haben. Nach einer Weile wage ich es sogar, sie auf meiner Handfläche spazieren zu lassen. Einmal tauchen Mama, Papa und Uschi in meiner Nähe auf. Uschi hängt in einem Schwimmreifen, strampelt ein wenig mit den Beinen und hat nicht einmal ihren Sonnenhut abgenommen. Krampfhaft hält sie sich an Papa fest. So, denke ich mir, wird das nichts mit dem Schwimmen. Mama ihrerseits hat den Kopf so weit aus dem Wasser gestreckt, dass ich vermute, dass sie fast senkrecht im Wasser steht. Dazu allerdings ist es wohl kaum tief genug. Als ihr einmal eine kleine Welle ins Gesicht schwappt, kreischt sie auf. „Igitt! Ist das eklig! Wir hätten doch lieber nach Kärnten fahren sollen!“ Ich strecke ihr meine Handfläche mit einem Einsiedlerkrebs entgegen. „Aber da gibt es keine Krebse!“ Mama kreischt noch viel lauter als zuvor. „Geh weg! Tu das weg!“ Sie spritzt mir Wasser ins Gesicht. Was mich aber nicht stört, weil ich ja meine Taucherbrille aufhabe. Uschi kreischt mit, obwohl sie den Krebs nicht einmal angesehen hat. Irgendwie sieht es so aus, als wäre meine Familie nicht wirklich geeignet für abenteuerliche Auslandsreisen.

Mama hat zudem noch eine sehenswerte Badehaube über ihre Frisur gestülpt. Die sorgsam dauergewellten Haare dürfen nämlich nicht nass werden. Die Badehaube ist aus Gummi und über und über mit hellblauen Blüten bedeckt, sodass Mama aus der Ferne aussieht wie ein auf dem Wasser treibender Blumenstrauß. Wenn ich meinen Blick so über das Wasser schweifen lasse, sehe ich zahlreiche von diesen treibenden Sträußen in allen nur denkbaren Farbkombinationen. „Du kommst aber dann auch hinaus! Sonst verkühlst du dich noch!“ Das glaubt Mama ja selber nicht, dass man sich in dieser warmen Brühe verkühlen könnte. Aber das ist auch ein ganz wichtiges Thema: die Angst davor, dass Kinder sich verkühlen. Ständig wird man daran erinnert, sich warm zu halten, ununterbrochen wird man vor der Gefahr gewarnt. Wenn es unter zehn Grad hat, stülpt mir Mama immer eine Wollmütze über die Frisur, bevor ich in die Schule gehe. Da kann die Sonne noch so munter hinter den Wolken hervorblitzen. Ich lasse sie dann natürlich in der Schultasche verschwinden, sobald ich um die nächste Ecke gebogen bin. Ich will ja schließlich nicht als Weichei dastehen.

Noch schlimmer sind da die Großeltern. Ganz egal, wie warm es draußen ist, sie erinnern unsere Eltern immer wieder daran, dass das Kind eine Haube aufsetzen und ein Jackerl tragen muss. Die müssen in ihrer Kindheit unheimlich viel gefroren haben, anders ist dieses Verhalten nicht zu erklären. „Siegfried!", brüllt jemand schließlich vom Ufer. „Siegfried!" Das kann nur Mama sein. Peinlich. Man kann doch hier an einem italienischen Strand nicht so ungeniert „Siegfried" brüllen. „Essen!" schreit sie noch, als ich näher komme. Mama steht mit einem ausgebreiteten Badetuch am Ufer und nimmt mich in Empfang, indem sie mich darin einwickelt. Noch peinlicher. „So! Jetzt zur Dusche!" „Mama, spinnst du? Ich war den ganzen Vormittag im Wasser! Wozu dann eine Dusche?" „Ja, was glaubst du denn? Das ganze Salz muss ja herunter, sonst hast du das alles im Gewand kleben!" Ich maule noch ein wenig herum, weil ich das Duschen nach dem Schwimmen hasse. Das ist immer so entsetzlich kalt. Allerdings erwartet mich hier eine Überraschung: Das Wasser der Stranddusche ist angenehm temperiert.

„Beeil dich!", drängt Mama. „Wir müssen zum Mittagessen!" Dafür habe ich schon mehr Verständnis. Erst jetzt merke ich, wie schrecklich leer sich mein Magen anfühlt. Die zwei hohlen Marmeladesemmeln vom Frühstück haben ihn doch nicht ausdauernd füllen können. Ich überlege, ob noch Wurstsemmeln von gestern übrig sein könnten.

Im Speisesaal ist es heißer als gestern. Alle Fenster stehen offen, damit der Rauch hinaus- und der Lärm hereinziehen kann. Am allermeisten Lärm allerdings machen die Gäste selber. Es sind vor allem Österreicher. Ich habe Glück, denn als Vorspeise werden wieder Spaghetti Bolognese angeboten. Mama rümpft die Nase. „Schinken mit Melone? Was soll das denn sein?“ Dass man etwas Süßes wie Obst zusammen mit etwas Pikantem wie Schinken essen kann, hat sich bei uns zu Hause in Kastenkirchen noch nicht herumgesprochen. Dennoch bestellt Mama es, denn sie möchte nicht als ungebildete Landpomeranze dastehen. Zumindest nicht vor Maria, die mir auch heute wieder über den Kopf streicht und Papa zulächelt. „Signore? Nock eine Flasse Verduzzo?“ Papa grinst breit und nickt, obwohl er sich eigentlich vorgenommen hatte, erst zum Abendessen wieder Wein zu trinken. Mama grollt, bis ihre Vorspeise kommt. Da macht sie große Augen. Der Schinken ist nämlich kein solcher, wie wir ihn von zu Hause kennen. Da gibt es einen kastenförmigen Block, von dem schweinsrosa Scheiben heruntergesäbelt werden. Der Schinken hier ist dunkelrot, hauchdünn geschnitten und hat einen Fettrand. Er sieht eher aus wie Speck. Und das soll man zusammen mit der Melone essen. Maria sieht, wie ratlos Mama dreinschaut. „Isse rohe Sinken, italiano Sinken, fantastico!“ Sie bildet mit Daumen und Zeigefinger einen Ring vor ihrem Mund und küsst dann die Finger. Ich merke Mama an, dass sie unsicher ist, aber sie will nicht auffallen und schneidet sich ein Stück herunter. Tapfer steckt sie es zusammen mit einem Blatt Schinken in den Mund. „Oh! Schmeckt gar nicht schlecht! Und ist wahrscheinlich sogar gesund!“

„Parmigiano?“, fragt Maria und stellt eine Schale mit geriebenem Käse vor mich hin. Ich rieche sofort, dass der Käse stinkt, und schüttle den Kopf. Papa indessen nickt und streut sich einen gehäuften Löffel des Käses über seine Nudeln. „Na? Schmeckt's?“, fragt Mama. Ihr Ton klingt gefährlich. Hoffentlich hat Papa begriffen, dass ihm der Käse, den Maria ihm hingestellt hat, nicht zu schmecken hat. Aber er ist leider schwer von Begriff und nickt. „Super. Würzig!“ Mama legt ihr Besteck ein klein bisschen zu heftig weg. „Na, wenn die Signorina Maria das meint, dann muss es ja schmecken!“ Mama hat wieder einmal einen ihrer Eifersuchtsanfälle. Dabei hat sie dafür wirklich keinen Grund. Sie macht eine gute Figur. Auch im Badeanzug. Nur ein bisschen blass ist sie halt, im Vergleich zu der Italienerin. Ist auch kein Wunder, sie kommt ja selten in die Sonne.

Etwas, das wir auch nicht kennen, sind die Strandverkäufer. Bisher waren wir ja nur an Seen in Österreich baden, und da laufen keine barfüßigen, braungebrannten Burschen herum, die lauthals „Coccobello!“ schreien. Aber nicht nur Kokosnüsse, sondern auch Badetücher, Sonnenbrillen, Modeschmuck, Spielzeug und Kunstgegenstände werden am Strand angeboten. Mir fällt auf, dass die Verkäufer gerne vor älteren, dicken Frauen stehen bleiben und ihre Waren anbieten, woraufhin dann viel gelacht wird. Und manche dieser Frauen kaufen auch Sachen, mit denen sie sicher nicht viel anfangen können. Einer der Verkäufer aber, ein junger Bursche mit dunkelbraun gebrannter Haut, einem rot-weiß geringelten Leibchen und sehr kurzen Shorts, stellt sich vor Mama hin und platziert drei Marienstatuen vor sich im Sand. Mama schüttelt den Kopf und versteckt sich hinter ihrem Angelique-Roman, während der Verkäufer irgendwas von „bella donna“ murmelt, immer wieder auf Mama und dann auf seine Statuen zeigt. Papa bekommt seinen bösen Blick, denn er wird, ebenso wie Mama, leicht eifersüchtig. Mir fällt plötzlich auf, dass die Statuen keineswegs die Jungfrau Maria darstellen, denn sie balancieren Krüge auf dem Kopf und haben die Brüste nicht bedeckt. Kaum passend für die heilige Jungfrau. Als dann der junge Mann auch noch auf die Brüste seiner Statuen zeigt und begeistert mit seinen Händen nachformt, während er auf Mamas Busen glotzt, springt Papa auf und schreit: „Jetzt schleichst dich aber, du Falott, du schäbiger!“ Obwohl der Verkäufer sicher nicht genug Deutsch versteht, um die genaue Bedeutung von Papas Fluch zu entschlüsseln, packt er eilig seine Statuen und verschwindet.

Trotz dieser schlechten Erfahrung gelingt es mir an diesem Nachmittag, meinen Eltern 20 Lire für den Coccobello-Verkäufer zu entlocken, denn ich habe noch nie in meinem Leben eine Kokosnuss gegessen. So etwas gibt es bei uns nicht. Höchstens Kokosbusserln, zu Weihnachten, wenn Mama Kekse bäckt. Aber ob da wirklich Kokosnuss drinnen ist, weiß wahrscheinlich kein Mensch. Die Kokosnuss entpuppt sich aber leider als große Enttäuschung. Sie ist hart, faserig und kein bisschen süß. Keine Ahnung, was man daran finden soll. „Fresco!“, hat der Verkäufer gemeint. Aber erfrischend finde ich die Fasern, die ich nur mühsam zwischen meinen Zähnen zermahlen kann, nicht.

Den Großteil des Nachmittags verbringe ich, genauso wie den Vormittag, im Wasser, auf der Suche nach Einsiedlerkrebsen. Ohne auch nur einen Gedanken an den wartenden Winnetou zu verschwenden. Es ist erstaunlich, in wie vielen Größen und Formen die Viecher vorkommen. Gegen Abend frischt der Wind auf und die Wellen werden höher, sodass die Suche mit den Zehen etwas mühsam wird.

Leider hat der lange Aufenthalt im Salzwasser Folgen. Wir schmieren uns zwar mit Öl ein, aber es riecht nur seltsam und hilft kaum gegen Sonnenbrand. Schon gar nicht im Wasser. Als mich Mama abends aus dem Meer holt, bin ich krebsrot. Das allerdings ist ein Normalzustand, das passiert jeden Sommer ein paarmal. Dann schläft man eine Nacht schlecht, weil es brennt, und danach ist es vorbei.

*Er strich sich über den Unterarm und seufzte. Harmlose Alterswarzen, hatte der Hautarzt gemeint, seien die Veränderungen, die er seit ein paar Jahren vermehrt festgestellt hatte. Von Hautkrebs keine Rede. Damals war man völlig unbesorgt gewesen, solange ein Sonnenbrand noch keine Blasen geworfen hatte. Und von einem Ozonloch über den Polkappen hatte kein Mensch irgendetwas gewusst. Die Bräune, so meinte man, sei ein guter Schutz für die Haut und stelle sich erst nach ein paar Sonnenbränden ein. Vieles war irgendwie einfacher gewesen. Vielleicht nicht besser, aber unbeschwerter.*

Nach dem Abendessen, als ich mich in mein Bett lege, fühle ich mich total erhitzt, und am Rücken brennt es fürchterlich. Trotzdem bleibt es mir nicht erspart, noch einmal aufzustehen. „Heute gehen wir bummeln!“, verkündet Mama. „Wir wollen ja schließlich auch die Stadt erkunden und schauen, was es da alles zu sehen gibt!“ „Ja“, fügt Papa hinzu, „und einkaufen, nicht zu vergessen!“ Mama wirft ihm einen beleidigten Blick zu.

Es ist schon dunkel geworden, und wir bewegen uns durch das Gewühl in Richtung Altstadt. Dort gibt es ein paar enge Gassen, die mit bunten Lichterketten beleuchtet sind. Ein Lokal reiht sich an das andere, und alle sind fast voll besetzt. Es essen also nicht alle Leute in ihren Hotels, stelle ich fest. Interessiert studiere ich die vor den Lokalen aufgestellten Tafeln. „Pollo allo spiedo“, steht auf einer. „Was heißt denn das?“, fragt Uschi. Mama zuckt mit den Schultern. „Pollo, das ist wahrscheinlich Polenta. Das ist aus Mais gemacht, das haben wir im Krieg bekommen, weil es sonst nichts gegeben hat. Schrecklich, dass es diese Italiener heute noch essen müssen!“ Ich riskiere einen Blick zwischen den aufgestellten Blumentrögen durch, sehe aber keinen Mais, stattdessen eine ganze Reihe von

Grillhühnchen, die da auf einem Spieß brutzeln. Womöglich hat sich Mama getäuscht. Auf so ein Grillhuhn, darauf hätte ich jetzt Lust.

„In Italien", sagt Mama, „da muss man ein Eis essen. Das heißt hier ‚Gelato' und schmeckt fantastisch!" Es dauert nicht lang, bis wir alle mit einer Riesentüte Eis in den Händen dastehen und uns bemühen müssen, dass es nicht auf unsere Hände hinuntertropft, weil es immer noch so heiß ist. Ich habe Erdbeere und Zitrone genommen, das esse ich auch zu Hause immer, weil es meine Lieblingseissorten sind. Hier heißt es „fragola" und „limone". Das werde ich mir merken, damit ich in Zukunft mein Eis selber bestellen kann, auch wenn der Eisverkäufer nicht Deutsch spricht.

„Servus!" Ich habe mein Eis noch nicht ganz aufgeschleckt, als mich jemand anspricht. Es ist der Bub, den ich heute Morgen im Wasser getroffen habe. „Ich heiße Alexander. Und du?" Ich schaue mich um, ob Mama mich hören kann, doch sie ist in einen Drehständer mit Modeschmuck für kleine Mädchen vertieft, Uschi hängt an ihrer Hand und hüpft vor Begeisterung. „Sigi", sage ich. „Gehst mit, in den Spielsalon?" Ich habe keine Ahnung, wovon er redet. Ich war noch nie in meinem Leben in einem Spielsalon, ganz abgesehen davon, dass es in Kastenkirchen so etwas nicht gibt. „Ich weiß nicht", sage ich. „Was macht man da?" „Da gibt es lässige Automaten, und da kann man spielen. Du brauchst allerdings Lire. Münzen. Ich bin schon eine ganze Woche da, und ich darf jeden Abend!"

Ich schiebe den letzten Rest meiner Eistüte in den Mund und wische mir die Hände an meiner Hose ab. Das wird eine zähe Verhandlung mit meinen Eltern geben. Mama wirft alle möglichen Bedenken vom Verirren bis zur Entführung in die Schlacht, doch schließlich bekomme ich eine Stunde zugestanden, weil Alex sich schon auskennt. Es wird vereinbart, dass meine Eltern im Café gegenüber von unserem Hotel auf mich warten. Dann zieht mich Alex mit sich. „Los, komm!“ Er führt mich aus der Altstadt hinaus, ganz in die Nähe unseres Hotels. Über einem Lokal prangt in Leuchtschrift „Sala Giochi“. Das ist der Spielsalon. Das erste italienische Wort, das ich dort lerne, ist übrigens „rotto“. Das heißt „kaputt“ und steht auf den Zetteln, die man bei den beschädigten Automaten über den Münzschlitz geklebt hat.

*In den sechziger Jahren, dessen war er sich sicher, hatte es noch keine Videospielautomaten gegeben. Und von Handys oder Spielkonsolen war man noch Jahrzehnte entfernt gewesen. Von Computern hatte man schon gehört, gesehen aber hatte er seinen ersten mit 16 oder 17, im EDV-Saal der Handelsakademie. In den sechziger Jahren standen angeblich welche in den USA im Raumfahrtkontrollzentrum der NASA und belegten ganze Stockwerke. Mit ihrer Abwärme konnte man ganze Stadtviertel beheizen. Und Bildschirme, die gab es bestenfalls in Schwarz-Weiß.*

Ziemlich rasch verliere ich Alex aus den Augen, weil ich fasziniert den Spielern zusehe. 400 Lire habe ich bekommen, und die gilt es sich gut einzuteilen. 100 Lire kostet ein Spiel. Da gibt es Spiele, für die man zu zweit sein muss – eine Art Puck wird auf einer glatten Fläche mit zwei Schlägern hin und her geschlagen, dann gibt es eine Art Basketball, wo der Ball in Mulden fällt, und man muss die richtige Taste drücken, um ihn wieder hoch und in Richtung Korb zu schleudern.

Was mich aber von Beginn an am meisten fasziniert, sind die Spiele, die man allein spielt. Es gibt sogar ein Autorennspiel mit Gaspedal und Lenkrad, gespielt aber wird nicht über einen Bildschirm, obwohl es auf den ersten Blick so aussieht, als wäre in dieser Maschine ein Farbfernseher eingebaut. Das Auto, das man lenkt, ist auf einer Stange montiert, die man sogar sehen kann, wenn man genau hinschaut. Und die Autos, die man überholen muss oder die entgegenkommen, stecken auf sich drehenden Scheiben, die durch das Gaspedal bewegt werden. Es ist kompliziert zu erklären, und noch komplizierter, es sich vorzustellen, wenn man es nicht selber sieht. Ein weiteres Spiel, das mich begeistert, ist ein Geschicklichkeitsspiel mit einem Flugzeug, das an einer langen Stange in einem Glaskasten befestigt ist. Die Stange ist in der Mitte auf einem Berg fixiert, und es gilt, das Flugzeug so zu steuern, dass es unter einer Brücke durch und über einen Berggipfel fliegt. Die meisten Punkte kann man ernten, wenn es einem gelingt, das Flugzeug punktgenau auf einem Fadenkreuz landen zu lassen. Was der Lohn der Mühe ist? Wer genug Punkte bekommt, erreicht ein Freispiel, darf also länger spielen.

Ich beschließe, Autorennen und Fliegen auszuprobieren. Ich versuche, die Fehler der schlechten Spieler und die Taktik der Profis genau zu studieren, bevor ich mein eigenes Geld in die Schlacht werfe. Bei zwei Autorennen gelingt es mir leider nicht, bis zu einem Freispiel zu kommen, ich reagiere zu hastig und ungenau. Beim Fliegen klappt es etwas besser – mit meinen letzten 100 Lire gewinne ich ein Freispiel.

Als ich auf meine Uhr blicke, stelle ich fest, dass ich jetzt ein viel größeres Problem habe als fehlende Lire zum Weiterspielen. Ich hätte schon vor einer halben Stunde beim Treffpunkt sein sollen. Ich trete vor den Spielsalon und sehe mich um. In welche Richtung geht es? Im gleichen Moment trifft mich ein Schlag ins Gesicht. „Dass ich dich endlich gefunden habe!“ Mama drückt mich an sich und macht ein fürchterliches Theater, das mir entsetzlich peinlich ist. Sie hat sich vor mich hingehockt, mir die Arme um den Körper gelegt und schluchzt in mein Leibchen hinein. Ich rekonstruiere, dass sie mir zuvor eine Ohrfeige verpasst haben muss, denn wo soll der Schlag sonst hergekommen sein?

Mama beruhigt sich relativ schnell, richtet sich auf und wischt sich die Tränen ab. „Das war das letzte Mal, dass wir dich aus den Augen gelassen haben, in diesem Urlaub! Und der letzte Urlaub in Italien sowieso!“ Mama zieht mich hinter sich her. „Wart nur, bis wir im Zimmer sind! Wart nur!“ Ich versuche, Mama möglichst schnell zu folgen, sodass wir so wenig Aufsehen wie möglich erregen. Es ist selbstredend absolut oberpeinlich, von seiner Mutter an der Hand durch das abendliche Gewühl gezogen zu werden. Aber Mamas Drohungen muss man nicht so ernst nehmen; wenn sie wirklich alles tun würde, was sie mir androht, würde ich das ganze Jahr über mit Rahmsuppe in einem kahlen Zimmer sitzen und über meinen Schulbüchern brüten.

Es dauert nicht lange, bis wir zu dem Café kommen, wo Papa und Uschi auf uns warten. Papa hat ein Bier vor sich stehen und Uschi ein Glas mit einer leuchtend grünen Flüssigkeit und einem rot-weiß gestreiften Strohhalm. „Ich wollte gerade gehen!“, rechtfertige ich mich. „Es war so spannend! Da hab ich die Zeit übersehen!“ Papa grinst. Er sieht an mir vorbei, oder durch mich durch, wie auch immer, es verrät mir, dass er ein wenig zu viel getrunken hat. „Was für eine Strafe bekommt Sigi jetzt?“, fragt Uschi. Sie ist unglaublich sensationslüstern und scheint es zu genießen, wenn ich bestraft werde. Vielleicht, weil sie hofft, dass sie sich dann selber als braves Kind in den Mittelpunkt spielen kann. „Zimmerarrest! Für den Rest des Urlaubs! Das ist das Mindeste!“, keucht Mama, bevor sie sich in einen der Metallsessel fallen lässt. Papa bläst Rauch vor sich hin und grinst. „Es ist ja nichts passiert. Außer einer kleinen

Verspätung. Wenn du dir ein wenig mehr Zeit gelassen hättest ...“ Er kann seinen Satz nicht zu Ende sprechen. „Ja, das sieht dir ähnlich!“, faucht Mama. „Gemütlich ein Bier trinken und eine nach der anderen rauchen, während das eigene Kind vermisst wird! Du hättest lieber zur Polizei gehen sollen, als hier herumzusitzen!“ Mama wird so laut, dass Gäste von den Nachbartischen bereits neugierig zu uns herüberblicken. Papa versucht, Mama mit Gesten zu beruhigen. „Ich kann doch nicht zur Polizei gehen, wenn sich der Bub einmal um ein paar Minuten verspätet! Da mache ich mich ja lächerlich! Und vor allem, wie soll ich denn denen erklären, worum es überhaupt geht?“ Mama trinkt den letzten Rest, der noch in ihrem Glas ist, und kramt in ihrer Handtasche nach Zigaretten. „Ich brauch jetzt auch eine. Zur Beruhigung.“ Ich sitze mit gesenktem Blick da und versuche, mich möglichst unauffällig zu verhalten. Aus Erfahrung weiß ich, dass Mamas Zorn meist schneller verraucht, wenn man ihr nicht widerspricht.

Papa lächelt und nimmt einen Schluck Bier. „Weißt du was, Traudi? Wir schicken die zwei jetzt hinauf ins Zimmer, und dann gehen wir noch eine Runde am Strand entlang. Wirst sehen, im Mondschein, das wird wunderbar! Und du entspannst dich!“ Mama zögert. Ich weiß, romantische Vorstellungen von einem Strandspaziergang im Mondschein, die reizen sie allzu sehr. Sie kennt das von ihren Liebesromanen und hat Papa schon oft vorgeworfen, zu wenig romantisch zu sein. Und der Alkohol hat, wie immer, Papa entspannt und nachgiebig gemacht, manchmal fällt er Mama sogar um den Hals und schmust sie ab, wenn er einen kleinen Schwips hat. So kommt es, dass Uschi und ich eine halbe Stunde später im Bett liegen. „Ich erzähl es Mama und Papa, dass du dir die Zähne nicht geputzt hast!“, mault Uschi, der langweilig ist, weil sie zum Lesen zu faul ist. „Mach, was du willst!“, brumme ich. Ich möchte mich jetzt in meinen „Winnetou“ vertiefen, denn wenn Mama und Papa ins Zimmer kommen, dann gibt es zuerst Unruhe, und danach wird gleich das Licht abgedreht. Schließlich schläft Uschi ein, und es dauert geschlagene 72 Seiten, bis ich den Schlüssel im Schlüsselloch höre. Ich schalte schnell das Licht ab, damit meine Eltern glauben, dass ich schon schlafe. Das erspart mir möglicherweise weitere Diskussionen über meine Verspätung heute Abend.

# 4 Mercato

*Es war ja eigentlich unglaublich. Seine Mutter hatte sogar dieses kleine Plastikflugzeug mit den drehbaren Tragflächen aufgehoben, das man wie einen Drachen an einer Schnur fliegen lassen konnte. Natürlich war ein Flügel abgeknickt, das Plastik gesplittert und ausgebleicht, aber Mama war es offenbar wichtig gewesen. Er konnte sich noch gut daran erinnern, wie er sehnsüchtig die Schachteln mit den Fliegern studiert hatte. Sie waren zu teuer gewesen. Bis seine Eltern, es war wohl bei einem Besuch auf dem Wochenmarkt gewesen, seines Jammerns überdrüssig geworden waren und ihm einen solchen Flieger kaufen hatten lassen. Lange war er nicht geflogen.*

Am Dienstag ist die Aufregung groß – meine Eltern haben gestern von erfahrenen Caorle-Urlaubern gehört, dass heute Markttag ist. „Da müsst ihr unbedingt hin! Da gibt es alles unglaublich billig!“ So hat man ihnen den Markt schmackhaft gemacht. Mama und Uschi haben große Augen bekommen, und so wurde beschlossen, dass wir heute Vormittag statt an den Strand zum Markt gehen. Er ist etwas außerhalb, und ich bin schon halbtot vor Durst, als wir das Marktgelände erreichen. Man erkennt es zuerst daran, dass auf einer großen, staubigen Fläche eine ganze Menge Autos parken. „Ich brauch unbedingt etwas zu trinken!“, jammere ich. „Dann nimm halt ein paar von den Lire, die du für den Spielsalon bekommen hast!“ Papa hat mir nämlich 400 Lire für jeden Abend versprochen, wenn ich mich an meine Ausgehzeiten halte. Dass vor allem Kinder viel trinken müssen, um in der Hitze nicht zu kollabieren, weiß er nicht. „Wenn du weniger trinkst“, heißt es immer, „dann schwitzt du auch nicht so!“ Und weniger schwitzen heißt, dass die Kleider nicht so oft gewaschen werden müssen. Man will ja schließlich sparen.

Gott sei Dank verkneife ich es mir, etwas zu trinken zu kaufen, denn kurz nach dem Eingang zum Markt gibt es einen Trinkbrunnen, an dem bereits zahlreiche Leute anstehen, um ihre Flaschen zu füllen. Ich habe zwar keine mit, schlürfe aber gierig das Brunnenwasser, als ich an der Reihe bin. „Nicht!“, kreischt meine Mama. „Davon kriegst du Durchfall!“ Lieber Durchfall, denke ich mir, als hier elendiglich zu verdursten. Mama ist nämlich grundsätzlich der Meinung, dass es in Italien so dreckig ist, dass man furchtbar aufpassen muss, um sich nicht mit irgendwelchen grauenhaften Krankheiten anzustecken. Seltsamerweise vergisst sie darauf, wenn sie selbst einmal Lust auf Eis oder Kaffee oder einen Drink hat, dann macht sie nämlich kein Theater um den Eiswürfel, der da in ihrem Glas schwimmt.

Gleich nach dem Brunnen verliere ich meine Eltern. Da steht nämlich ein Mann, der kleine Püppchen über ein schräg gestelltes Brett purzeln lässt. Die Püppchen sind so gebaut, dass sie fortwährend Purzelbäume schlagen. Es sieht lustig aus, und ich sehe ihm eine Zeitlang zu, weil er dazu auch noch Verse aufsagt. Nein, nicht aufsagt, brüllt. „Lucki, Lucki, ossibucci!“, schreit er. Und „Obladi, oblada, la polenta vaccara!“ Ich habe keine Ahnung, was das alles heißt. Nur „Polenta“ verstehe ich, denn das habe ich schon einmal gehört. Der Mais, den die Eltern im Krieg essen mussten, der hieß „Polenta“. Was das allerdings mit den Püppchen zu tun hat, verstehe ich nicht. Ich bin nicht der Einzige, der dem Treiben des Mannes fasziniert zusieht, auch ein paar andere Kinder haben sich versammelt.

Schließlich fängt der Mann seine Püppchen am Ende des Bretts auf und hält sie der Reihe nach in die Höhe. „Uno, due, tre, quattro!", brüllt er und hält dabei jeweils ein Püppchen in die Höhe. „Mille lire!" Die Zahlen verstehe ich schon. Vier Püppchen sollen 1000 Lire kosten. Ich stelle mir vor, wie man zu Hause mit den Püppchen Wettrennen veranstalten könnte, wenn man alle gleichzeitig loslässt. Plötzlich kommt der Mann auf mich zu und drückt mir vier Püppchen in einem Plastikbeutel in die Hand. „Solo mille lire! Quattro bambolotti!" Ich erschrecke, erstens, weil er direkt auf mich zugekommen ist, und zweitens, weil er immer lauter brüllt. Schnell lege ich die Püppchen auf seinen Tisch und verdrücke mich.

Ich blicke um mich und sehe Stände, an denen Schuhe, Taschen, Kleider, Badeanzüge, Plastikeimer und Spielwaren verkauft werden. Was ich nicht sehe, sind meine Eltern und Uschi. Ich gehe zur nächsten Wegkreuzung und sehe in alle Richtungen. Keine Mama, kein Papa, keine Uschi. An dem Stand, der mir am nächsten ist, gibt es Geschirr zu kaufen. Riesige Stapel bunter Teller, Tassen und Schüsseln. Die Kunden, merke ich, sind fast alles Touristen, die meisten davon Österreicher. Sie lassen sich ganze Kartons mit Geschirr füllen. Ich frage mich, wie sie das alles wieder nach Hause bringen wollen. Der Kofferraum in unserem Bus war nämlich auf der Herfahrt schon so voll, dass der Busfahrer ins Schwitzen geraten ist, als er die letzten Koffer hineinstopfen musste. Wahrscheinlich sind die mit einem eigenen Auto angereist.

Um die Preise wird ausgiebig gefeilscht. Der Verkäufer, ein älterer Mann mit grauem Schnauzer und Strohhut, wirft die Hände in die Höhe, legt sie an seine Wangen, beugt sich schließlich weit zurück und schreit: „No, no, no!" Die dicke Frau ihm gegenüber, die sich einen Karton hat füllen lassen, wedelt mit einer Handvoll Geldscheine.

Schließlich schnappt sich der Mann die Scheine und hält sich eine Hand vor die Augen. Zum Abschied drückt er die dicke Frau an sich. Sein Kopf reicht gerade über ihren Busen. Die Szene kommt mir vor wie im Theater. Ich frage mich, ob es den Verkäufern wirklich um ein paar Lire oder einfach nur um den Spaß geht.

Plötzlich umklammert eine Hand von hinten meinen Hals. „Da ist er ja, der Ausreißer! Wo warst du denn? Wir haben geglaubt, du bist uns schon wieder verloren gegangen!“ Papa ist sichtlich sauer. Wahrscheinlich hat er mich schon eine Zeitlang gesucht. „Ich bin nur stehen geblieben und hab zugeschaut, ihr seid weitergegangen!“, verteidige ich mich. Papa packt mich am Arm. „Du bleibst jetzt immer in unserer Nähe! Ab jetzt wird gefolgt!“ Damit meint Papa nicht, dass ich hinter ihm herlaufen, sondern dass ich widerspruchslos gehorchen soll. Das ist nämlich der höchste und wichtigste Wert in der Erziehung überhaupt. Dass gefolgt, also gehorcht wird. Es gilt, den Anordnungen der Eltern jederzeit widerspruchslos Folge zu leisten. Denn Kinder haben nichts zu sagen, nichts zu bestimmen und nichts zu wollen. Das ist allgemein anerkannter Standard, dagegen kannst du überhaupt nichts machen.

Ich trotte also hinter Papa her, und wir finden Mama und Uschi bei einem Stand, der billige Sommerkleider und Modeschmuck anbietet. Was sonst. Ich langweile mich fast zu Tode, bis ich an einem anderen Stand etwas erspähe, das ich gerne hätte. Ich habe am Strand schon öfter Kinder gesehen, die etwas Drachenähnliches in die Luft steigen lassen. Es ist ein kleines Flugzeug mit Tragflächen, die sich wie Propeller drehen, und es steigt ganz leicht in die Luft, weil am Strand immer eine leichte Brise weht. Manchmal sogar eine stärkere. „Papa, bitte!“, bettle ich. „Ich verzichte heute Abend auch auf das Eis!“ Papa schüttelt den Kopf und zündet sich eine Zigarette an. Plötzlich habe ich das Gefühl, als würde ich etwas ganz Wichtiges verpassen, wenn ich kein solches Flugzeug bekomme. Ich beginne zu jammern, fast kommen mir die Tränen. Ich klammere mich an Papas Arm. „Bitte! Bitte!“ Er schüttelt mich ab. „Und dann geht es gleich kaputt. Und bei uns zu Hause geht sowieso nie genug Wind. Hast du ja gesehen, wie wir den Drachen gebaut haben!“ Der Drachen, den Papa gebaut hat, der war viel zu schwer und ganz schlecht ausbalanciert, deswegen ist er nicht geflogen. Aber das kann ich Papa jetzt unmöglich sagen. Es braucht noch langes Theater mit Tränen und Geschrei, bis ich schließlich die 1000 Lire für den Flieger in der Hand halte. Vielleicht hat es geholfen, dass Uschi ein paar Ohrringe bekommen hat. Gerechtigkeit muss schließlich sein.

Ich trete an den Stand, halte meine 1000 Lire fest in der Faust und deute auf den Flieger. 1000 Lire soll er kosten. Mein Plan ist, ihn billiger zu bekommen. „Fünfhundert!“, sage ich, weil ich nicht weiß, wie das auf Italienisch heißt. Der Verkäufer winkt lächelnd ab und wendet sich einem anderen Kunden zu. So war das nicht geplant. Vielleicht muss ich klarer machen, dass ich das Ding haben will. Ich nehme eine Schachtel vom Stapel, daraufhin wird der Verkäufer wieder auf mich aufmerksam. „Sechshundert!“, sage ich. Der Verkäufer schüttelt den Kopf, deutet auf das Preisschild und sagt. „Mille Lire!“ Er nimmt mir die Schachtel ab und legt sie wieder auf den Stapel. Entnervt drücke ich ihm den Tausender in die Hand, schnappe mir die Schachtel und bin plötzlich gar nicht mehr glücklich über den Kauf. Vor allem, weil ich auf dem Rückweg zum Parkplatz an einem anderen Stand genau den gleichen Flieger für 800 Lire sehe.

Leider behält Papa recht. Zwei oder drei Flüge gehen gut. Dann lässt plötzlich der Wind nach, als der Flieger ganz hoch oben ist, und er stürzt ab. Die Dame, auf deren

Liegestuhl er zerschellt, schreit auf und springt hoch. „Was fällt dir denn ein, du Rotzlöffel!“, schreit sie mich an, als ich näher komme, um meinen Flieger zu bergen. Sie holt aus, als wolle sie mir eine Ohrfeige verpassen, deshalb ziehe ich den Flieger an der Schnur zu mir her, um ihr nicht zu nahe zu kommen. Ein Flügel ist abgeknickt, und es sieht nicht so aus, als wäre das einfach zu reparieren. Meine Aufregung hält sich in Grenzen, denn eigentlich war mir ohnehin schon langweilig dabei, dem Flieger tatenlos dabei zuzusehen, wie er an der Schnur herumschwirrt. „1000 Lire zum Fenster hinausgeschmissen!“, stöhnt Papa, als ich das Wrack auf meinem Liegestuhl deponiere. „Wenn wir nach Hause kommen, sind wir pleite!“ Ich beschäftige mich wieder mit den Einsiedlerkrebsen.

# 5 Kulinarische und andere Genüsse

*Er konnte es kaum fassen. Mama hatte sogar mehrere der Speisekarten aus dem Hotel „Corallo“ aufgehoben, auf denen außer in Italienisch auch in gebrochenem Deutsch zu lesen war, was es an jenem Tag gegeben hatte. Und ausgerechnet die Karte mit dem „misto mare“ fiel ihm in die Hände. Davor hatten sich seine Eltern doch so sehr geekelt – warum hatte es ausgerechnet die in den Erinnerungskarton geschafft? „gemisste fruchte von die meere“ hieß das Gericht auf Deutsch. Schon damals hatte er sich gefragt, warum man nicht einfach einen der anwesenden Österreicher fragte, wie man die Gerichte auf Deutsch schrieb. Jetzt erinnerte er sich auch daran, dass sie abends, nach der Vollpension, auch einmal Pizza probiert hatten. Er hatte sie ganz in Ordnung gefunden, seine Eltern und Uschi waren wenig begeistert gewesen. Er musste einmal recherchieren, wann die erste Pizzeria in Österreich aufgemacht hatte, aber er war sich ganz sicher, dass es 1968, zur Zeit ihres ersten Italienurlaubs, keine gegeben hatte. Pizza, die hatte er erst während des Studiums kennengelernt. Das musste so in den späten siebziger Jahren gewesen sein.*

Wir sind jetzt schon drei Tage hier, und es scheint so, als hätten sich unsere Eltern langsam an das Leben im Hotel und am Strand gewöhnt. Heute Abend allerdings gibt es beim Abendessen ein kleines Problem. Es gibt nämlich „misto mare“. Meine Familie hat so etwas vorher noch nie gesehen. Auf unseren Tellern türmen sich frittierte Tintenfischchen, deren Fangarme noch deutlich zu erkennen sind, Tintenfischringe, winzige Fischchen, deren Augen uns vorwurfsvoll zu beobachten scheinen, und allerhand anderes Meeresgetier, verborgen unter einer Panierkruste, die uns vom Wienerschnitzel her natürlich vertraut ist.

Mama hält sich die Hand vor den Mund. „Das soll ich essen? Das lebt ja womöglich noch!" „Wäh!" Uschi schiebt den Teller von sich. „Das esse ich nicht! Ich will Grillwürstel! Und ein Kartoffelpüree!" Maria, unsere Kellnerin, die mir inzwischen recht fest ans Herz gewachsen ist, hat in den vergangenen Tagen schon mitbekommen, dass die Familie Niedermayr im Umgang mit exotischen Speisen wenig erfahren ist, und beugt sich zu mir herunter, um uns zu erklären, was da serviert worden ist. Allerdings lenkt mich der Einblick in ihre Bluse, die natürlich durchs Herunterbeugen ein wenig nach vorn gefallen ist, von ihren Erläuterungen ab.

„Das isse wunderbare! Alles frisse gefisste aus die Meere von unsere Pescatori!" „Ich weiß nicht!", sagt Mama. „Kann man sich da keine Fischvergiftung holen?" „Nixe holene!", erklärt Maria. „Isse fangene mite Netze!" Ich würde jetzt gerne zu essen beginnen, vor allem, wo die zum Fisch gereichten Pommes frites so verführerisch duften. Aber Maria scheint es für notwendig zu halten, nähere Erklärungen abzugeben. Sie deutet auf die Ringe. „Isse tentacolo von die Tintenfisse! Tentacolo!" Sie bewegt ihre Arme, als ob sie nach etwas greifen wollte. Die Erklärung gelingt, was man unschwer daran erkennt, dass Mama wieder eine Hand vor den Mund legt und schluckt.

Ich ziehe meinen Teller näher zu mir und fange einfach einmal an. Wozu ist man im Ausland, wenn man nicht probiert, was man zu Hause nicht vorgesetzt bekommt? Als ich tapfer meinen ersten Tintenfisch in den Mund stecke, lächelt Maria. „Ragazzo sveglio!", nennt sie mich wieder, streicht mir übers Haar und quetscht die Zitrone, die auf meinem Teller liegt, über den Fischen aus. „Musse swimmen in limone!“, erklärt sie und verlässt uns. Mama hält sich die Hand vor die Augen und beginnt ebenfalls zu essen. „Vielleicht geht's, wenn ich es nicht sehe!“ Papa schluckt mehrmals, als ob er würgen würde. Ihm bleibt ja auch nichts anderes übrig, als die Fische zu essen, denn zu Hause erklärt er uns immer, dass das gegessen wird, was auf den Tisch kommt.

Er hat leicht reden, denn Mama kocht ja immer das, was er mag. Das ist bei uns so, der Mann verdient das Geld, und dafür geschieht im Haus auch das, was er sagt. Über Gleichberechtigung haben wir uns einmal eine Fernsehsendung angeschaut, woraufhin Papa zum Apparat gegangen ist und abgeschaltet hat. „Das wäre ja noch schöner!“, hat er dazu gemeint. Frauen müssen sogar ihre Ehemänner um Erlaubnis fragen, wenn sie arbeiten gehen wollen. Und von Kinderrechten wollen wir einmal gar nicht reden. „Was du willst, ist uninteressant!“, bekomme ich oft zu hören. Und „Du folgst jetzt, oder es gibt was hinter die Ohren!“ Papa holt dann meistens aus, als wolle er mir eine Ohrfeige verpassen, Gott sei Dank bleibt es aber immer bei der leeren Drohung. Die Ohrfeige, die Mama mir an unserem zweiten Abend hier verpasst hat, das war die erste seit diesem denkwürdigen Ereignis am Heiligen Abend, ganz sicher. Und wo wir schon beim Essen sind: Wir müssen alles aufessen, was uns auf den Teller gelegt wird, und zwar wirklich alles. Nicht einmal den Fettrand vom Schweinsbraten, vor dem mir so graust, darf ich wegschneiden. Außer, wenn Papa einmal keine Zeit hat, so lange sitzen zu bleiben, bis ich ihn hinuntergewürgt habe. Dann hat Mama meistens Mitleid mit mir. Aber es ist schon vorgekommen, dass ich mehr als eine Stunde vor einem Teller kalter Rahmsuppe gesessen bin, bevor ich dann doch erlöst worden bin. Das alles darf man jetzt nicht so einfach als Boshaftigkeit meiner Eltern abtun, sie haben gelernt, dass qualvolle Zwangsmaßnahmen zu den Grundelementen einer gelungenen Erziehung gehören.

Papa kaut also stoisch auf seinen Tintenfischen herum, während Mama immer noch die Hand vor die Augen hält. Mir schmecken die Fische eigentlich, wenn man nicht hinsieht, ist es nicht viel anders als ein Schnitzel. Uschi hat inzwischen zu heulen angefangen. „Ich hab überhaupt keinen Hunger mehr! Die Spaghetti waren schon genug!", jammert sie, schiebt sich aber dennoch ein paar Pommes frites in den Mund. Ich hoffe, dass Papa es hier vor den anderen Leuten nicht riskieren wird, dass wir als Letzte noch alleine dasitzen, weil Uschi nicht aufgegessen hat. „Kann ich ihre haben?", frage ich. „Platzt du nicht langsam?", fragt Mama. „Deine Hose spannt eh schon so!" „Ich faste dafür zu Hause!", sage ich und greife mir Uschis Teller.

Mittwochabend, haben unsere Eltern mit Oma vereinbart, müssen sie unbedingt bei ihr anrufen. Auf keinen Fall, hat Oma gesagt, hält sie es aus, eine ganze Woche lang nichts von uns zu hören. „Wenn ihr dann nach Hause kommt", hat sie gemeint, „sind wir am Ende schon tot und begraben, und ihr wisst gar nichts davon." Dann hat sie noch verschiedene andere Unglücksfälle heraufbeschworen, über die sie unbedingt informiert werden müsse, wenn wir schon eine solche Torheit zu begehen im Begriff sind, wie nach Italien auf Urlaub zu fahren. Busunfälle, Streiks der Arbeiter, die Hotels anzünden, und Haiangriffe, so hat Oma gemeint, wären Gefahren, derer man sich in Italien, das ja bekanntlich ein von unzivilisierten Wilden bewohntes Land sei, ständig gewärtig sein müsse.

Das ist übrigens etwas, worüber ich auch ein paar Worte verlieren muss. Unsere Eltern und Großeltern sind fest davon überzeugt, dass die Italiener, wie auch alle anderen

Südländer, stinkfaule Nichtsnutze seien, die nichts anderes tun, als herumzulungern, Kaffee zu schlürfen und Frauen aus dem Norden hinterherzupfeifen. Man hält sich als Österreicher durchaus für etwas, das den Südländern haushoch überlegen ist. Vor allem an Sauberkeit, Pünktlichkeit, Ordnung und Fleiß. Und diese vier Tugenden sind die allerhöchsten, geheiligten Werte überhaupt. Das ist, ich muss es zugeben, eine etwas seltsame und eigentlich völlig unverständliche Haltung, die wahrscheinlich auch irgendwas mit der Nazizeit zu tun hat und damit, dass mein Vater Adolf heißt. Er hat ja Mama mehrmals zugeflüstert, dass sie ihn hier herunten ja nicht mit „Adolf" anreden soll, das scheint irgendwie rufschädigend oder gar peinlich zu sein.

Jetzt aber zurück zum Telefongespräch. Wir gehen also auf das Postamt und melden ein Ferngespräch mit Österreich an. Natürlich am Abend, nach dem Abendessen, denn tagsüber sind Ferngespräche so teuer, dass man nicht einmal daran denkt, solche aus dem Ausland zu führen. Aber, eben, Oma hat gemeint, sie dreht durch, wenn wir nicht anrufen. Da kann sie sich ja gleich aufhängen, hat sie gemeint, wenn wir auf Nimmerwiedersehen in Italien verschwinden. Sie selbst ist nämlich in ihrem Leben nicht oft aus Kastenkirchen hinausgekommen. Einmal war sie am Hallstättersee, davon erzählt sie uns jeden Sonntag, wenn wir zusammen Kaffee trinken.

*Unvorstellbar, wie sich die Welt seither verändert hatte. Wenn die Kids überhaupt mit der Oma sprechen wollten, führten sie einfach ihre Finger zart über das Konterfei der Großmutter, und schon meldete sich diese, selbst wenn sie am anderen Ende der Welt war. In seiner Kindheit war das Telefonieren meist eine Haupt- und Staatsaktion gewesen. Bevor sie selbst ein Telefon bekommen hatten, konnte man Anrufe allenfalls vom Postamt oder vom nahegelegenen*

*Wirtshaus aus erledigen, aber auch nur, wenn es sich um einen echten Notfall handelte. Er erinnerte sich sogar noch an Telefone ohne Wählscheiben, bei denen man an einer Kurbel drehte, um mit dem Amt verbunden zu werden. Dort hatte man dann seine Wünsche bezüglich der anzurufenden Nummer bekanntzugeben.*

Mama hat die Nummer von Oma auf einen Zettel geschrieben und reicht ihn der Dame hinter dem Schalter. „Telefono!", sagt Mama, denn sie hat natürlich nachgeschlagen, wie das Telefon auf Italienisch heißt. Die Dame am Schalter nickt, zeigt auf eine Bank gegenüber ihrem Schalter und sagt „Aspettare!" in einem Ton, wie man ihn sich bei einer strengen Gefängniswärterin vorstellt. Ich zucke zusammen. Mama sieht mich ratlos an. „Was heißt denn das?", fragt sie. Ich zucke mit den Schultern, die Dame verschwindet in einem Nebenraum. Als sie zurückkommt, bellt sie „Qualche minuti!", deutet auf ihre Uhr, schickt uns einen strengen Blick und setzt sich wieder hinter ihren Schalter. Was mich überrascht, ist, dass das Postamt so spät abends geöffnet hat. „Warum ist jetzt noch offen?", frage ich. „Weil ja den ganzen Nachmittag geschlossen ist. Siesta", erklärt Mama. „Weil die nach der Arbeit am Vormittag schon so erschöpft sind, dass sie ein paar Stunden schlafen müssen." Ich verzichte darauf, Mama zu sagen, dass sie dafür ja abends arbeiten und so wohl auf die gleiche Arbeitszeit kommen wie die Österreicher. Ich stehe auf und suche auf der Eingangstür nach einem Aufkleber mit den Öffnungszeiten. Acht bis eins und fünf bis zehn ist geöffnet. Ich werde sicherheitshalber einmal zu Hause schauen, wie lang unser Postamt geöffnet hat.

Ich vermute, dass die Frau gemeint hat, dass es einige Minuten dauern wird. Neben uns befinden sich fünf Telefonzellen, in denen immer wieder ein Telefon läutet. Die

Frau am Schalter nennt dann den Wartenden eine Nummer. „Tre!“, ruft sie zum Beispiel und deutet auf einen älteren Mann mit blauer Schildkappe, der, wie sollte es anders sein, eine Zigarette im Mundwinkel qualmen hat. Er verschwindet in der Zelle Nummer 3. Leider sind bald einige Minuten vorbei, ohne dass wir aufgerufen werden. Mama wird ungeduldig. „Ich habe Papa gesagt, dass wir uns um neun wieder beim Hotel treffen. Ob sich das ausgeht?“ Nach einer halben Stunde tritt Mama wieder an den Schalter, deutet auf ihre Uhr und schneidet eine Grimasse. Die Frau zuckt mit den Schultern und grimassiert zurück. Sie hat einen deutlich sichtbaren, flaumigen Bart auf ihrer Oberlippe. Ich bereue es, meinen „Winnetou“ nicht mitgenommen zu haben. Im Postamt ist es heiß, stickig und vor allem laut, weil die Wartenden alle durcheinanderreden. Eigentlich schreien. Man muss sich wundern, dass sie sich nicht gegenseitig erschlagen, denn anscheinend können die Italiener nicht reden, ohne mit ihren Händen und Armen raumgreifende Gebärden auszuführen. Wahrscheinlich brauchen die überhaupt keine Gymnastik mehr, weil sie ohnehin beim Reden so viel herumfuchteln.

Schließlich ist es fünf vor neun, und die Frau am Schalter hat noch nicht einmal einen Blick in unsere Richtung geworfen. „So!“, sagt Mama. „Jetzt kann mich Oma mal gernhaben. Und wenn sie sich wirklich aufhängt, weil ich nicht angerufen habe, kann ich auch nichts machen. Außerdem geht sie sowieso bald ins Bett. Und dann schläft sie womöglich schon, wenn bei ihr das Telefon läutet.“ Mama steht auf, gestikuliert wie eine echte Italienerin mit sich überkreuzenden Armen und ruft der Dame hinter dem Schalter „Finito!“ zu. Die nickt ergeben, hat anscheinend genau verstanden, was Mama meint, und wischt sich mit einem gelblich verfärbten Taschentuch den Schweiß von der Stirn.

Ich nehme es jetzt gleich vorweg, dass Oma tödlich beleidigt ist, als wir heimkommen. Um halb zwölf in der Nacht habe das Telefon geläutet und jemand habe „Pronto, pronto!" gerufen. Den Rest, sagt sie, hat sie nicht verstanden und gleich wieder aufgelegt. Als ihr Mama erklärt, dass das wahrscheinlich der misslungene Anruf von uns war, schimpft sie: „Was bildet ihr euch eigentlich ein, mitten in der Nacht anzurufen! Ihr wisst doch, dass wir bald schlafen gehen!"

Am Donnerstag gibt es dann noch ein Problem, an dem Gott sei Dank einmal nicht ich schuld bin. Ich tauche wie immer im Wasser herum, auf der Suche nach Krebsen, Muscheln und Krabben. Vor denen fürchte ich mich mittlerweile überhaupt nicht mehr. Die kleinen kann man sogar aufsammeln und über die Hand krabbeln lassen. Plötzlich glaube ich, meine Mama lachen zu hören. Mehrmals – und anders, als sie sonst lacht. Wo ist sie denn nur? Da, jetzt sehe ich sie. Sie sitzt auf dem Rettungsboot und redet mit einem der Rettungsschwimmer. „Salvataggio" steht auf ihrem roten Boot, und es ist eine eigenartige Konstruktion mit zwei Kufen, einer Sitzbank oben drauf und zwei Rudern an den Seiten. Mama gegenüber sitzt ein braun gebrannter Italiener mit Seemannsmütze und rot-weiß gestreiftem Leibchen. Er fuchtelt wild mit den Armen, und Mama kichert immer wieder wie ein Schulmädchen. Einmal legt er sogar seine Hand auf Mamas Schulter. Ich glaube, der Mann ist nicht nur ein Rettungsschwimmer, sondern auch einer dieser Papagalli, vor denen Papa immer gewarnt hat. Hoffentlich sieht er Mama nicht, wie sie sich da mit dem Italiener unterhält, denn dann wird er eifersüchtig. Wenn Mama mit einem anderen Mann redet oder ihm schöne Augen macht, wie er sagt, kann er furchtbar wütend werden. Was, wenn er gerade jetzt mit einem seiner Jerry-Cotton-Hefte fertig ist und aufsteht, um sich im Wasser einmal abzukühlen?

Ich tauche lieber wieder ab, bevor Mama mich noch sieht. Aber anscheinend ist sie ohnehin so in ihre Unterhaltung vertieft, dass sie alles rund um sich vergessen hat.

Leider werde ich ziemlich bald wieder auf sie aufmerksam, denn was ich befürchtet habe, ist passiert. Papa ist auf der Szene erschienen. Zuerst höre ich ihn nur schreien, und als ich nahe genug bin, um alles zu erkennen, sehe ich, dass er Mama grob am Arm gepackt hat und wild gestikuliert. Ihm gegenüber steht der Rettungsschwimmer, ebenfalls gestikulierend. Schon sammeln sich einige Schaulustige, als Mama sich losreißt und zwischen den Liegestuhlreihen verschwindet. Mir ist die Szene peinlich, und ich verschwinde wieder unter Wasser, wo ich nichts mehr davon hören muss.

Als mich Mama zum Mittagessen aus dem Wasser holt, sieht sie verheult aus. Bei Tisch herrscht dann äußerst unterkühlte Stimmung, obwohl die Suppe vor Mama heiß vor sich hin dampft. Keiner von beiden sagt etwas. „Was ist denn los?", fragt Uschi unschuldig. „Warum schaut ihr denn so finster?" Ich weiß nicht, ob sie wirklich so doof ist oder nur so tut. Mama hält das Schweigen schließlich doch nicht aus und flüstert: „Zum Narren hat sich dein Vater heute am Strand gemacht, das ist los!" „Ach so? Ach so?", zischt Papa zurück. „Und wer hat sich diesem Papagallo an den Hals geschmissen? Ha? Und wer trägt diesen verdammten Bikini, wo der Busen so weit heraushängt, dass sich halb Italien nach ihr umdreht und ihr nachpfeift?" Mama legt den Löffel weg und hält sich die Hände vors Gesicht. An ihrem Zucken merkt man, dass sie weint. „Ich hab keinen Hunger! Ich geh ins Zimmer!" Sie schnappt sich ihre Handtasche und verschwindet.

Uschi gibt immer noch keine Ruhe. „Wer pfeift? Und was ist mit dem Busen? Ich hab gar nichts gesehen!" Ich rolle meine Spaghetti auf und versuche, weder Uschi noch

Papa anzusehen. „Signora Nedermaher isse nixe da?", fragt Maria voller Mitgefühl, als sie unseren Hauptgang bringt. Sieht aus wie Rindsrouladen, nur dass sie außen mit so einem Schinken umwickelt sind, wie es ihn zu den Melonen gegeben hat. Dazu gibt es einen gelben Brei, der aussieht wie Kartoffelpüree, aber viel flüssiger ist. „Sie fühlt sich nicht wohl!", sagt Papa. „Oh!", sagt Maria und deutet mit einer Grimasse und ihren Händen Bauchschmerzen an. Papa nickt. „Musse trinke Grappa!", erklärt sie, bevor sie zum nächsten Tisch geht. Ich koste vom Kartoffelpüree, das aber überhaupt nicht nach Kartoffeln schmeckt. „Bäh!", sagt Uschi. „Was ist das gelbe Zeug?" „Das ist Polenta", murmelt Papa. „Das grausliche Zeug, das ihr im Krieg bekommen habt?", fragt Uschi nach. „Psst!", flüstert Papa. „Nicht so laut." Eigentlich, denke ich, ist es gar nicht so grauslich, wenn man es vorurteilsfrei kostet. „Und dafür bezahlen wir fast tausend Schilling!", murmelt Papa. „Dass sie uns mit Saufutter abspeisen!" Bei uns wird nämlich der Mais an die Schweine und die Rinder verfüttert. Vielleicht auch an die Hühner. Das verstehen anscheinend die Italiener nicht, dass sie einen Österreicher beleidigen, wenn sie ihm Mais vorsetzen. Der bei uns übrigens nicht Mais, sondern Kukuruz heißt.

In der Nacht wache ich mehrmals auf, weil es erstens immer wieder donnert und blitzt und zweitens Mama und Papa anscheinend nicht schlafen, sondern die meiste Zeit flüstern oder sich anzischen. Einmal geht Papa auf den Balkon hinaus, um eine Zigarette zu rauchen. Von dort vertreibt ihn allerdings ein Wolkenbruch, der sich gewaschen hat. Das Wasser prasselt nur so auf Balkon und Straße. Mich wundert, dass Uschi weiterschläft, aber auch ich halte die Augen geschlossen, damit meine Eltern nicht auf die Idee kommen, ich hätte sie belauscht. Jedenfalls, denke ich mir, wird Mama morgen bei dem Wetter den Bikini wohl nicht mehr brauchen, der Papa verärgert und den Rettungsschwimmer begeistert hat.

Tatsächlich ist es noch dicht bewölkt, als wir uns zum Frühstück setzen. Mama und Papa reden zwar nur das Nötigste miteinander, aber ich spüre, dass die Atmosphäre etwas entspannter ist als am Abend zuvor. Ich kenne das bei Papa schon, er gerät zwar schnell in Wut und brüllt herum, aber ebenso schnell beruhigt er sich wieder, weil es ihm selber peinlich ist. Mama dagegen kann schon einmal zwei, drei Tage schmollen, wenn sie böse ist, und redet dann praktisch überhaupt nichts. In dieser Phase scheinen wir jetzt zu sein.

Mama sieht aus dem Fenster und seufzt. Papa folgt ihren Blicken. „Wird wohl heute nichts werden mit dem Baden", sagt er. „Was machen wir denn dann?" Mama schweigt, sodass sich Papa seine Frage selber beantworten muss. „Dann machen wir halt einen Strandspaziergang. Wir kennen ja noch nicht einmal die Hälfte von dem Strand da, das wird ja auch Zeit, dass wir einmal alles sehen."

Als wir wenig später vor das Hotel treten, stellt sich heraus, dass es schwül-warm ist, obwohl der Himmel noch wolkenverhangen ist. Noch bevor ich den Damm hinaufsteige, höre ich das Meer rauschen. Viel stärker als an den Tagen zuvor. Und als wir dann oben stehen und uns der Wind ins Gesicht bläst, sehe ich die gewaltigen Wellen, die auf den Strand zurollen. Trotzdem sind gar nicht so wenige Leute am Strand und im Wasser. Todesmutig, so kommt mir vor, stürzen sie sich in die Brandung. Das würde ich auch gern einmal erleben, aber unsere Eltern werden es sicher nicht erlauben, dass wir bei einem solchen Seegang ins Wasser gehen. Der Spaziergang ist elendslangweilig. Nach einer guten halben Stunde kommen wir ans Ende des Strandes, wo ein breiter Fluss ins Meer fließt. Hier geht es nicht mehr weiter. Allerdings erspähe ich eine kleine Fähre, die die beiden Ufer miteinander verbindet. Um die Zeit totzuschlagen, besuchen wir noch ein Strandcafé, wo meine Eltern einen Cappuccino trinken und Uschi und ich ein Eis bekommen. Dann geht es wieder zurück. „Kann ich am Strand entlanggehen?“, frage ich. Papa zuckt mit den Schultern und sieht Mama unsicher an. „Ist das nicht gefährlich?“ „Ich geh ja nicht ins Wasser!“, antworte ich. Schließlich ziehen wir alle unsere Sandalen aus und wandern am Meer entlang zurück. Hier donnern die Wellen noch viel lauter, und sogar Kinder schmeißen sich quietschvergnügt gegen die Schaumkronen. Das Wasser ist vom aufgewirbelten Sand ganz trüb. Uschi sammelt Muscheln, obwohl sie schon eine ganze Schachtel voll beisammenhat, die Papa auf den Balkon hinausgestellt hat, weil sie so stinken.

„Ich will auch baden gehen!“, erkläre ich. „Schaut doch, da sind auch Kinder drinnen!“ Mama schüttelt den Kopf. „Kommt gar nicht in Frage! Das ist viel zu gefährlich!“ Papa stimmt ihr zu. Er hat es nicht so mit dem Wasser, denn er hat erst als Erwachsener schwimmen gelernt und fühlt sich nirgends wohl, wo er keinen festen Grund unter den Füßen spürt. Ich hingegen bewege mich unter Wasser geschickter und lieber als an Land. „Wir können ja zumindest einmal unsere Badesachen holen und uns in die Liegestühle legen“, gesteht Mama uns schließlich zu.

Als wir nach dem Mittagessen am Strand ankommen, sind sogar Liegestühle in der ersten Reihe frei. „Dass du mir aber nur bis zu den Knien reingehst, hörst du!“, warnt Mama, aber es dauert nicht lange, und eine hohe Welle klatscht gegen mich und spritzt mich bis oben hin nass. Ich lasse mich fallen, und Mama kreischt auf. Aber schon ist das Wasser wieder abgeflossen, ich liege im nassen Sand, winke ihr zu und warte auf die nächste Welle. Es dauert nur ein paar Minuten, bis ich mich neben ein paar anderen Kindern mit Schwung über die heranbrausenden Wellen schmeiße. Mama steht in einem sehr hochgeschlossenen blauen Badeanzug ganz nahe am Ufer und lässt mich nicht aus den Augen. Hie und da werfe ich mich vor eine Welle, die sich gerade überschlägt, und lasse mich zum Strand zurücktragen, wo ich direkt vor Mamas Füße purzele. Jetzt lächelt sie sogar. „Probier's doch auch einmal!", sage ich. Ich merke, wie es sie juckt. Mama ist, wie ich, eine sehr gute Schwimmerin. „Ich hol einmal meine Badehaube!", sagt sie. Nur Minuten später quietscht sie vor Vergnügen, wenn sie sich wieder über eine Welle wirft und ins Wellental dahinter platscht. Das, so denke ich mir, wird die Badehaube nicht aushalten, und ihre Haare werden sicherlich pitschnass. Uschi und Papa sehen vom Ufer aus zu und trauen sich nicht hinein. Uschi kreischt ja schon, wenn eine Welle auch nur ihre Füße überspült.

An unserem letzten Abend werden wir noch etwas ganz Besonderes ausprobieren. Obwohl wir schon im Hotel gegessen haben, wollen unsere Eltern mit uns Pizza essen gehen. Niemand in unserer Familie hat bisher eine Pizza gegessen.

*Er musste ein wenig überlegen. In einer Pizzeria, so erinnerte er sich, war er zum ersten Mal während seines Studiums gewesen, und das galt genauso für chinesische Lokale. Und all das hatte es lange Jahre nur in den Großstädten gegeben, auf dem Land hatte es noch wesentlich länger gedauert, bis aus beinahe jedem Dorfwirtshaus eine Pizzeria geworden war. Die Sache begann ihn zu interessieren, und er recherchierte ein wenig im Netz. Na also – die älteste Pizzeria Österreichs hatte 1975 in Wien eröffnet. Kein Wunder, dass seine Eltern auf dem Italienurlaub damals keine Ahnung davon gehabt hatten. „Was der Bauer nicht kennt, das frisst er nicht", hatte es damals geheißen. Natürlich auch keinen Flammkuchen, keine Lasagne und keine Frühlingsrollen. Manche Dinge än-*

*derten sich so schnell, er konnte sich nicht einmal erinnern, was seine Mutter in seiner Kindheit jeden Tag gekocht hatte. Erdäpfel, Knödel, Nudeln und Kraut hatte es häufig gegeben. Schweinsbraten, Geselchtes, Brathuhn oder faschierte Laibchen fielen ihm auch noch ein. Burger allerdings hatte man nicht gekannt. Auch das sensationell geschmacklose Reisfleisch – Fleischbröckchen, gebraten, mit Salz und Pfeffer gewürzt und mit ebenso geschmacklosem Reis vermengt, war oft im Kochtopf gewesen. Geselchtes hatte er gehasst. Ebenso die Gemüsesuppe, die hauptsächlich geschmackloser Mehlpapp gewesen war. „Was hätten wir denn da im Krieg gesagt?", war Papas einziges Argument, mit dem er Beschwerden begegnet war. Opa hatte gelegentlich damit aufgetrumpft, dass sie im Krieg sogar Fleisch hätten essen müssen, aus dem schon Würmer gekrochen seien. Erst sehr spät, mit 14 oder 15, hatte er aufbegehrt, erklärt, es sei Gott sei Dank kein Krieg mehr, und er verzichte gern auf das Geselchte. An die folgenden Streitereien, die tagelang angehalten hatten, erinnerte er sich nur ungern. Innereien wie Leber, Herz und Niere waren ebenfalls häufig auf den Tisch gekommen. Zu seinem Glück hatte ihm wenigstens Leber geschmeckt. Reste hatte es auch oft gegeben, zum Beispiel die berüchtigte Fleckerlspeise, für die man einfach Zwiebeln und gebratene Fleisch- und Wurstreste mit Nudeln vermischt hatte. Ah ja: Süßes, wie Palatschinken oder Schmarren, hatte auch oft als Hauptspeise herhalten müssen, was ihm durchaus nicht unangenehm gewesen war.*

Wir teilen uns zwei, eine „Quattro Stagione" und eine „Siciliana". Die erste heißt auf Deutsch „Vier Jahreszeiten" und hat Schinken, Champignons und Paprika drauf. Was im vierten Viertel liegt, kenne ich nicht und heißt auf Italienisch anscheinend „Carciofi". Muss irgendein Gemüse sein. Ich koste von allen Vierteln und finde nur die Carciofi ziemlich grauslich. Die Siciliana ist ein totaler Fehlgriff. Da sind Oliven drauf, die ich noch nie gegessen habe. Dann noch so kleine grüne Kügelchen, von denen Mama behauptet, das seien Kapern. Auch die habe ich noch nie gesehen. Und dann sind noch Sardellen drauf, winzig kleine, ganz saure Fischfilets, die es auch bei uns zu Hause als Ringerl gibt. Die Olive ist so bitter, dass ich sie leider ausspucken muss. Gott sei Dank ist neben unserem Tisch gleich eine Hecke, wo ich sie hineinwerfen kann.

Uschi kostet nur vom Pizzarand, auf dem überhaupt nichts drauf ist. Und unsere Eltern reagieren ganz seltsam auf die Pizza. Sie essen zwar alles auf, weil man das, was man bezahlt, auch isst, weil es sonst eine Verschwendung wäre. Aber ihr Gesichtsausdruck spricht Bände. „Nie wieder!", stöhnt Papa, nachdem er seinen Teller von sich geschoben hat. „Bin ich froh, dass wir morgen nach Hause fahren! Da freu ich mich auf einen ordentlichen Schweinsbraten mit Knödeln." Ich sage nichts, aber ich nehme mir vor, zu Hause selbst auch einmal eine Pizza zu machen. Da könnte ich dann das drauflegen, was ich mag, und den knusprigen Teig drumherum finde ich sehr lecker. An die Tomaten kann man sich auch gewöhnen. Das Theater, das meine Eltern veranstalten, kann ich aber nicht verstehen. Andererseits, sie sind schon so alt und waren niemals in ihrem Leben irgendwo ausländisch essen. Da muss man für die alten Leute manchmal doch ein bisschen Verständnis aufbringen.

Am nächsten Morgen geht es nach Hause. Allerdings starten wir mit Verzögerung, denn es hat, wie ich vorhergesehen habe, nicht das ganze Gepäck im Bus Platz. Der Busfahrer schwitzt und schimpft, als er versucht, die ganzen Kartons im Bus unterzubringen, die die Fahrgäste heranschleppen. Anscheinend haben manche Urlauber wie verrückt eingekauft. Einer der Riesenkartons reißt auf, als er wieder aus dem Kofferraum herausfällt. Zum Vorschein kommt eine enorm große Puppe mit einem Rüschenkleidchen. Ich habe keine Ahnung, wie man auf die Idee kommen kann, so etwas aus Italien mit nach Hause zu schleppen.

Außer, dass es wieder Stau gibt und weniger heiß ist, verläuft die Rückfahrt ähnlich wie die Anreise. Meine Eltern sind glücklich, Plätze in der fünften Reihe ergattert zu haben, und unterhalten sich mit den Passagieren vor und hinter sich fachmännisch über den Italienurlaub, wobei sie alles in den schönsten Farben darstellen und anscheinend völlig darauf vergessen haben, was ihnen alles nicht gepasst hat. Vom Lärm und der Hitze im Zimmer bis zu den viel zu engen Liegestuhlreihen – alles scheint vergessen. Ich bin ein wenig in Sorge, denn ich bin jetzt mit „Winnetou III" schon fast fertig und habe nichts mehr zu lesen mit, falls mir das Buch ausgeht, bevor wir zu Hause sind.

Als wir die Grenze überqueren, benehmen sich die Passagiere so euphorisch, als ob sie soeben einer großen Gefahr entronnen wären. Es wird sogar applaudiert, als der Fahrer nach den Grenzkontrollen endlich wieder anfährt. Jetzt erst stellt sich heraus, dass viele Passagiere Waren geschmuggelt haben – Zigaretten, Wein und Schnaps. Wären wir kontrolliert worden, hätten sie teure Abgaben und Zölle zahlen müssen. Wahrscheinlich sogar Strafen. Der Mann, der vor Papa sitzt, zeigt stolz seine drei Stangen der Marke „Muratti Ambassador" vor, während sich Papa wahrscheinlich ärgert, dass er seine österreichischen Zigaretten nach Italien mitgenommen hat. Der Schmuggler behauptet nämlich, die italienischen Tabakwaren wären bedeutend billiger und obendrein besser als das Glumpert aus Österreich.

Natürlich wird wieder in Kärnten zur Mittagsrast haltgemacht, und Papa kommen fast die Tränen, als ein Bier und ein Wienerschnitzel vor ihm stehen. „Endlich wieder was Gescheites zu essen!“ Er hebt sogar, als ob er Gott dafür danken wolle, die gefalteten Hände zum Himmel. Die meisten Mitreisenden benehmen sich ähnlich. Ich muss ganz ehrlich sagen, die Erdäpfel und der Reis, die man uns zum Schnitzel gegeben hat, schmecken praktisch nach gar nichts. Mir war das Essen in Italien lieber. In der Trafik gegenüber von dem Gasthaus, wo Papa bei der Hinfahrt seine Zigaretten gekauft hat, gibt es auch Donald-Duck-Bücher. Das könnte die Lösung für mein Problem mit dem mangelnden Lesestoff sein. „Papa, bitte!“, jammere ich. „Könnte ich nicht das Taschengeld für nächste Woche jetzt schon haben? Ich brauche unbedingt ein Buch!“ „Hast eh genug Geld in die Spielautomaten geschmissen!“, kontert er. „Hättest es dir halt besser eingeteilt!“ Der hat leicht reden. Sich Lesestoff einzuteilen, ist nicht so leicht, da hört man nicht gern auf, wenn es gerade spannend ist. Und er kauft sich schließlich auch neue Zigaretten, wenn sie ihm ausgegangen sind. Doch es hilft alles nichts, ich muss ohne Donald Duck wieder einsteigen. Im letzten Band von „Winnetou“ stirbt der Held übrigens am Schluss, er wird von einem Sioux-Indianer erschossen.

„Gott sei Dank!“, sagen Mama und Papa, als wir mit unseren Koffern wieder vor der Haustür stehen. Es ist kalt und es regnet. „Natürlich!“, haben unsere Eltern gesagt, als sie der Chauffeur gefragt hat, ob sie im nächsten Jahr wieder mit dabei sind im Hotel Corallo. Warten wir es einmal ab. Ich bin gespannt.

# 6 Schulbeginn

*Mama hatte nicht nur Urlaubserinnerungen, sondern auch jede Menge Schulsachen aufgehoben. Auf einem Karton stand in ihrer makellosen Handschrift „Gymnasium“. Er war gespannt, was sie aus dieser Zeit gesammelt hatte. Es konnte sich ja nur um seine Schulsachen handeln, seine Schwester Uschi hatte man in die Hauptschule geschickt. Wäre es nach seinem Vater gegangen, wäre auch er in der Hauptschule gelandet, denn der hielt von höherer Bildung nicht viel. Er erinnerte sich noch an die Debatten bei jeder schlechten Note. Und schlechte Noten begannen beim Dreier. Sein Vater drohte, ihn in die Hauptschule zu stecken. Nach dem Dreier käme der Vierer, und danach, man wisse ja. So weit solle man es gar nicht erst kommen lassen. Mama hatte sich immer schützend vor ihn gestellt. „Er soll es einmal besser haben!“, hatte es geheißen. Er könne ja Rechtsanwalt oder Arzt werden. Oder sogar Professor. Papa hatte gemeint, Eisenbahner wäre gut genug, da könne er mit 55 schon in Pension gehen, wenn er gleich mit 15 dort anfange. Und verdienen würde man auch dort nicht schlecht.*

*Er öffnete ein Englischheft. Es roch ein wenig modrig und war an den Rändern vergilbt. Er war erstaunt darüber, wie ordentlich seine Handschrift damals gewesen war. Später war sie kaum leserlich gewesen, und heute schrieb er nicht einmal mehr Einkaufszettel mit der Hand. „Pat is a boy“, stand da als erster Satz der ersten Schulübung. „Ann is a girl. Is Pat a girl? No, he isn't. Is Ann a boy? No, she isn't.“ Er fragte sich, ob Englisch auch heute noch so unterrichtet wurde. Auf jeden*

*Fall war er damals, er erinnerte sich genau, unglaublich stolz gewesen, endlich etwas auf Englisch schreiben zu können.*

Mir macht es gar nichts aus, dass am Mittwoch die Schule beginnt. Ja, am Mittwoch. Im Gymnasium werden am Montag und Dienstag die Wiederholungsprüfungen abgehalten, für die Unglücklichen, die einen Fünfer im Zeugnis haben. Allerdings, nur wenn man einen einzigen Fünfer hat, gibt es eine Wiederholungsprüfung. Mit zwei oder mehr Fünfern bleibt man unwiderruflich sitzen, das heißt, man muss das ganze Schuljahr wiederholen. Deswegen kann ich am Montag und Dienstag noch ausschlafen, während Uschi schon in die Schule muss und gar nicht aufhören kann, darüber zu jammern. „Ich will auch ins Gymnasium!“, plärrt sie. „Wenn du dich so blöd anstellst wie voriges Jahr“, sage ich zu ihr, „brauchst du daran gar nicht zu denken!“ Uschi schlägt mit ihrer winzigen Faust nach mir, aber das spüre ich nicht einmal richtig. Uschi ist nämlich wirklich ein bisschen doof, anders kann man das gar nicht sagen. Wenn Mama mit ihr Kopfrechnen übt, muss sie schon mit dem Finger im Mund nachdenken, wenn sie von 65 zehn abziehen soll. Und das Lesen funktioniert bei ihr auch nur langsam und mit dem Finger auf der Zeile, ich glaube, sie hat noch kein einziges Buch von sich aus fertiggelesen, ohne dass Mama sie dazu gezwungen hat.

Ich habe im Juni schon eine Aufnahmsprüfung machen müssen. Eine aufregende Sache, trotzdem war ich mir von vornherein sicher, dass diese Prüfung für mich kein großes Problem sein würde. Man darf nämlich nicht so einfach ins Gymnasium gehen, wenn einem der Sinn danach steht, man muss zuvor eine Aufnahmsprüfung machen. Und wenn du die nicht bestehst oder gar nicht erst dazu antrittst, dann musst du in die Hauptschule gehen und kannst keine Matura machen. Und eine Matura, die brauchst du, um an eine Universität zu gehen und zu studieren. Dass ich ins Gymnasium gehen soll, das ist der Ehrgeiz meiner Mama. Papa hält nichts davon, er sagt, er hat eine Lehre gemacht, und das wäre für mich auch gut genug. Und außerdem, sagt er, muss man einen Studenten durchfüttern, bis er 25 Jahre alt ist, und ein Lehrling verdient schon mit 15 Geld. Nur „wenn er tut", sagt Papa, dann darf ich ins Gymnasium gehen. Das bedeutet, wenn ich es schaffe, keine Probleme und keinen Ärger zu machen.

Wir, die Aufnahmsprüflinge, bekommen also irgendwann im Juni schulfrei und fahren mit unseren Müttern im Zug nach Seeklausen, die Bezirksstadt, in der sich das Gymnasium befindet. Ich habe ja schon erwähnt: Ein Auto besitzt kaum jemand, und wenn, dann kutschiert der Vater darin herum, und die Mütter und Kinder fahren mit dem Zug, der von einer Dampflok gezogen wird.

*Eigentlich unglaublich. Dampflokomotiven waren damals keine Sensation gewesen, sondern Alltag. Keine Schaulustigen, die sich auf den Bahnsteigen drängten, um Fotos des fauchenden Ungetüms zu schießen. Der wunderbarste Zug, an den er sich erinnern konnte, war der sogenannte Transalpin gewesen, ein blau-weißer Triebwagenzug, der bis nach Wien fuhr. Er war etwas so Besonderes, dass man ihm große Aufmerksamkeit geschenkt hatte, wenn er vorbeiratterte. „Der Transalpin, der Transalpin!", hatten sie gerufen und davon geträumt, einmal nach Wien mitfahren zu dürfen. Was damals alles aufregend für ihn gewesen war! Er musste schmunzeln. Eine Reise nach Wien, heutzutage für viele ein fast alltäglicher Shopping-Trip, war ihm damals unerreichbar erschienen.*

Das Gymnasium ist ein großes gelbes Schloss in einem Park, das uralt aussieht. Gegenüber ist eine Baustelle. „Das wird das neue Gymnasium! Wenn du im Herbst in die Schule kommst, ist es schon fertig!" Mama strahlt. Am Eingang steht eine dürre ältere Dame mit strengem Haarknoten, die an einer Kette eine Brille um den Hals baumeln hat. Mama nennt meinen Namen, die Dame fährt mit dem Finger eine handgeschriebene Liste entlang. „Niedermayr. Siegfried. Sehr gut!", sagt sie, reicht mir lächelnd einen Zettel und sagt dazu: „Du gehst bitte in die 1A." Auf dem Zettel befindet sich ein Lageplan, auf dem die 1A eingezeichnet ist. „Mütter müssen leider draußen warten!", sagt die Dame bedauernd. „Um zwölf können Sie den Siegfried wieder abholen." Mama blickt etwas zweifelnd zu mir herunter. „Geht das?", fragt sie. „Kommst du allein zurecht?" Sie ist mir peinlich, ich reiße mich los, winke ihr noch zu und starre auf meinen Zettel, um die 1A zu finden.

Als ich in den Klassenraum trete, sitzen dort schon ungefähr zehn Mädchen und Buben. Das ist für mich ungewohnt, denn in meiner Volksschulklasse waren nur Buben. Ich setze mich in eine freie Bank in der dritten Reihe und warte gespannt auf das, was da kommen soll. Hinter mir zieht jemand Rotz hoch. Als ich mich umdrehe, sehe ich einen kleinen Buben mit abstehenden Ohren, der jetzt schon schnieft und sich mit den Ärmeln Tränen abwischt. Noch bevor er überhaupt eine Aufgabe gestellt bekommen hat. Plötzlich tauchen vor dem Fenster zwei Mütter auf und winken. Im ersten Moment denke ich, dass eine davon Mama ist, weil sie auch so einen braunen Hut aufhat wie meine Mutter. Gott sei Dank ist sie aber nicht dabei. Eine der Frauen schickt sogar Kusshändchen durchs Fenster. Beschämt wende ich mich ab.

Es dauert nicht lange, bis es läutet. Kurz darauf betritt ein alter Mann in grauem Anzug den Klassenraum. Gebückt geht er auf den Katheder zu – das ist der Tisch des Lehrers – und wirft eine alte Ledertasche darauf. „Guten

Morgen!“, murmelt er. Niemand antwortet. „Was ist, könnt ihr nicht grüßen?“, schreit er plötzlich. Ich zucke zusammen. „Guten Morgen!“, murmle ich, ebenso wie die anderen. Ich habe einfach nicht daran gedacht, zu grüßen. Mit den Erwachsenen ist es oft ein bisschen ein Problem. Meistens darf man nicht reden, ohne dazu aufgefordert worden zu sein, und manchmal werden sie gleich böse, wenn man nicht von sich aus irgendwas sagt.

„Nicht alle von euch werden für's Gymnasium geeignet sein!“, erklärt uns der Graue und fuchtelt mit einem Stück Kreide vor uns herum. „In dieser Anstalt wird die Elite ausgebildet! Die Elite!“ Ich weiß ehrlich gesagt nicht genau, was er meint, und auch nicht, ob wir jetzt etwas sagen oder uns lieber ruhig verhalten sollen. „Das hier ist etwas anderes als die Volksschule!“, donnert er. Dann wendet er sich zur Tafel und schreibt. „Richard Löwenherz und sein Sänger Blondel“ steht schließlich da. Er dreht sich wieder zu uns um. „Ich werde euch jetzt eine Sage vorlesen.“ Er deutet auf den Titel an der Tafel. „Das schreibt ihr als Überschrift. Und ganz oben euren Namen. Den Vornamen und den Familiennamen! Und dann schreibt ihr eine Nacherzählung!“ Das wird für mich keine schwierige Aufgabe, denn ich kenne die Sage beinahe auswendig. Drei von meinen 56 Büchern sind Sagenbände, und ein ganzer Band ist den Donausagen gewidmet. Ich beginne schon zu schreiben, als der Lehrer noch vorliest. Was sich als Fehler herausstellt. „Was machst du denn da?“, unterbricht er seinen monotonen Vortrag der Sage. Ich halte inne und blicke auf. Ich bin mir nicht sicher, ob die Frage des Lehrers eine ist, die man beantworten soll, oder ob es vielleicht gescheiter wäre, den Mund zu halten. „Wart jetzt, bis ich fertig gelesen habe! Ich lese es nur zweimal vor!“ Ich atme auf. Anscheinend hat der Lehrer keine Lust, sich noch länger mit mir aufzuhalten, er liest mit monotoner Stimme weiter.

„So, jetzt beginnt zu schreiben. Ihr habt fünfzig Minuten Zeit!" Ich widme mich meinem Blatt, hinter mir wird wieder Rotz aufgezogen. „Herr Lehrer! Herr Lehrer!" Ich drehe mich um. Ein Bub mit fast kahl rasiertem Schädel streckt die Hand hoch und schnippt mit den Fingern. „Herr Professor heißt das!", schimpft der Lehrer. „Und Fingerschnippen, das geht gar nicht! Merk dir das!" Der Kurzgeschorene gibt aber nicht auf. „Können Sie es nicht noch einmal vorlesen? Ich hab's nicht verstanden!" Der Lehrer grinst und breitet die Arme aus. „Dein Problem. Einer weniger. Wir haben eh viel zu wenig Platz!" Danach wagt es keiner mehr, irgendetwas zu sagen oder gar zu fragen. Ich bin bereits mitten in der Geschichte, als es hinter mir rumpelt. Der Kleine, der vorhin schon geheult hat, ist aufgesprungen, hat dabei seinen Stuhl umgestoßen und rennt zielstrebig auf die Tür zu. Der Lehrer hat es sich vorne mit einer Zeitung bequem gemacht und blickt kurz auf. Als die Tür hinter dem Flüchtling zufällt, grinst er wieder und nickt vor sich hin.

*Aus heutiger Sicht, so überlegte er, war es unmenschlich, wie die Lehrer damals ihre Schüler behandelt hatten. Es hatte als völlig normal gegolten, dass Erwachsene Kinder nicht ernstnahmen, sie einschüchterten und vor anderen lächerlich machten. Niemanden hatte interessiert, was Kinder wollten. „Für's Wollen gibt's was!", hieß eine beliebte Redensart, die bedeutete, dass man Bestrafung riskierte, wenn man die eigenen Bedürfnisse zu wichtig nahm.*

Ich schreibe weiter und schmücke die an sich langweilige Geschichte ein wenig aus. Wie der Sänger Blondel herumirrt, in den Wirtshäusern und Herbergen nach seinem König fragt und für Übernachtungen, Essen und Trinken musiziert und singt, das muss man schon spannender darstellen, als es in der Sage völlig oberflächlich berichtet wird. Und schließlich, als sie sich finden, der König oben im Turm der Burg und der Sänger mit seiner Leier herunten, da muss schon ein wenig Leben in die Geschichte hinein. Als ich schließlich drei eng beschriebene Seiten vor mir liegen habe, denke ich, dass es gut ist, und lehne mich zurück. Ich strecke meine Arme mit verschränkten Fingern nach vorne, bis sie knacken. Zur Entspannung, denn meine Finger und Hände schmerzen vom angestrengten Schreiben. Da blickt der Lehrer auf. „Hast du's auch nicht verstanden?", fragt er. „Nein!", sage ich. „Ich bin schon fertig." Er schüttelt den Kopf, steht auf und kommt zu mir her. Mit einer Hand schiebt er die Blätter auseinander. „Das hast du alles schon geschrieben?" Ich nicke. „Abgeben?", fragt er. Wiederum nicke ich. Es macht mir keinen Spaß, alles noch einmal durchzulesen, was ich geschrieben habe. Obwohl die Lehrerin in der Volksschule gepredigt hat, dass man das unbedingt und sogar mehrmals tun muss. „Na, dann ..." Er deutet mit dem Kinn in Richtung Tür, und ich verstehe, dass ich gehen darf. Auf dem Gang draußen sehe ich auf der Uhr, dass ich noch mehr als zehn Minuten Zeit gehabt hätte.

Kurz darauf kommen zwei Mädchen heraus und kichern. „Das war ja babyleicht!", sagt die eine zur anderen. Als es läutet, hört man von drinnen den Lehrer rufen. „Abgeben, meine Herrschaften, abgeben! Die Zeit ist um!" „Ich brauch noch!", schreit einer. „Ein paar Minuten!" Leider öffnen sich im gleichen Moment die Türen mehrerer Klassenräume, die Kinder strömen heraus, und es ist so laut, dass ich nichts mehr von dem verstehen kann, was sich drinnen abspielt. Der Kurzgeschorene allerdings, der vorhin nachgefragt hat, ist völlig verheult und rennt den Gang entlang, Richtung Ausgang. So wie es scheint, hat der erste Teil der Prüfung schon zwei Opfer gefordert.

Gleich in der nächsten Stunde kommt die Mathematikprüfung. Ich sehe mich im Raum um, aber die beiden Flüchtigen sind nicht wieder aufgetaucht. Hoffentlich, denke ich mir, bekommen sie eine zweite Chance. Ich bin schon sehr stolz darauf, dass ich jetzt „Mathematik“ mache anstatt des einfachen Rechnens, wie es in der Volksschule geheißen hat. Die Mathematiklehrerin ist ganz anders als der Deutschlehrer aus der ersten Stunde. Sie ist ziemlich jung, hat blonde, kurze Haare und trägt ein hellblaues Sommerkleid. Sie riecht auch gut und ist sehr freundlich. „Ihr braucht vor der Mathematik keine Angst haben!“, erklärt sie. „Und vor mir schon gar nicht.“ Sie legt gelbe, handbeschriebene Zettel vor uns hin, die nach Spiritus riechen. Darauf stehen die Aufgaben.

*Ja, an diesen Geruch konnte er sich noch ganz deutlich erinnern. Es hatte ja damals noch keine Kopierer gegeben, und am Anfang seiner Berufslaufbahn hatte er selbst noch mit diesem umständlichen Verfahren gearbeitet: Um ein Blatt zu vervielfältigen, musste man den Text auf eine Matrize schreiben. Das war ein Blatt Papier, hinter dem ein weiteres, mit Druckfarbe beschichtetes angeheftet war. Beim Tippen wurde die Farbe auf die Rückseite der Matrize übertragen, und dann musste die in eine Maschine eingespannt werden, wo sie über eine Walze lief und mithilfe von Spiritus die Farbe wieder heruntergelöst und auf leere Seiten übertragen wurde. Sehr kompliziert, und es stank, aber anders hätte die Mathematiklehrerin die Aufgaben nicht jedem Einzelnen vorlegen können.*

Sie antwortet auf Fragen freundlich und gibt einigen sogar ein paar Tipps. Ich brauche keine, denn die Aufgaben sind einfache Schlussrechnungen, die ich eigentlich im Kopf lösen könnte. Aber ich weiß natürlich, dass sich die Lehrer wünschen, dass man alles aufschreibt. Trotzdem bin ich nach einer halben Stunde fertig und gebe ab. Die Lehrerin macht große Augen. „Möchtest du's dir nicht wenigstens noch einmal durchlesen?“ Ich schüttle den Kopf. Auf dem Gang draußen ist mir dann furchtbar langweilig. Es wäre besser gewesen, noch ein wenig bei der netten Lehrerin drinnen zu bleiben. Ich nehm's gleich vorweg: In Mathematik habe ich nur einen Dreier geschafft, das war die schlechteste Note meiner Aufnahmsprüfung. Ich war halt wieder einmal schlampig und schludrig und habe einiges übersehen. Leider passiert mir das immer wieder.

In der letzten Stunde der schriftlichen Prüfung kommt die Königsdisziplin, auf die ich mich am meisten freue: der Aufsatz. Es kommt leider wieder der gleiche Lehrer wie in der ersten Stunde. Seltsamerweise lächelt er mir zu. „Wir haben die Geschichte vom Sänger Blondel wohl schon gekannt? Und ein bisschen ausgeschmückt? Wie?“ Er zwinkert mir zu. Mir schießt die Röte ins Gesicht. Erst jetzt dämmert mir, dass der Text eine Nacherzählung hätte werden sollen. Da sollte natürlich nichts vorkommen, was nicht auch in der Vorlage steht, die uns vorgelesen worden ist. Da bin ich wohl übers Ziel hinausgeschossen.

Das werde ich im Aufsatz gutmachen. Der Lehrer hängt ein Plakat vor die Tafel, das eine Bergstraße zeigt, die durch eine Steinlawine blockiert ist. Davor stehen zwei Autos und ein Motorrad. Echte Oldtimer, Vorkriegsware, das Plakat muss schon einige Jahre auf dem Buckel haben. Entsprechend vergilbt ist es auch. Einige Passagiere sind ausgestiegen und begutachten das Hindernis. „Eine Bildgeschichte, bitte. Zu diesem Bild!“ Nähere Erklärungen gibt es nicht. Damit ich auch ja fertig werde, beeile ich mich. In meiner Geschichte haben Außerirdische die Lawine ausgelöst, um in die Körper der Menschen schlüpfen zu können, die dadurch aufgehalten werden. Schließlich gelingt es gerade noch rechtzeitig, das allergrößte Unheil zu verhindern, weil ein Bub aus einem der Autos genau jenen Stein findet, der die ganze Lawine zusammenhält. Als er ihn herausgezogen hat, donnern die Steine zu Tal, die Menschen können flüchten und die Außerirdischen müssen sich wieder in ihr auf dem Gipfel des Berges geparktes Raumschiff zurückziehen.

Beim Läuten der Klingel gebe ich ab und bin überzeugt davon, ein Meisterwerk abgeliefert zu haben.

Da es nachmittags auch noch mündliche Prüfungen gibt, verbringen Mama und ich die Mittagspause in Seeklausen. Wir gehen sogar in ein Café am See, zusammen mit einer anderen Mutter, die Mama vor der Schule kennen gelernt hat, und ihrer Tochter. Die sitzt mir nun gegenüber, dreht ihre dünnen schwarzen Zöpfe um die Finger und zeigt mir immer wieder die Zunge, wenn unsere Mütter gerade nicht hersehen. Ich widme mich lieber meinem Schinkenstangerl. Es kommt selten genug vor, dass wir in ein Lokal gehen, um etwas zu essen, das ist für mich schon eine Besonderheit, die es entsprechend zu würdigen gilt. „Wollt ihr euch nicht ein wenig unterhalten?", fragt die fremde Mutter. „Wie es euch gegangen ist, und so?" Ich beiße noch einmal ab und sehe aus dem Fenster. Draußen streiten sich ein paar Schwäne und Enten um Brotreste, die ihnen jemand hinwirft, den ich nicht sehen kann.

Unsere Mütter erklären einander, wie intelligent wir sind. „Die Dorli spielt schon seit der ersten Klasse Volksschule Klavier!", prahlt ihre Mutter. „Und es ist wirklich ein Genuss, ihr zuzuhören!" Meine Mama gibt damit an, wie viel ich lese und wie gut ich schreiben kann. Darauf kontert Dorlis Mutter mit den sportlichen Fähigkeiten der Tochter, die ein absolutes Ass im Geräteturnen und in der rhythmischen Sportgymnastik zu sein scheint. Leider tut sich bei mir in sportlicher und musikalischer Hinsicht nicht viel, sodass die Beiträge meiner Mama immer einsilbiger werden, bis sie schließlich einen Themenschwenk auf die Schwäne draußen am See vollzieht. Damit, dass ich mich immer mehr für das Kochen und Backen interessiere, kann sie nicht punkten, denn das sind Fähigkeiten, die man bei Buben lieber verschweigt.

Das Warten vor dem Klassenraum, in dem die mündliche Prüfung stattfindet, zieht sich ewig. Es gibt keine Liste mit einem Zeitplan oder einer Reihenfolge. Schließlich werde ich in den Raum gerufen, wo ein sehr dünner, alter Mann auf mich wartet, der einen viel zu großen und weiten Anzug trägt. Er blättert fahrig in seinen Papieren herum und nickt dabei fortwährend mit dem Kopf. „Die schriftlichen Arbeiten waren ja, waren ja ...", beginnt er, während er weiter in seinem Papierstapel herumkramt, „... ganz vorzüglich ... Rechtschreibgenie ... ein bisschen überschießende Fantasie, Fantasie ..." Schließlich scheint er gefunden zu haben, was er gesucht hat, und streckt mir ein Blatt Papier entgegen. Ebenso gelb und ebenso geruchsintensiv wie die Mathematikaufgaben. „Das bitte auswendig lernen, auswendig lernen!" Ich sehe erstaunt zu ihm auf. „Jetzt gleich?" „Ja, wann denn, wann denn sonst?" Sein Arm saust wild gestikulierend gefährlich nahe an meinem Gesicht vorbei.

Auswendig lernen ist nicht so meine Sache. Außerdem macht mich der Lehrer nervös, mit seiner seltsamen Art, alles zu wiederholen und dabei herumzufuchteln. Ich sehe mir das Gedicht an. Es ist von einem gewissen Joseph von Eichendorff. Die erste Strophe geht so:

Könnt mich auch sonst mit schwingen
Übers grüne Revier,
Hatt ein Herze zum Singen
Und Flügel wie ihr.

Ich verstehe nur Bahnhof, und das Gedicht hat insgesamt vier solche Strophen. Ich bemühe mich, Zeile für Zeile im Kopf zu wiederholen und zu behalten, was dadurch erschwert wird, dass der Lehrer ständig in seinen Papieren herumblättert und dabei raschelnde Geräusche verursacht. Ich bin gerade bei der zweiten Strophe, als er mich anherrscht: „Na? Was ist jetzt?" Ich stottere die erste Strophe herunter, und anscheinend genügt ihm das. „Ja, ja!", winkt er ab. „Welche Wörter reimen sich denn?", fragt er. Die Antwort fällt mir leicht. Dann muss ich ihm noch erklären, welche Wörter der ersten Strophe Verben und welche Substantive sind, und er fragt mich, was ein „Revier" ist, was ich ihm so ausschweifend erkläre, dass er wieder abwinkt. Ich habe gar keine Zeit, auf die verschiedenen Bedeutungen des Wortes einzugehen. Danach bin ich entlassen, weiß aber nicht, ob ich die Prüfung bestanden habe. Nächsten Montag, teilt man uns mit, werden die Namen der aufgenommenen Schülerinnen und Schüler am Eingang des Gymnasiums angeschlagen. Sehr praktisch ist das, denke ich mir, da müssen wir gleich noch einmal nach Seeklausen fahren, und die, die es nicht geschafft haben, werden sozusagen auch gleich öffentlich bekannt gegeben, indem sie nicht auf der Liste stehen.

*Heute würde jeder über so ein Vorgehen die Hände über dem Kopf zusammenschlagen, denn das öffentliche Anschlagen von Schülerlisten wäre aus Gründen des Datenschutzes natürlich völlig undenkbar. Damals aber kannte man so etwas wie Daten gar nicht, und deswegen natürlich auch keinen Datenschutz.*

Aber zurück zum Schulbeginn. Der Mittwoch beginnt damit, dass wir extrem früh aufstehen müssen, denn der Zug nach Seeklausen fährt schon um sieben Uhr. Leider gibt es beim Frühstück einen Vorfall, der meine Mutter in helle Aufregung versetzt. Ich komme bereits im weißen Hemd zum Tisch, denn für den Schulbeginn muss man sich anständig kleiden. Das heißt Hemd, Krawatte und Sakko, denn das oberste Gebot ist es, zu tun, was sich gehört. Ich hab es schon ein paarmal probiert, vorsichtig nachzufragen, warum sich manche Sachen gehören. Zum Beispiel, dass man nicht redet, wenn sich Erwachsene unterhalten, oder dass man am Sonntag in die Kirche geht. Leider aber habe ich darauf niemals Antworten erhalten, die mich befriedigt haben. „Das war schon immer so“ oder „Weil es sich halt gehört“ waren noch die besseren. „Wer dumm fragt, geht weit irr“ zum Beispiel war eine der unfreundlicheren. Ich bin zu dem Schluss gekommen, dass sich für die Erwachsenen einerseits alles, was für sie praktisch ist, einfach gehört und andererseits sich alles, womit Kinder unangenehm auffallen könnten, nicht gehört. Denn auffallen, das habe ich schon verstanden, ist etwas, das um jeden Preis tunlichst zu unterlassen ist.

Zurück zum Frühstück. Ich also mit dem weißen Hemd und der guten grauen Hose mit den scharfen Bügelfalten beim Frühstück, und leider patze ich mir das Hemd mit der Erdbeermarmelade an. „Was bist du auch so ein Trottel und ziehst das schöne Hemd vor dem Frühstück schon an!“ Papa schüttelt den Kopf und zeigt auf sein eigenes Feinripp-Unterleibchen. „Jetzt weißt wenigstens, warum ich immer im Unterleiberl zum Frühstück komm!“ Meine Mutter springt auf und kreischt. Sie selbst ist noch im Unterkleid und trägt Lockenwickler auf dem Kopf, denn sie kommt mit in die Kirche und muss schön sein. Obwohl sie dann ohnehin immer ihren grauenhaften braunen Deckel über die Dauerwellen stülpt. Den darf man dann den ganzen Tag nicht mehr abnehmen, weil sonst die Frisur hinüber ist. Deswegen sitzen die Damen auch im Gasthaus mit den Hüten auf dem Kopf herum, sogar wenn es so heiß und feucht wird, dass die Fensterscheiben beschlagen und das Kondenswasser daran herunterrinnt.

Mama reißt mir das Hemd vom Leib. „Oh Gott, oh Gott, oh Gott!“, schreit sie und verschwindet im Badezimmer. „Das krieg ich nie hin! Nie!“, höre ich sie weinerlich rufen. Uschi beißt von ihrem Marmeladebrot ab. „Das gibt eine Strafe. Du musst eine Strafe kriegen.“ Sie geht mir auf die Nerven. Ich glaube, wenn sie zu bestimmen hätte, würden einem die Hände abgehackt, wenn man sich mit Marmelade bekleckert. Komisch ist das. Ich glaube, ich habe mich schon ein ganzes Jahr nicht mit Marmelade angepatzt. Und kaum trägt man einmal ein weißes Hemd, schon ist es passiert.

Ich trete schließlich in einem hellblauen Hemd aus dem Haus, was mir völlig egal ist, Mama aber einen Seufzer nach dem anderen entlockt. Dazu trage ich eine grüne Krawatte, die aber nicht um den Hals gebunden, sondern einfach am Kragen angeklipst ist. Darüber ein braunes Wolljackett, das mir viel zu warm ist. Aber das ist die Standarduniform für den ersten Schultag. Der Zug ist überfüllt mit älteren Schülern, die am Mittwoch schon in normaler Zivilkleidung, aber ohne Schultasche erscheinen. Wie gesagt, man geht es gemütlich an. Zusätzlich tummeln sich die vielen Anfänger und Anfängerinnen mit ihren Müttern. Väter sehe ich keine. Wir bekommen nur einen Stehplatz, und ich bin schon verschwitzt, als wir 20 Minuten später in Seeklausen aus dem Zug steigen.

Vor der Schule haben sich ein paar Lehrer postiert, die Kartons in die Höhe halten, auf denen die Klassenbezeichnung steht. Ich komme in die 1A und stelle fest, dass sich bei der Dame, die die Tafel hält, nur Buben eingefunden haben. Was mir ganz recht ist, denn die schwarzhaarige Dorli von der Aufnahmsprüfung hätte ich nur ungern in meiner Klasse wiedergesehen. Mama schubst mich. „Du musst dich bei deinem Klassenvorstand melden!“ Ich dränge mich ohne rechte Begeisterung nach vorn. Die Frau, die die Tafel hält, ist recht alt, sicherlich älter als meine Mama, und trägt ein rosarotes Wollkleid. Sie hat dicke Brillen und eine komische Frisur, bei der sich die Haare unten ganz stark nach außen kringeln. „Entschuldigung!“, sage ich. „Siegfried Niedermayr!“ Die Dame lächelt auf mich herunter. „Das ist aber nett, dass du dich gleich vorstellst.“ Ich strecke ihr die Hand hin, die sie kräftig schüttelt. „Ich heiße Schlierberger. Professor Sylvia Schlierberger, und ich bin dein Klassenvorstand und unterrichte Deutsch.“ Sie hakt meinen Namen auf einer Liste ab, und bald darauf marschieren wir in Zweierreihen zur Kirche, weil ja die ganzen Kinder aus den Dörfern rundherum keine Ahnung haben, wo die Kirche in Seeklausen ist. Die Mütter stehen Spalier und schließen sich hinten an den Zug an, alles ist wohlorganisiert.

Die Frau Professor Schlierberger hat einen netten ersten Eindruck gemacht. Jetzt geht sie ein paar Reihen vor mir her, und ihre Frisur wippt. Immer wieder dreht sie sich um. „Schön in Zweierreihen! Und nicht auf der Straße gehen!“ Wir sind die Zweierreihen gewohnt. Im Kindergarten Zweierreihen, in der Volksschule ebenso, und anscheinend wird es auch hier so weitergehen. Es herrscht gewissermaßen noch militärische Ordnung. Und wenn irgendein Opa, der zum Klagen neigt, zum Beispiel darüber jammert, dass früher alles besser war und heute alles auseinanderfällt und gar nichts mehr taugt, dann kann es gut sein, dass er sich auch Sorgen um die gute alte Zweierreihe macht.

Während des Gottesdienstes in der Kirche ist mir, wie immer, furchtbar langweilig. „Ist dir auch so fad?“, frage ich den Herbert, der neben mir hergelaufen ist und schon in der Volksschule in meiner Klasse war. Aber der Herbert ist augenscheinlich während der Ferien ein ganz frommer Katholik geworden, würdigt mich keines Blickes und hält die gefalteten Hände vor sich hoch. Der Pfarrer ist anscheinend auch Religionslehrer in unserer Schule, denn er redet viel von der Klassengemeinschaft und von Rücksichtnahme und überhaupt von Gemeinsamkeit anstatt Gemeinheit.

Als die Kommunion verteilt wird, entschließe ich mich, doch nach vorn zum Gitter zu gehen, weil fast alle anderen auch gehen. Ich wäre direkt ein Verkehrshindernis, wenn ich mich nicht im Strom mitbewegen würde. Obwohl ich eigentlich nicht gehen dürfte, denn ich war schon fast ein ganzes Jahr nicht mehr beichten.

Das mit dem Beichten ist eine ganz und gar katholische, sehr unangenehme Geschichte, über die ich mich hier ein bisschen auslassen muss. Ich habe ja keine Ahnung, wie das mit der Buße funktioniert, wenn du ganz ohne Bekenntnis bist, oder Moslem, oder auch evangelisch oder sonst was. Aber Katholiken begehen Sünden, um sie dann dem Priester beichten zu können, der sie von ihren Sünden befreit. Man muss dafür nur ein paar Vaterunser und Gegrüßet-seist-du-Maria beten, und schon ist man seine Sünden los. An sich eine recht praktische Geschichte, aber ich habe sie immer schon gehasst. Denn wenn du wirklich ganz genau bist, dann musst du auch deine innersten Gedanken erforschen, ob du da nicht einmal etwas Falsches gedacht hast, und schon hast du eine Sünde begangen. Sogar, wenn du eben nur daran gedacht hast! Es ist ja so, dass es bei uns schon eine Sünde ist, wenn du dein Geschlechtsteil anfasst. Oder eben daran denkst, dass du es anfassen könntest. Außer, du bist dabei, es zu waschen, aber selbst da darfst du dich nicht zu lang damit beschäftigen. Und wahrscheinlich ist es auch eine Sünde, wenn du dir den Versandhauskatalog durchblätterst und zufällig die Seite mit der Damenunterwäsche aufschlägst. Und da stellt sich natürlich die Frage, was geht denn den Priester unser Versandhauskatalog an?

In der Volksschule sind wir zwecks Beichte jeden Monat einmal zur Pfarrkirche abgeführt worden, jeden Monat! Da liegen dann in den Kirchenbänken so Erläuterungsbroschüren, was man alles getan haben könnte, um gegen ein bestimmtes Gebot verstoßen zu haben. Da steht dann zum Beispiel „Ich habe Unkeuschheit getrieben“, und das ist eine Hauptsünde und ein Verstoß gegen das sechste Gebot. Glaube ich. Und ich bin mir sicher, dass die meisten in unserer Klasse nicht einmal wissen, was das Wort „Unkeuschheit“ bedeutet. Wir aber haben Gott sei Dank ein Lexikon zu Hause, das mir verraten hat, dass man zum Beispiel unkeusch ist, wenn man daran denkt, dass man zum Beispiel ein Mädchen nackt sehen könnte. Also selbst der Traum davon ist, katholisch gesehen, verboten. Und ich möchte mich ehrlich gesagt nicht auf eine Diskussion mit unserem uralten, sabbernden Pfarrer über die Frage einlassen, welche meiner Träume sündig sind und welche nicht. Und auf eine Debatte mit dem schmierigen Kaplan, der auch bei uns in der Volksschule unterrichtet, schon gar nicht. Der sieht einen immer so an, dass einem ganz anders wird.

Und so habe ich mich durch die dritte Klasse gerettet, indem ich mir aus dem Sündenkatalog ein unverfängliches Beichtset zusammengestellt habe, in etwa „Ich habe meine Mutter belogen“, „Ich habe meine Schwester sekkiert“ und „Ich bin am Sonntag nicht in der Messe gewesen“, und damit hat es der Pater Kilian dann auch gut sein lassen, weil er, glaube ich, sowieso schon so schlecht gehört hat, dass er mein Gemurmel gar nicht verstanden hat. In der vierten Klasse habe ich dann wechselweise Bauchweh und Zahnweh vorgeschützt, um am Beichttag erst gar nicht in die Schule gehen zu müssen, und später dann, wenn ich doch gehen musste, weil meine Krankheit nicht glaubwürdig genug simuliert war, die gleichen Beschwerden bei der Lehrerin vorgebracht. Um mich nicht durch Wiederholen der immer gleichen Ausreden verdächtig zu machen, bin ich manchmal auch mit in die Kirche, habe mich angestellt und bin dann am Beichtstuhl vorbei aufs Klo gegangen, indem ich ein dringendes Geschäft vorgeschützt habe. Danach bin ich ganz unschuldig zur Kirchenbank zurückgekehrt, in der unsere Klasse während der Beichte aufbewahrt wurde. Und so ist es mir gelungen, ein ganzes Schuljahr lang nicht zur Beichte vorgeführt zu werden.

Irgendwann ist die Messe dann doch aus, und die Geduld der Mütter wird auf eine harte Probe gestellt, denn es geht zurück zur Schule, wo wir erstmals unseren Klassenraum kennen lernen sollen. Der Neubau der Schule ist tatsächlich fertig geworden. Wobei „fertig" nicht ganz wörtlich zu nehmen ist, nur ein Teil des Gebäudes ist tatsächlich bezugsbereit. Ein schmaler Weg zwischen Absperrbändern ist auf der Baustelle freigemacht worden, sodass wir – natürlich in Zweierreihen – hinter der Frau Professor Schlierberger ins Gebäude treten können. Drinnen sieht es noch etwas staubig aus, doch die Möbel sind bereits ins Klassenzimmer gestellt worden. Zu meiner Enttäuschung keineswegs neue. Zerkratzte, mit tiefen Gravuren versehene und beschmierte Bänke und Sessel heißen uns willkommen. Ich setze mich mit dem Herbert in die zweite Reihe nahe der Tür. Auf meiner Bank sind ein paar Namen eingraviert, daneben auch ein Hakenkreuz und ein Zeichen, das ich nicht kenne. Ein Kreis, der in der Mitte geteilt ist, und zwei Striche nach links und rechts unten. Darunter steht „Che". Ich kenne aber niemanden, der so heißt.

Die Bänke müssen in engen Reihen stehen, denn es gilt, Platz für 38 Buben zu schaffen, die in die 1A gehen werden.

Ich drehe mich um, um zu sehen, ob die Klasse schon voll ist. Neben mir zwängt sich der dicke Holzinger in die Mittelreihe. Für den wird es hier eng, aber ich bin froh, dass er da ist. So bin ich wenigstens nicht der Dickste in der Klasse, und der Holzinger wird den Spott abbekommen, der für den „Bladen" vorgesehen ist. So nennt man bei uns leicht übergewichtige Mitmenschen. Der Holzinger, allerdings, der ist wirklich unmäßig fett und hat schon in der Volksschule meistens eine dreifache Portion Jause verdrückt. Seine Lieblingsspeise waren Zwiebelbrote, in die seine Mutter am Morgen dicke Zwiebelringe gestopft hatte, die dann in der Zehnuhrpause einen entsprechenden Geruch verbreitet haben.

Ich bin total enttäuscht, dass es heute noch keine richtige Deutschstunde gibt, sondern nur langweilige Dinge erklärt werden, die kaum etwas mit dem Unterricht zu tun haben. Formulare werden ausgeteilt, die wir unterschrieben zurückbringen müssen, und die Frau Professor Schlierberger muss einem in der letzten Reihe erklären, dass man sich im Gymnasium nicht in die Finger schnäuzen und den Rotz unter die Tischkante schmieren darf. In der Klasse herrscht ein etwas strenger Geruch, der damit zu tun haben dürfte, dass man halt nur einmal in der Woche ein Vollbad nimmt und sich auch nur jedes zweite Mal bei dieser Gelegenheit die Haare wäscht, aber das ist ganz normal und fällt mir eigentlich kaum auf. Vielleicht, weil meine Mama anlässlich des Schulbeginns ein Dienstagsbad eingeschoben hat, von dem ich noch immer den Seifengeruch in der Nase spüre. Auch in den Ohren juckt es mich ein wenig, vielleicht vertragen sie es nicht, so häufig gewaschen zu werden.

Kurz, bevor wir entlassen werden, teilt die Frau Professor den Stundenplan für morgen aus. In den ersten zwei Stunden steht dort „KV", was wohl „Klassenvorstand" heißen soll. Danach soll es eine Stunde Englisch geben, und dann ist auch schon wieder Schluss. Immerhin. Englisch.

Als ich aus der Schule komme, steht meine Mama schon wieder mit der Mutter dieser Dorli beisammen. Hoffentlich kommt die nicht auch noch zu uns nach Hause, denn das Letzte, was ich jetzt gebrauchen kann, ist, dass man mir womöglich ein Mädchen als Spielkameraden aufdrängt. Ich beschäftige mich sowieso lieber alleine. Gelegentlich ist voriges Jahr noch der Herbert zu mir gekommen, und wir haben uns auf den Balkon gesetzt und Mickymaushefte gelesen, aber wenn der jetzt zu einem aktiven Kerzerlschlucker geworden ist, dann ist es damit wohl vorbei.

Nachmittags muss ich mit der Mama zur Familie Gehbauer hinübergehen, denn die Ulli Gehbauer ist in der zweiten Klasse, und Mama hat mit ihrer Mutter vereinbart, dass wir die gebrauchten Schulbücher vom Vorjahr von ihr bekommen. Schulbücher kosten Geld, und Leute wie die Niedermayrs, die gerade ein paar Tausender für einen Urlaub in Italien ausgegeben haben, können sich keine nagelneuen leisten. Der Vater von der Gehbauer Ulli ist der Direktor der Hauptschule, und die hat natürlich neue Bücher bekommen, im vorigen Jahr. So bekomme ich wenigstens Bücher, die nur ein Jahr alt sind. Mir ist es ein wenig peinlich, dass ich zu den Gehbauers mitgeschleppt werde. Schon als wir hingehen, schimpft Mama, dass die Gehbauerin eine ganz falsche Schlange ist, weil sie gehört hat, dass die Gehbauerin über Mamas Freundin, die Hassfurther Kathi, erzählt hat, dass sie alles weitererzählt, was ihr unter dem Siegel der Verschwiegenheit anvertraut wird. Zum Beispiel, dass sie der Hassfurther ihrem Bruder wegen Trunkenheit am Steuer den Führerschein weggenommen haben und der dann trotzdem noch bei einem Einsatz mit dem Feuerwehrauto gefahren sein soll.

Als die Gehbauer dann die Tür öffnet, ist alles Liebe und Grießschmarren, wie man bei uns so sagt, und die beiden begrüßen sich in süßlichem, völlig übertriebenem Tonfall.

*Trotz süßlichem Tonfall, zu mehr als einer Berührung mit den Händen kam es damals bei Begrüßungen nie. Intimitäten wie Wangenküsse waren außerhalb der Familie völlig unbekannt, und selbst unter Verwandten vermied man es tunlichst, einander zu berühren. Seine Mutter hatte ihn vielleicht als Kleinkind noch in den Arm genommen, aus seiner Schulzeit konnte er sich an derartige Gefühlsbekundungen nicht erinnern. Es wäre ihm damals sicher regelrecht peinlich gewesen. Sein Vater hatte ihn, soweit er sich erinnern konnte, niemals geküsst. Hoffentlich hatte er ihn wenigstens als Baby gelegentlich im Arm gehalten. Foto gab es von solch einem Anlass jedenfalls keines.*

Im Gehbauerschen Hause stinkt es nach Hund. Gleich kommt das schwarze Wollknäuel auf mich zu und beschnüffelt mich im Schritt, was mir ziemlich unangenehm ist. Aber ich habe Angst vor Hunden und traue mich nicht, den Oskar wegzuschubsen. „Pfui, Oskar! Aus!“, schreit die Ulli Gehbauer. Mir ist nicht ganz klar, ob die Gegend um meinen Schritt oder das Verhalten ihres Hundes „pfui“ ist. Mir fällt auf, dass die Ulli ein ganz schönes Stück größer ist als ich und schon einen Busen hat.

Als wir dann endlich in der Küche sind, liegen die Schulbücher schon auf dem Tisch. „Die Ulli ist ja so sorgfältig mit den Büchern umgegangen!“, flötet die Gehbauerin. „Kein einziges Eselsohr, kein Fleckerl, kein Geschmier. Und eingebunden haben wir sie auch. Da wird der Siegfried eine Freude haben!“ Auf dem Tisch liegen ein Englischbuch, ein Mathematikbuch und zwei Deutschbücher. Ein Lesebuch und ein Sprachbuch. Das Englischbuch heißt

„Ann and Pat“. Im Moment ist mir eigentlich egal, was die Damen da miteinander besprechen, ich will endlich an das Englischbuch heran und sehen, was da drinsteht. Ich habe noch nie in meinem Leben ein Buch gesehen, in dem etwas auf Englisch steht, und bin gespannt wie ein Flitzebogen, ob ich etwas davon verstehe.

*Kein Wunder, es gab kein Englisch. Weder zu lesen noch zu hören oder zu sehen. Eine Fremdsprache war einfach nicht da. Das einzige Englisch, das man lesen konnte, stand im Englischbuch. Und hören konnte man es nur, wenn es der Lehrer vorlas. Dass es in Wien Buchhandlungen gab, in denen man englische Bücher kaufen konnte, und Kinos, in denen englischsprachige Filme liefen, das hatte er erst von seinem ersten Englischlehrer erfahren.*

Für Papa, und vor allem für Opa, ist alles, was nicht Deutsch gesungen wird, „Negermusik“, die auf der Stelle verboten gehört. Nicht zuletzt deswegen, weil die Sänger lange Haare haben. Und das ist ja wirklich das Letzte. Wenn auch nur ein Härchen übers Ohr oder in die Stirn hängt, werde ich sofort zum Friseur geschickt, weil ich sonst aussehe wie ein „Schlurf“ oder wie ein „Gammler“, sagt Papa. Beide Begriffe habe ich noch nicht ganz verstanden, sie stehen auch nicht in unserem Lexikon, sodass ich keine Möglichkeit habe, mehr herauszufinden.

Während sich meine Eltern im Musikgeschmack keinesfalls einig sind – Papa das Wunschkonzert und Mama ihre Opern –, so ein englisches Geplärre kommt beiden nicht ins Haus. Und so bleiben meine Erfahrungen mit der englischen Sprache auf ein paar Lieder beschränkt, die ich mir im Radio anhöre, wenn unsere Eltern nicht zu Hause sind. Was selten genug vorkommt. Das letzte Lied, das mir gut gefallen hat, war „Hello Goodbye“ von den Beatles. Da habe ich viel verstanden, es ist ganz leicht. Sie singen: „I say yes, you say no, I say stop, and you say go, go, go!“ Wenn Englisch so einfach ist, wird es sicherlich viel Spaß machen. Seit einiger Zeit gibt es ja in Österreich den Sender „Ö3“, der ausschließlich Popmusik ausstrahlt. Teufelszeug, meint Papa. Deswegen muss ich auch darauf achten, dass ich nach dem Radiohören wieder „Ö Regional“ einstelle, Papas Sender. Oder eben Ö1, wo es den ganzen Tag dieses Operngeheul gibt.

Während die Gehbauerin Kaffee serviert, die beiden Frauen munter vor sich hinplappern und die Ulli mit ihrem Hund spazieren geht, was ich sehr begrüße, blättere ich das Lesebuch durch. Bisher habe ich jedes Lesebuch, das wir für die Schule bekommen haben, noch am ersten Abend von vorn bis hinten ausgelesen, weil ich immer hungrig nach neuen, spannenden Geschichten bin. Die Gedichte, die meistens auch drinnen stehen, lasse ich weg. Und in einem Lesebuch fürs Gymnasium, denke ich, müssen ja wohl längere, spannendere und lustigere Geschichten stehen als in einem für die Volksschule.

Als wir uns vom Hause Gehbauer verabschieden, bin ich im Lesebuch schon auf Seite 46. Beim Nachhausegehen schimpft Mama darüber, dass es erstens im Gehbauerschen Haus nach Hund stinkt und der Kaffee der Gehbauerin zweitens furchtbar dünn und geschmacklos sei. Sie hegt den Verdacht, dass man ihn mit Ersatzkaffee verdünnt hat. Drittens habe die Gehbauerin für die Schulbücher einen unverschämt hohen Preis verlangt, den sie sicherlich nicht bezahlt hätte, wenn man damit nicht riskieren müsste, dass die Frau Direktor Gehbauer herumerzählt, dass sich die Niedermayrischen nicht einmal gut erhaltene, gebrauchte Schulbücher leisten können.

Gegen neun Uhr am Abend bin ich mit dem Lesebuch fertig. Natürlich bin ich schon um acht ins Bett geschickt worden und musste mit der Taschenlampe unter der Decke lesen. Im Buch waren sogar Geschichten, die ich schon kenne, zum Beispiel die Weihnachtsgeschichte von Peter Rosegger. Ich muss wieder einmal selber eine Geschichte schreiben, eine richtige. Nicht so etwas Kurzes wie in einem Schulaufsatz. Einmal habe ich schon versucht, einen Roman zu schreiben, da ist mir aber nach sechs Kapiteln, die jeweils eine Seite lang waren, nichts mehr eingefallen. Die Geschichte hat von einem Buben gehandelt, der auf dem Schiff seines Onkels als Schiffsjunge mitfährt und einen Delphin zum Freund hat. Möglicherweise ist der Roman daran gescheitert, dass ich weder von der Schifffahrt noch von Delphinen sehr viel verstehe. Was die Delphine betrifft, hat mir allerdings die Fernsehserie „Flipper“ sehr geholfen.

# 7 Nadlwang und andere Probleme

*Mama hatte auch seinen alten Schulatlas aufgehoben, der schon ziemlich zerfleddert und dessen Einband von zahlreichen Flecken geziert war. Vorsichtig öffnete er ihn. Er konnte sich an fast jede einzelne Karte erinnern, so oft hatte er den Atlas durchgeblättert und die Karten studiert. Womöglich der Ursprung seiner Reiselust. Der Atlas war ja auch im Kreise der Familie oft benutzt worden, es war das einzige Kartenwerk, das es im Hause Niedermayr gegeben hatte. Abgesehen von einer abgegriffenen Straßenkarte von Oberösterreich, auf der noch nicht einmal die Westautobahn eingezeichnet gewesen war. Da musste doch ... ja, genau, da war es. Auf der Doppelseite, die Europa und Asien zeigte. Er war mit Kugelschreiber die gesamte Bahnstrecke von Kastenkirchen nach Wladiwostok abgefahren und hatte sie dabei nachgezeichnet, blau mit einigen Klecksen zwischendrin. Mitten durch das zweite „S“ in „UdSSR“ führte die Bahnstrecke. Er hatte sich während der Geographiestunden ausgemalt, wie es wohl wäre, in einem solchen Zug zu sitzen, der die asiatischen Steppen von Westen nach Osten durchquerte. Mama hatte wieder einmal mit der Hand ausgeholt, als sie die Schmiererei im Atlas entdeckt hatte. Die Hand war schnell wieder gesunken, doch eine lange Tirade darüber, dass man mit teuren Dingen vorsichtig umzugehen hatte, war gefolgt. Er erinnerte sich, dass die Anschaffung des Atlas das Familienbudget tatsächlich erheblich belastet hatte. „Ich weiß nicht, Adolf!“, hatte Mama gemahnt. „Ob wir uns da nächstes Jahr Italien leisten können? Wo der Bub jetzt so viel kostet?" Worauf Papa gekontert hatte, dass man den Buben ja nicht ins Gymnasium hätte schicken müssen. Da hätte man sich wenigstens die teure Monatskarte nach Seeklausen sparen können. Das, so rechnete Papa vor, wäre schon ein wesentlicher Beitrag für den nächsten Urlaub gewesen.*

Schon am ersten richtigen Schultag fahre ich allein mit dem Zug nach Seeklausen. Das heißt, nicht alleine, sondern ohne Mama. Der Herbert und der dicke Holzinger sind da und ein paar andere aus unserer Volksschulklasse. Und natürlich die Ulli Gehbauer, die sich mit ihren Freundinnen zusammenrottet, gackert und tuschelt und mich keines Blickes würdigt. Irgendwie aber hat der winzige Busen der Ulli in mir etwas angerührt, von dem ich nicht genau weiß, was es eigentlich ist.

Der Zug, in dem wir fahren, bedarf einiger Erläuterungen. Die Waggons haben nämlich eine offene Plattform, so eine Art Terrasse an jedem Ende, wo man im Freien stehen kann, während der Zug fährt. Etwa so, als wäre man in einem Cabrio. Und vor dem Absturz auf die Bahngeleise bewahrt einen nur eine dünne, schwarzlackierte Eisenstange, die man einfach zur Seite klappen kann. Auch während der Fahrt, wenn einem danach ist. Wir stehen also im Freien, der Herbert und ich, lassen uns den Wind um die Nase wehen, beugen uns über das Geländer und glotzen fasziniert auf das Gleisbett, das unter uns vorüberrauscht. Bis der Schaffner kommt und uns ins Innere des Zuges scheucht. Gratis ist die Fahrt zur Schule übrigens nicht, wir müssen eine Monatskarte kaufen. Die ist leider, sagt Mama, unmäßig teuer. „Hoffentlich weißt du das zu würdigen, dass wir so viel Geld für deine Ausbildung ausgeben!", hat sie mir erklärt. Papa findet die Monatskarte gänzlich überflüssig, weil er mich lieber in die Hauptschule in Kastenkirchen schicken würde. „Ich sag dir, wenn du die verlierst, dann aber!", droht er. Drinnen im Waggon stinkt es, denn alle Erwachsenen, die mitfahren, rauchen. Auch ein paar ältere Schüler, kommt mir vor, haben Zigaretten ausgepackt, obwohl das natürlich streng verboten ist.

*Heute würde man ja davon ausgehen, dass es brandgefährlich ist, wenn man Kinder auf einer offenen Plattform stehen lässt. In den modernen Zügen waren mehrere Sicherheitssysteme eingebaut, die verhinderten, dass jemand während der Fahrt aus dem Zug fiel. Das hatte es in den Sechzigern nicht gegeben, und man sollte meinen, dass da sicherlich mindestens jeden zweiten Tag einer ins Gleisbett geweht worden und vom nächsten Waggon überrollt worden war. Gott sei Dank war das nicht passiert, denn was sie gut gelernt hatten in den ersten zehn Lebensjahren, war, auf sich aufzupassen und Gefahren richtig einzuschätzen. Der Begriff „Helikoptereltern" war erst viel später entstanden.*

Also, zu unserem Klassenzimmer muss ich auch noch etwas sagen. Die beschmierten Tische habe ich ja schon erwähnt. Das einzige Medium, über das wir verfügen, ist der Lehrer. Oder die Lehrerin, je nachdem. Dann gibt es noch unsere Schulbücher und die Kreidetafel, und dann ist Schluss. Gelegentlich schleppt ein Lehrer einen Film- oder Diaprojektor in die Klasse, aber das ist fast schon eine Haupt- und Staatsaktion, die längere Vorbereitung erfordert. Fernseher, ganz nebenbei bemerkt, gibt es in der ganzen Schule nicht.

Die ersten beiden Stunden ziehen an mir vorbei, ohne dass ich viel mitbekomme. Die Frau Professor Schlierberger erzählt und erzählt, schleift uns kreuz und quer durch das Schulgebäude und erklärt, was uns noch alles an Wundern erwartet, wenn erst einmal der Neubau gänzlich fertiggestellt ist. Einen Physik- und einen Chemiesaal soll es dann geben, wo echte Experimente durchgeführt werden können. Ein Musikzimmer, einen Aufenthaltsraum für Fahrschüler und so weiter und so fort. Ich halte es fast nicht mehr aus vor Ungeduld, bis endlich die Englischstunde beginnt. Während der zweiten Klassenvorstandsstunde zeige ich einmal auf, um zu fragen, ob wir nicht endlich einmal etwas aus dem Lesebuch lesen könnten. Als mich die Frau Professor endlos lange nicht drannimmt, beginne ich, mit den Fingern zu schnippen, und schließlich platzt es aus mir heraus. „Könnten wir nicht endlich einmal eine Deutschstunde machen? Bitte!" Auf der Stirn der Frau Professor tauchen zwei steile senkrechte Falten auf, und ihre Frisur wippt. Sie sieht auf ihren Sitzplan. „Niedermayr", sagt sie streng. „Herausschreien gibt's bei mir nicht. Und wann wir was machen, das bestimme ich!" Einige hinter mir beginnen zu kichern, nur der Herbert neben mir faltet die Hände, als wolle er zu beten beginnen. Ich lasse meine Hand sinken, denn was mir noch wichtiger ist als eine ordentliche Deutschstunde, ist, dass die Falten auf der Stirn der Frau Professor wieder verschwinden.

Schließlich gibt es dann doch noch etwas Sinnvolles zu tun. Die Frau Professor zeigt uns die Hefte, die wir brauchen werden. Ich bin sehr stolz darauf, dass wir jetzt endlich in große Hefte schreiben. Das Schularbeitenheft hat sogar einen Korrekturrand, von dem mir noch nicht ganz klar ist, wozu der gut sein soll. Wir brauchen gleich vier Hefte für Deutsch, was mir ein bisschen viel vorkommt, denn wenn sich das jeder Lehrer so vorstellt, werden wir ganz schön schleppen müssen. Ein Schulübungsheft, ein Hausübungsheft, ein Grammatikheft und ein Schularbeitenheft.

In der Pause kommt es leider zu einem unangenehmen Zwischenfall. Als ich mich über meine Schultasche beuge, um meine Jause auszupacken, rempelt mich jemand von hinten an, sodass ich ins Taumeln gerate. Hinter mir stehen zwei Buben, deren Namen ich noch nicht kenne. „Fette Brillenschlange!", zischt einer. „Brauchst dich gar nicht wichtigmachen, da!" Er stößt mich mit dem Zeigefinger gegen die Brust. „Ich mach mich gar nicht ..." Ich bringe meinen Satz nicht zu Ende. „Goschen, Streber!", schreit der andere, etwas Kleinere. „Goschen" heißt so viel wie „Maul" und ist kein sehr freundlicher Ausdruck. Er meint, ich soll mein Maul halten. Ich versuche, an den beiden vorbeizukommen, die mir aber den Weg verstellen. Plötzlich taucht der dicke Holzinger hinter den beiden auf und fasst mit seinen Riesenpranken jeweils einen am Hals. „Gibt's ein Problem?", fragt er undeutlich, weil er sein gewaltiges Jausenbrot nun mit den Zähnen festhalten muss. „Ich glaub nicht!", antwortet er sich selber und lässt die beiden los, die sich schnell und lautlos verziehen. „Magst ein Stück Zwiebelbrot?", fragt er mich noch. Ich schüttle den Kopf. „Ist eh gut. Hunger!", sagt er noch und wendet sich ab.

Der Englischlehrer ist ein sportlich aussehender junger Mann mit sehr kurz geschnittenem Haar. Er spricht gleich Englisch mit uns. „I am your English teacher", sagt er. „Good morning!" Freudig schmettere ich ihm auch ein „Good morning!" entgegen, bin aber leider der Einzige, der antwortet. Das wird meinen beiden Feinden gar nicht gefallen. Ich muss mich in Zukunft etwas mehr zurückhalten, sonst bekomme ich mehr Ärger, als mir lieb ist. Der Lehrer schlägt gar nicht erst das Buch auf, sondern wandert durch die Reihen. „Are you a girl?", fragt er den Holzinger. Der ist natürlich, was Kommunikation betrifft, ebenso behäbig wie sonst auch. Ich schüttle den Kopf, um ihm zu helfen. Er tut es mir nach. „No, I'm not!", hilft ihm der Lehrer, aber der Holzinger begreift nicht, dass er ihm einfach nachsprechen soll, und schüttelt weiter den Kopf. „Say: No, I'm not!", versucht es der Lehrer noch einmal. Ich nicke. „Say: No, I'm not!", wiederholt der Holzinger brav. „Fine!", lobt ihn der Lehrer und geht eine Reihe weiter. „Are you a boy?", fragt er den, der mich „fette Brillenschlange" genannt hat. „No, I'm not!", sagt der. Ein paar in der Klasse lachen, weil sie anscheinend auch verstehen, was er gesagt hat. Der Befragte läuft rot an. Ich denke, ich sollte auch ihm helfen. Bringt vielleicht ein paar Punkte. Ich nicke also. Er nickt auch. „Yes, I am!", hilft ihm der Lehrer. Er wiederholt. Seinen Nachbarn fragt der Lehrer: „What's your name?" Der kratzt sich ratlos am Kopf, aber der Lehrer beugt sich zu ihm vor und flüstert ihm etwas ins Ohr. Darauf strahlt er übers ganze Gesicht und ruft „Toni!" „Anthony", wiederholt der Lehrer. „You're Anthony!" Der Toni nickt und wiederholt: „Antoni!"

Es dauert, bis jeder dran gewesen ist – bei 38 Buben in einer Klasse. Und am Ende der Stunde hat jeder genau zweimal etwas sagen dürfen, und wir haben das Englischbuch noch nicht einmal aufgemacht. In der Volksschule hat es keinen Englischunterricht gegeben. Unsere Volksschullehrerin hat uns sogar verboten, von einem „Radio" zu sprechen, denn das sei Englisch, und auf gut Deutsch heiße das Gerät „Rundfunkempfänger". Überhaupt gibt es viele Leute, die sich furchtbar aufregen, wenn man englische Wörter benutzt. Weil anscheinend die Engländer im Krieg Feinde waren, und so hören manche auch die englische Sprache immer noch mit feindseligen Ohren. Mein Opa, zum Beispiel, will nicht einmal „Auto" oder „Telefon" sagen. Obwohl das sicher keine englischen Wörter sind. Er besteht auf „Kraftwagen" und „Fernsprecher". Und daher ist es kein Wunder, dass viele meiner Klassenkameraden völlig ratlos dreinschauen, wenn sie auf Englisch angesprochen werden. Nur bei zweien in der letzten Reihe ist mir aufgefallen, dass sie jede Frage richtig beantwortet haben. Natürlich stellt sich später heraus, dass sie sitzengeblieben sind und schon voriges Jahr in der ersten Klasse waren. Da ist das ja dann keine Kunst. Es gibt noch einen Dritten, der sitzengeblieben ist, aber der fällt in der ersten Englischstunde nicht mit herausragenden Kenntnissen auf.

Erleichtert stelle ich auf dem Bahnhof fest, dass die zwei, die mich in der Schule belästigt haben, nicht hier sind. Offensichtlich keine Fahrschüler, zumindest nicht mit dem Zug und nicht in meine Richtung. Der Herbert, so stellt sich im Zug heraus, hat sein Englischbuch in der Schule vergessen und ist deswegen ganz hysterisch. „Meine Mama bringt mich um, wenn es weg ist!", plärrt er. „Es war ja so teuer! Und die Mama hat eh schon so gejammert, dass das Gymnasium so viel Geld kostet!" „Gehen wir halt noch einmal zurück!", schlage ich ihm vor. Mir ist es egal, ob ich um zwölf oder um eins heimkomme, und so laufen wir nicht Gefahr, am Ende doch noch meinen zwei Feinden in die Arme zu laufen. Auf dem Weg zur Schule faltet der Herbert seine Hände und murmelt unentwegt das Vaterunser vor sich hin.

Übrigens: Zuhause anrufen, dass man später kommt, das geht leider nicht. Denn erstens habe ich keinen Schilling für den Anruf aus einer Telefonzelle, und zweitens haben wir zu Hause gar kein Telefon. Wie schon gesagt, angemeldet haben wir es, aber es ist noch nicht angeschlossen. Überhaupt ist es so, dass Kinder wie wir, die um halb sieben aus dem Haus gehen, völlig auf sich gestellt sind, bis sie wieder nach Hause kommen. Das ist so in der Regel, übers Schuljahr gesehen, zwischen eins und zwei Uhr am Nachmittag. Und in dieser Zeit sind unsere Eltern nicht für uns erreichbar oder wir für sie. Wir müssen alles allein hinkriegen. Am Bahnhof und am Busbahnhof, da gibt es zum Beispiel Fahrpläne, auf denen steht, welcher Zug wann wohin fährt und wann er dort ankommt. Das sind riesige, klein bedruckte Tafeln, auf denen man sich zurechtfinden muss, und wenn man das nicht kann, dann muss man blöd fragen oder stundenlang warten, bis der richtige Zug daherkommt. Das hat natürlich auch den Vorteil, dass man von den Eltern nicht ständig überwacht werden kann und sich einige Freiheiten erlauben darf. So begleite ich den Herbert jetzt zurück in die Schule. Als wir aber vor unserem Klassenzimmer stehen, ist die Tür verschlossen. Der Herbert fängt schon wieder an zu beten, als ich eine Putzfrau entdecke, die mit ihrem Wagen auf dem Gang unterwegs ist und uns aufschließt. „Am ersten Tag schon!", schimpft sie. „Das wird noch was werden!" Herbert aber ist überglücklich, als er sein „Ann and Pat" im Bankfach findet und in die Arme schließen kann. „Danke, Jesus!", seufzt er mit einem innigen Blick nach oben. Ich finde, er sollte lieber mir danken.

Am Bahnhof haben wir jetzt eine Menge Zeit, bis der nächste Zug kommt, und können uns umsehen. Da gibt es einen Kiosk, an dem man Süßigkeiten, Eis, Getränke und Proviant erwerben kann. Es gibt sogar warme Leberkäsesemmeln, die verführerisch duften. Herbert sucht in seinem Geldtascherl nach Münzen und findet die drei Schilling, die eine Leberkäsesemmel kostet. Mir läuft das Wasser im Munde zusammen, als er hineinbeißt, aber ich bekomme pro Woche nur fünf Schilling Taschengeld, da wäre eine solche Leberkäsesemmel purer Luxus. Allerdings, denke ich mir, jetzt ist schon Donnerstag, da werde ich den Rest der Woche doch wohl mit zwei Schilling auskommen, und leiste mir auch eine Semmel. Mittlerweile trudeln auf dem Bahnhof auch ältere Schüler ein, die eine Stunde länger Unterricht gehabt haben. Darunter ist auch die Ulli Gehbauer mitten in einem Schwarm gackernder Hühner. Plötzlich heult der Herbert auf. „Na, Hosenscheißer, was macht ihr denn hier noch?" Ein viel größerer Bub hat den Herbert umklammert und ihm anscheinend ein Knie gegen den Oberschenkel gestoßen, ein sogenannter

„Eisenbahner", der sehr schmerzhaft ist. Der Herbert stopft schnell sein letztes Stück Semmel in den Mund, damit der Größere es ihm nicht wegschnappt. Plötzlich steht die Ulli neben ihm. „Lass die Kleinen in Ruh, du Idiot!" Der Große grinst, lässt aber den Herbert Gott sei Dank los. Die Schule ist ein gefährliches Pflaster, vor allem für solche wie den Herbert und mich, denen es an Kraft, Mut und Aggressivität fehlt. Da kommst du schneller unter die Räder, als du es dir denken kannst.

Zu Hause ist die Lage dann doch nicht so entspannt, wie ich mir das vorgestellt hatte. „Wo warst du?", schreit meine Mutter und packt mich mit der Rechten hart am Oberarm. „Du hättest schon vor einer Stunde kommen sollen!" Sie holt mit der Linken aus, ich halte meinen rechten Arm schützend vors Gesicht. Da lässt sie wieder los. „Wir haben den Zug versäumt, der Herbert und ich!", rechtfertige ich mich. „Wir haben uns auf dem Fahrplan verlesen!" „Wer's glaubt, wird selig!", faucht meine Mutter und wendet sich wieder den Töpfen und Pfannen auf dem Herd zu. Die Uschi sitzt schon am Tisch. „Kriegt er jetzt eine Strafe?", fragt sie. Ich springe auf sie zu und hole aus, ebenso wie Mama zuvor. Kreischend läuft Uschi davon.

Beim Essen starrt mich Mama voller Zorn an. „Du brauchst gar nicht glauben", sagt sie und klopft zur Untermalung ihrer Tirade heftig mit dem Finger auf den Tisch, „dass du dir jetzt alles erlauben kannst, weil du ein Gymnasiast bist! Drei Tage Hausarrest! Und in Zukunft kriegst du eine Liste, auf der steht, wann wir dich zu Hause sehen wollen! Dass du's weißt!" Also, vielleicht haben wir doch nicht so viel Freiheit, wie ich es zuvor prahlerisch verkündet habe. Auch ohne Telefon. Die Liste, das weiß ich jetzt schon, wird natürlich nie erstellt werden. Erziehungsmaßnahmen sind bei uns fast ausschließlich leere Drohungen und unheilvolle Prognosen.

Der Hausarrest ist für mich kein Problem. Erstens regnet es, und zweitens habe ich mir aus der Bücherei „Der Schatz im Silbersee“ und „Der Ölprinz“ geholt. Natürlich von Karl May. Das sind zusammen 1032 Seiten, da lassen sich drei Tage Hausarrest schon überstehen. Es ist ein unvergleichliches Gefühl, bei offenem Fenster mit einem guten Buch auf dem Bett zu liegen, während man draußen den Regen auf Bäume und Büsche niederrauschen hört. Man überhört alles – zum Beispiel, wenn Mama zwecks Ausleeren des Mülleimers nach einem ruft.

Was schnell zum Alltag wird, ist das Bahnfahren. Schon nach einer Woche findet man weder Dampflokomotive noch Waggons mit offener Plattform sensationell. Mittlerweile vertreiben wir uns die Wartezeit auf dem Bahnhof oft damit, Zehngroschenstücke vor einem abfahrenden Zug auf die Bahngeleise zu legen und sie dann plattfahren zu lassen. Niemand hindert uns daran, vor der Lokomotive auf die Gleise hinunterzusteigen und die Münzen dort zu platzieren. Ich besitze mittlerweile eine ganze Anzahl von plattgefahrenen Münzen, die größte etwa viermal so groß wie das Original. Dazu muss man sie aber mehrmals auf die Schienen legen, wobei sie, wenn sie schon sehr dünn sind, leider oft zerbrechen.

Was ich immer noch ein wenig strapaziös finde, ist, dass jede Stunde ein neuer Lehrer oder eben eine neue Lehrerin kommt. Außer unserer Deutschlehrerin Frau Professor Schlierberger gibt es noch Herrn Professor Wurm für Englisch, Frau Professor Weishäupl für Mathematik und den Herrn Professor Wolf für Turnen. Alle mit „W“. Dann haben wir noch die Frau Professor Singer in Musik, und das ist kein Witz. An unserer Schule gibt es auch noch eine Musiklehrerin, die Moll heißt, und auch das ist kein Scherz. Mit Abstand der Unangenehmste ist Professor Wolf, doch davon später mehr.

Leider ist der Unterricht quälend langweilig, denn in Deutsch und Mathematik üben wir dauernd Sachen, die ich schon längst kann. Fast alles haben wir in der Volksschule schon gelernt.

Trotzdem habe ich ein Problem in Mathematik, und das kommt so: Wann immer die Frau Professor Weishäupl, die übrigens jung, lieb und nett ist, ein Beispiel an die Tafel schreibt und jemanden holt, der es rechnen soll, passe ich nicht mehr auf und rechne die Aufgabe selber. Weil ich ein wenig schusselig bin, verrechne ich mich andauernd, bin zwar früher fertig als der an der Tafel, habe aber schließlich ein völliges Durcheinander im Heft und ein ganz anderes Ergebnis dort stehen als das, was die Frau Professor als richtig doppelt unterstreicht. Außerdem lenkt mich die Frau Professor ab, weil sie erstens gut duftet und zweitens sehr kurze Kleider trägt. Der Herbert sagt, hingehaucht, als wäre es etwas ganz und gar Verruchtes, sie sei ein Hippiemädel. Dabei rollt er noch vielsagend mit den Augen. Ich weiß nicht genau, was das ist, und so ganz traue ich dem Herbert auch nicht. Ich bin ja schon froh, dass er während der Stunden nicht unausgesetzt Gebete vor sich hinmurmelt.

Die Pausen sind immer noch die riskanteste Zeit während des Schultages, denn der Fritz und der Toni, die mich schon am ersten Schultag nicht in Ruhe gelassen haben, verfolgen mich auch weiterhin, wenn ihnen sonst gerade nichts einfällt. Dass ich dem Toni in der ersten Englischstunde geholfen habe, hat mir leider keine Gutpunkte bei ihm gebracht. Die beiden kommen aus Nadlwang, das von Seeklausen ebenso weit westlich liegt wie Kastenkirchen östlich. Anscheinend schwelt schon seit urdenklichen Zeiten ein Konflikt zwischen denen aus Nadlwang und denen aus Kastenkirchen, und ich bin da irgendwie zwischen die Fronten geraten. Immer, wenn mir der Fritz ein Bein stellt oder mich gegen die Wand rempelt, lachen die Nadlwanger, und wenn ich den Holzinger nicht hätte, vor dessen Riesenpranken die Nadlwanger einigen Respekt haben, wäre es mir wahrscheinlich schon übel ergangen. Was mir in den Augen der Nadlwanger natürlich auch einen schlechten Ruf einbringt, ist, dass ich alle Hausübungen habe und während der Stunde ständig die Hand nach oben strecke und sogar manchmal mit den Fingern schnippe. Nicht einmal der Frau Professor Schlierberger ist es gelungen, mir das abzugewöhnen. Es passiert eigentlich wie von selbst, ohne dass ich etwas dazutue. Und weil die meisten der Nadlwanger halt geistig recht behäbig sind und sich eine Ewigkeit Zeit lassen, bis sie mit einer Antwort auf eine Frage herausrücken, passiert es oft, dass mir die Antwort schon entschlüpft ist, während der Fritz oder der Toni gerade ihre Kinnlade hinunterlassen und laut „Äääh!“ sagen. Ich habe schon überlegt, ob es vielleicht ein geschickter Schachzug wäre, Hausübungen nicht zu machen und sich während der Stunde blöd zu stellen. Während der Pausen hätte ich dann sicher mehr ruhige Minuten, denn so muss ich mich immer gleich nach dem Läuten verziehen und die ganze Pause möglichst weit von unserer Klasse entfernt umherstreunen, damit die Nadlwanger nicht durch meinen Anblick zu Gewaltexzessen animiert werden. Aber die Hausübungen machen mir richtig Spaß, auch wenn das möglicherweise unglaubwürdig klingt. Ich schreibe gern, denn man hat ja sonst wenig Unterhaltung. Nachmittags gibt es kein Fernsehen, da könnte ich mir stundenlang schwarz-weißes Rauschen ansehen. Meine Unterhaltung sind also die Hausübungen.

Interessant finde ich Naturgeschichte und Geografie, denn das sind Gegenstände, die in der Volksschule überhaupt nicht unterrichtet worden sind. Das Beste an der Naturgeschichte ist das Skelett. Wir nehmen nämlich als

Erstes den Menschen durch, und da zu Beginn seine ganzen Knochen. Der Herr Professor Aichmayr, der Naturgeschichte unterrichtet, ist kugelrund und ein ganzes Stück kleiner als sein Skelett, das er jede Stunde mit sich führt. Als er es zum ersten Mal zeigt, geht ein Raunen durch die Klasse, denn ein bisschen unheimlich ist uns schon zumute.

Das unheimliche Gefühl hält allerdings nicht lange an. Denn schon für die zweite Naturgeschichtsstunde werden zwei Skeletttrager ernannt, die es aus dem Naturgeschichtekabinett abzuholen und wieder zurückzubringen haben. Ich melde mich für diese spannende Aufgabe natürlich sofort, allerdings werden zwei andere aus der ersten Reihe ausgewählt, zwei geschniegelte Affen aus Seeklausen, mit denen ich bisher noch nicht ein Wort geredet habe.

In der zweiten Stunde klemmt zwischen den Zähnen des Skeletts bereits ein abgefieselter Apfelbutz, den der Fritz dort platziert hat, nachdem die zwei Seeklausner das Skelett abgestellt haben. Zwar entbrennt zwischen den Skeletträgern und dem Fritz ein kurzer Streit, weil die beiden Träger fürchten, für den Scherz verantwortlich gemacht zu werden, doch der Fritz bringt sie mit einem „Eisenbahner" zum Schweigen. Der Kleinere der beiden beginnt zu heulen, während er zu seinem Platz zurückhumpelt. „Das sag ich dem Herrn Professor!", jammert er. Was ich für keine gute Idee halte, denn dann werden in der nächsten Pause die Nadlwanger geeint und gnadenlos über ihn herfallen. Für mich, so überlege ich, gar nicht so schlecht.

Der Herr Professor nimmt die ganze Angelegenheit aber mit Humor. „Ihr glaubt ja nicht, was dem alles schon zwischen die Zähne geschoben worden ist!", lächelt er. „Ein Lösegeld gibt es allerdings schon!", fügt er hinzu. „Wenn ich in der nächsten Stunde einen frischen, saftigen Apfel auf dem Katheder vorfinde, so ist dem Täter vergeben. Wenn nicht – dableiben für die ganze Klasse!" Schockstille. Das meint er doch nicht ernst? Dem Fritz allerdings gönne ich die Zwickmühle, in die er da geraten ist. Denn wenn er den Apfel nicht springen lässt, dann hat er sicher auch die Nadlwanger gegen sich, die auch nicht am Nachmittag nachsitzen wollen.

Das sogenannte „Dableiben" ist übrigens eine für zahlreiche Delikte ausgesprochene, unglaublich beliebte Strafe bei Lehrern. Sie scheinen der Ansicht zu sein, dass es für Schüler das Schlimmste überhaupt ist, einmal länger in der Schule bleiben zu müssen. Was mich dabei wundert, ist, dass sie anscheinend darauf vergessen, dass sie selber auch länger im Klassenzimmer herumsitzen müssen. Ich habe in der Volksschule nur einmal dableiben müssen. Und zwar bei der Religionslehrerin, an den Grund dafür erinnere ich mich jedoch nicht.

Sie hat uns, den Roland, den dicken Holzinger und mich, nach der Schule mit in den Pfarrhof geschleppt, wo sie anscheinend untergebracht gewesen ist. Man hat ja gemunkelt, dass sie dem Pfarrer auch für andere Dienste als jene der Religionslehrerin zur Verfügung gestanden ist, aber das hat mit unserer Sache nichts zu tun. Wir mussten dann aus dem Religionsbuch die Legende vom Heiligen Konrad abschreiben, der irrtümlich auf der Jagd einen Wald anzündet, um Wild aufzuscheuchen. Ein anderer wird an seiner Statt gefoltert und zum Tode verurteilt, doch Konrad geht in sich, gesteht die Tat, leistet Schadenersatz und geht samt seiner Frau ins Kloster. Also, natürlich jeder von beiden in ein anderes. Davon wird allerdings der zu Unrecht Hingerichtete auch nicht wieder lebendig. Ich habe keine Ahnung, ob uns die Frau Religionslehrerin mit der Auswahl dieser Geschichte etwas Bestimmtes mitteilen wollte, jedenfalls hat sie uns eine Scheibe Brot und ein Glas Wasser vorgesetzt und erklärt, wir könnten erst nach Hause gehen, wenn wir die Geschichte abgeschrieben hätten. Der Roland hat die ganze Zeit geplärrt, sodass der dicke Holzinger sich auch noch sein Stück Brot einverleiben konnte, und ich habe beschlossen, die Geschichte in leicht gekürzter Fassung wiederzugeben, um früher nach Hause zu kommen. Leider aber hat sich die Frau Lehrerin, sobald ich fertig war, zu Kontrollzwecken meine Geschichte vorlesen lassen, während sie selbst mithilfe des Originals im Buch geprüft hat, ob etwas fehlt. Mein ökonomisches Verhalten ist nicht belohnt worden, ich musste die Geschichte noch einmal schreiben. Schließlich hatte ich insgesamt achteinhalb Seiten mit des heiligen Konrads Taten gefüllt und durfte trotzdem als Erster nach Hause, weil der dicke Holzinger grundsätzlich sehr langsam gearbeitet hat und der Roland vor lauter Heulen gar nicht zum Schreiben gekommen ist. Meine Eltern allerdings, und das ist vielleicht das aus heutiger Sicht Überraschendste an dieser Geschichte, wurden weder vorher noch nachher von der Lehrerin verständigt, wir mussten einfach zu Hause gestehen, warum wir später gekommen waren. Und der Roland, der hat sicher zu Hause noch ein paar gescheuert bekommen, denn sein Vater ist ein grober Mensch, wovon ich mich selbst anlässlich eines Besuches bei ihm zu Hause habe überzeugen können.

Wie schon erwähnt, das zweite Fach, das mich interessiert, ist Geografie. Wir haben einen Atlas bekommen, das heißt natürlich gekauft, und damit hat sich für mich eine ganz neue, wunderbare Welt erschlossen. Den Atlas haben wir natürlich neu kaufen müssen, denn den braucht man für die gesamte Schulzeit, deshalb sind nicht viele gebrauchte auf dem Markt, die nicht schon völlig zerfallen sind. Vor Anschaffung dieses Atlasses hatte ich nicht den geringsten Schimmer davon, welche Länder man durchqueren muss, um etwa nach England oder in die Türkei zu reisen, oder ob Finnland an die Sowjetunion oder gar an China grenzt.

Jetzt habe ich in den Geographiestunden natürlich das Problem, dass ich nicht wirklich aufmerksam zuhöre, denn der Geographielehrer, Herr Professor Zauner, beschäftigt sich nur mit Österreich, während ich fasziniert den im Atlas abgedruckten Bahnlinien folge und überlege, wie man etwa von Kastenkirchen nach Wladiwostok reisen könnte. In unserem Haushalt gibt es keine Landkarten, wenn man von einer zerfledderten Straßenkarte Oberösterreichs absieht. Wir brauchen auch keine, denn Auto besitzen wir keines und für Bahnfahrten kann man sie nicht gebrauchen, da tut es der Fahrplan. Und in unserem Lexikon sind auch keine Landkarten drinnen.

Außer meinen Schulbüchern besitze ich nur ein einziges Werk, das mir ein bisschen etwas über die große, weite Welt verrät. Es heißt „Das interessante, bunte Buch", was, zugegeben, ein selten blöder und langweiliger Titel ist. Im Buch allerdings finden sich, jeweils eine Seite lang, Artikel zu Themen aus Natur und Technik, die zuvor in der Zeitschrift „Wunderwelt" erschienen sind. Ich kann das ganze Buch fast auswendig, was mir vor allem in Naturgeschichte entgegenkommt, denn die Hälfte des Buches beschäftigt sich mit der Natur. Die andere Hälfte, die mit der Technik, deckt so ziemlich den Physikstoff der zweiten Klasse ab, was mir nächstes Jahr einen unschätzbaren Wissensvorsprung vor den anderen verschaffen wird.

# 8 Leibesübungen

*Ein kleiner brauner Karton fiel ihm in die Hände, der verblasste Schwarz-Weiß-Fotos enthielt. Alle waren stark aufgebogen und nur mit Mühe zu betrachten. Plötzlich sah er sich sich selbst gegenüber, über seinem alten Fahrrad stehend, mit abstehenden Ohren, dicker Brille, weißem Feinrippleibchen und schwarzer Klotthose. Das war, so erinnerte er sich, im Sommer Alltagskleidung gewesen, wenn aus irgendwelchen Gründen die speckige Lederhose nicht getragen wurde. Kleidungsstücke, die völlig ausgestorben waren. Die Klotthose war sogar sowas von ausgestorben, dass nicht einmal Wikipedia über sie Auskunft geben konnte. Der Name konnte wohl nur vom englischen „cloth" herrühren, was ja bekanntlich „Stoff" bedeutete. Von Funktionskleidung, die trocken blieb, während sie den Schweiß nach außen ableitete, hatte man damals noch nichts gehört.*

*In der sechsten Klasse war es gewesen, als ihn der weltmännisch auftretende Sohn des Seeklausener Gemeindarztes gehänselt hatte, weil er ein Unterleibchen unter dem Hemd trug. Seither hatte er keines mehr getragen oder gekauft. Es war einfach eine nicht hinterfragte Gewohnheit geworden. Die Sachen, die er auf dem Foto trug, waren übrigens nicht gut genug für den Turnunterricht in der Schule gewesen. Da hatten es ein blaues Leibchen und eine weiße Hose sein müssen, und er hatte es ausgerechnet mit dem einzigen Turnlehrer zu tun bekommen, der diese Uniform auch ohne jede Rücksicht auf bereits vorhandene Sportkleidung durchgesetzt hatte. Widerspruch war bei Professor Wolf wie ein Todesurteil gewesen.*

*Leider hatte er seine Turnsachen gleich im ersten Schuljahr einmal im Zug vergessen, sodass neue besorgt werden mussten. Papa hatte eine Woche lang nicht mit ihm geredet. Und zur Strafe hatte er einen Monat lang kein Taschengeld bekommen und zusätzlich Holz und Kohlen aus dem Keller holen müssen, wenn eingeheizt worden war. Allerdings war das recht unfair gewesen, denn die Hose und das Leibchen, die er verloren hatte, waren ohnehin schon recht eng gewesen und hatten überall gezwickt.*

*Das Radfahren war so ziemlich das Einzige gewesen, was er gerne tat und was man zumindest ansatzweise als Sport bezeichnen konnte. Sonst war er im Bett gelegen und hatte gelesen. Aber mit dem Herbert war er Runde um Runde um den Hof gefahren, über die schmale Brücke über den Bach, ohne daran zu denken, dass ja auch einmal ein Traktor oder gar ein Auto um die nächste Ecke kommen könnte. Der Herbert hatte sogar Rennen veranstaltet, die er während der Fahrt selbst kommentierte. Das jährliche Radrennen war ja einer der Höhepunkte im Kastenkirchener Jahr gewesen und die Rennfahrer wahre Helden mit einem Baumwollkäppchen als Kopfschutz.*

Irgendwie habe ich es ja geahnt, dass Sport für mich im Gymnasium ein schwieriges Fach werden wird, aber dass es so schlimm kommt, hätte ich nicht gedacht. Das Fach heißt nicht Sport, sondern „Leibesübungen“, und entsprechend altmodisch sind auch Unterrichtsmethoden und Inhalte.

Zuerst müssen wir spezielle Turnkleidung beschaffen, und zwar eine weiße Hose und ein blaues Leibchen. Eine weiße Hose habe ich noch nie im Leben besessen. „Die kann man dann nach jeder Turnstunde waschen!“, jammert Mama. „So ein Blödsinn!“ „Ich hab ja gesagt, wir tun ihn in die Hauptschule!“, reagiert Papa mit seinem Totschlagargument. Auf jeden Fall wird über die unnötige Ausgabe ausführlich geklagt, so, als sei die Existenz der Familie in Gefahr.

Am Anfang jeder Stunde treibt uns Herr Professor Wolf mit seiner Trillerpfeife in Saalrunden. Gelaufen wird bis zur Erschöpfung. Das dauert bei mir etwa dreieinhalb Runden oder zwei Minuten. Der Schweiß bricht mir aus allen Poren, wenn ich wenigstens am Ende des Feldes mithalten möchte. Schon der Versuch, zumindest im Windschatten des dicken Holzinger zu bleiben, kostet mich so viel Kraft, dass ich nach wenigen Runden Blutgeschmack in der Luftröhre zu verspüren glaube. „Schneller, ihr Säcke!", treibt uns der Wolf an. „Hoppauf! Nicht so lasch! Was glaubt ihr, wenn wir im Krieg so lahmarschig dahergekommen wären! Da hätte uns der Iwan den Arsch aufgerissen!" Ich weiß zwar nicht genau, wer der Iwan ist, aber allein das Bild, das der Wolf vor meinen Augen entstehen lässt, ist gräulich. „Arsch" scheint überhaupt ein Lieblingswort von Professor Wolf zu sein. In den oberen Klassen nennen sie ihn deswegen den Arsch-Wolf.

Der Wolf schreckt auch nicht vor persönlichen Beleidigungen zurück, das scheint zum Berufsbild des Turnlehrers irgendwie dazuzugehören. „Aus euch Mehlsäcken werde ich auch noch schlanke, ranke Burschen formen!" Damit meint er den Holzinger, mich und zwei andere, die bei den Saalrunden sogar noch hinter mir zurückbleiben. Der Herbert hält sich zu meinem Erstaunen meist im Mittelfeld auf, obwohl er wahrscheinlich vor lauter Beten keine Zeit für Sport hat. Aber vielleicht hilft ihm ja Jesus dabei, mit den anderen Schritt zu halten. Hinten aus dem Feld fallen dagegen der Georg, der dünn und hochaufgeschossen ist und seine Beine nicht so koordinieren kann, dass dabei ein Laufschritt herauskommt, und der kleine Pauli, der meistens den Daumen im Mund hat, durch seine verschleierten Augen völlig ratlos in die Welt hinausblickt und nach einer Runde meist schon vergessen hat, dass er eigentlich weiterlaufen soll. Der Wolf treibt ihn dann mit seiner unerträglichen Trillerpfeife weiter. „Du bist ja eine Karikatur des Nibelungen!“, schreit er mir nach, wenn ich vorbeilaufe. „Der sagenhafte Siegfried würde sich für dich schämen, du Wappler!“ Ich keuche in die nächste Kurve und überlege, ob ich dem Wolf sagen soll, dass der Siegfried überhaupt kein Nibelunge war, weil er ja aus Xanten gekommen ist, um die Kriemhild, die Schwester der Nibelungenprinzen, zu heiraten, entschließe mich dann aber, den Mund zu halten. Obwohl, was die antike und deutsche Sagenwelt betrifft, kann mir keiner ein X für ein U vormachen, da kenne ich mich aus. Währenddessen überrunden mich der Toni und der Fritz zum, glaube ich, dritten Mal, nicht ohne mich von der Seite anzurempeln oder in die Zange zu nehmen, sodass ich ins Stolpern gerate.

„Und nieder!“, brüllt der Wolf, als wir dann bei den Liegestützen angelangt sind. „Und nieder! Kein Wunder, dass gleich die Wampe auf dem Boden landet, wenn man so fett ist! Und nieder!“ Als es dann noch an die Kletterstangen geht, fürchte ich, jeden Moment einen Herzinfarkt zu erleiden. Und bisher ist jede Turnstunde nach genau diesem Muster abgelaufen. Laufen, Liegestütze, Kniebeugen, Klappmesser, Kletterstangen, Kletterseile. Ich wechsle von der Stange ans Kletterseil und hänge dort wie ein nasser Sack. Ich bin froh, wenn ich mich zehn Sekunden halten kann, ohne wieder herunterzuplumpsen. Während der Fritz, der Toni und die anderen Nadlwanger wie die Affen die Seile hinauf- und herunterflitzen. Ich allerdings hätte, wäre ich oben, noch ein zusätzliches Problem: Mir wird nämlich immer schwindlig, wenn ich wo tief hinunterschauen muss, ich bekomme Angst, in die Tiefe zu stürzen. Und so fehlt mir nicht nur die Fähigkeit, sondern auch der Wille, unter die Saaldecke zu gelangen.

In dieser Turnstunde soll es aber noch schlimmer kommen. Der Wolf baut einen Kasten vor uns auf, über den es mithilfe eines Sprungbretts zu hüpfen gilt. Hüpfen kann man es eigentlich nicht nennen, um das Hindernis zu überwinden, müsste man durch einen kräftigen Satz mit gestreckten Beinen auf dem Sprungbrett zu stehen kommen, um von demselben hoch in die Lüfte geschleudert zu werden, dabei darauf achten, eine Richtung einzuschlagen, die einen jenseits des Kastens wieder auf den Boden zurückführt, sich zwischendurch noch mit beiden Händen auf dem Kasten abstützen, anschließend die Beine nach vorne strecken, um auf zwei dünnen, stinkenden Matten zu landen, die den Aufprall kaum dämpfen. Ich versuche, mich möglichst weit hinten in der Schlange, hinter dem dicken Holzinger, einzuordnen. Wenn ich Glück habe, dann ist die Stunde vorbei, bevor ich drankomme. Immerhin müssen von Schülern 38 Sprünge bewältigt werden. Manche fliegen geradezu über den Kasten, schlagen auf die Matte dahinter hin und stellen sich gleich wieder an, um noch einmal hüpfen zu dürfen. Als der Holzinger vor mir Anlauf nimmt, befällt mich ein Schwindelanfall, ohne dass ein Abgrund auch nur in der Nähe ist.

Plötzlich gibt es einen fürchterlichen Donnerschlag, und als ich die Augen aufreiße, sehe ich, dass der Holzinger in seinem verzweifelten Versuch, den Kasten zu bezwingen, denselben gerammt und in alle Einzelteile zerlegt hat. Schwer atmend liegt er inmitten der Trümmer, und ich denke schon, die Erlösung für mich naht. Doch in Windeseile haben der Wolf und seine Helfershelfer den Kasten wieder aufgebaut, und hinter mir brüllt schon die Meute. „Spring schon, Wappler! Renn, du fette Sau!“ Der Wolf grinst. Ich laufe an, doch auf dem Sprungbrett verlässt mich der Mut, ich knicke ein und renne in vollem Lauf gegen den Kasten, ohne auch nur einen Zentimeter vom Boden abgehoben zu haben. Meine Masse reicht jedoch nicht aus, den Kasten neuerlich zum Umstürzen zu bringen. Ich schlage lediglich mit der Schulter schmerzhaft gegen das Hindernis. „Au!“ Ich halte die lädierte Schulter mit der anderen Hand fest, während mir der Schmerz die Tränen in die Augen treibt. „Noch einmal, Nibelunge, noch einmal!“, höhnt Wolf. Gott sei Dank erlöst mich das Klingelzeichen von einer neuerlichen Blamage.

Im Umkleideraum gelingt es mir, in meine Hose zu schlüpfen, ohne dass mir einer der Nadlwanger die Unterhose hinunterzieht. Duschen ist nicht üblich, für uns ist es undenkbar, sich nackt mit anderen hinzustellen und sich zu waschen, so etwas hat keiner von uns jemals getan. Entsprechend, könnt ihr euch vorstellen, riecht es dann in der Klasse.

Das mit dem Nacktsein ist eines von den größeren Problemen, mit denen wir zu tun haben. Ich habe meine Eltern noch nie nackt gesehen, und selbst im Urlaub in Italien haben sie ein fürchterliches Theater mit ihrer selbstgebastelten Umkleidekabine veranstaltet, damit niemand auch nur ein Stückchen Hintern, Busen oder Zipfel zu sehen bekommt. Nackt von jemand anderem gesehen zu werden ist anscheinend so ziemlich das Peinlichste, was einem passieren kann, und auf jeden Fall und um jeden Preis zu vermeiden. In der Volksschule hat es sogar geheißen, dass man eine Sünde begeht, wenn man seinen nackten Körper betrachtet. Ich habe mich daraufhin einmal, als meine Eltern nicht zu Hause waren, nackt vor den großen Schlafzimmerspiegel gestellt, um herauszufinden, ob ich dabei ein schlechtes Gewissen bekomme. Ich musste aber das Experiment abbrechen, bevor das schlechte Gewissen eine Chance hatte, denn ich fand mich so unansehnlich, dass ich so schnell wie möglich wieder in meine Kleider geschlüpft bin.

Wenn die Turnstunden im Freien stattfinden, dann wird Fußball gespielt. Und sie finden im Freien statt, wenn es nicht gerade wie aus Kübeln schüttet oder der Fußballplatz schneebedeckt ist. Der Wolf verfolgt anscheinend den Plan, die weniger Widerstandsfähigen mit Lungenentzündung ins Krankenhaus zu schicken, damit biologische Auslese betrieben wird und nur die Stärksten die zweite Klasse überhaupt erleben. Unnötig zu sagen, dass wir erbärmlich frieren in unseren blauen Leibchen und weißen Hosen. Die tragen übrigens keine der gängigen Marken, die Jugendliche heute gerne auf ihren Shorts und T-Shirts aufgenäht sehen.

*Kleidung, die eine Marke trug, hatte es nicht gegeben. Deshalb natürlich auch niemanden, der imstande war, mit Markenkleidung zu protzen. Andererseits konnte niemand gehänselt werden, weil er nicht darüber verfügte. In einer seiner Hosen war ein Etikett eingenäht gewesen, das nachwies, dass der Schneidermeister Starlinger sie angefertigt hatte, aber das war auch schon alles.*

Eigentlich gibt es nur zwei Arten von Kleidungsstücken: die alte Hose und die neue Hose, analog dazu das alte Hemd und so weiter. Die neue Hose wird in die Schule und zur Sonntagsmesse getragen, die alte, sobald man von offiziellen Anlässen wie eben Schule oder Kirche nach Hause kommt. Meine neue Hose ist kackbraun und hat eine scharfe Bügelfalte, weil sie eigentlich eine Uniformhose ist. Meine Eltern kennen einen Schneidermeister, der für Blaskapellen und Feuerwehren die Uniformen schneidert, und dort bekommt man übriggebliebene Uniformhosen günstig zu kaufen. Leider ist auch den Nadlwangern aufgefallen, dass meine Hose kackbraun ist, weshalb sie mich häufig als „Hosenscheißer" titulieren, wenn ich sie trage.

Wer keine Ahnung vom Fußball hat, der spielt in der Verteidigung. Wir stellen uns irgendwo in die Nähe des Tores, und weil wir mit dem Ball nicht umgehen können, haben wir die Aufgabe, uns den heranrasenden Stürmern ohne Rücksicht auf unser eigenes Leben entgegenzustemmen, um sie daran zu hindern, ein Tor zu schießen. Das ist aus mehreren Gründen eine äußerst unangenehme Aufgabe. Denn während die Fußballbegeisterten wie von Sinnen kreuz und quer über den Platz stürmen und sich dabei aufwärmen, stehen wir Verteidiger meist tatenlos in der Nähe des Tores herum und frieren uns einen ab. Wenn dann doch einmal ein Stürmer in meinem Blickfeld auftaucht, muss ich darauf achten, dass meine Brille nicht zu Bruch geht, die Arme schützend vor das Gesicht halten und gleichzeitig möglichst flink ausweichen, was natürlich nicht gelingen kann, weil ich ja nichts sehe. Glücklicherweise versuchen die Stürmer ohnehin, mir auszuweichen, was aber leider auch manchmal fehlschlägt und zu schmerzhaften Kollisionen führt.

In der ersten Turnstunde hat der Wolf das Kommando ausgegeben, dass alle Brillen in der Garderobe bleiben müssen. Innerhalb weniger Minuten hat sogar er eingesehen, dass das in meinem Fall eine glatte Befreiung vom Turnunterricht bedeutet hätte, weil ich ohne Brille herumirre wie ein blinder Maulwurf. Das Problem ist jetzt, dass meine Brillengläser aus Glas und wegen meiner starken Kurzsichtigkeit schwer wie Blei sind. Alle Brillen drücken auf Ohren und Nase, bis sie wund und gelegentlich eitrig sind, besonders meine.

Und so passiert es eines Tages bei einem Fußballmatch, dass der Fritz auf mich zustürmt und ich es nicht schaffe, ihm rechtzeitig aus dem Weg zu gehen, weil links von mir der dicke Holzinger lauert und ich nach rechts auszuweichen versuche, wo auch der Fritz hinwill. Zu meinem Glück stürzt der Fritz bloß über meinen Fuß und schlägt ins nasse Gras ein, während der Ball direkt vor meinen Füßen zu liegen kommt. Natürlich weiß mein Verstand, dass es jetzt richtig wäre, gegen den Ball zu treten und ihn möglichst weit vom eigenen Tor wegzukicken, doch meine Gefühle sträuben sich dagegen, weil mich die Möglichkeit, dass ich etwas falsch machen könnte, zögern lässt. Schließlich trete ich doch, stoße mit meiner Fußspitze aber nicht in den Ball, sondern in die Erde davor, während Wolfs Trillerpfeife schon wütend ertönt. Von hinten stößt mich der Fritz nieder. „Foul!", schreit er. „Das gibt Elfer!" Während ich mich aufrapple, deutet der Wolf schon auf den Elfmeterpunkt, obwohl ich keine Ahnung habe, was ich falsch gemacht habe. Jetzt kommt auch noch der Thomas, ein Seeklausner, der eigentlich in meiner Mannschaft spielt, auf mich zu, stößt mir mit den Handflächen gegen die Brust, dass ich erneut taumle und fast hinfalle. „Du Dodel!", schreit er, wobei ihm Spucke aus dem Mund fliegt. „Wegen dir verlieren wir jetzt! Na warte!"

Ich verziehe mich an den Spielfeldrand und sehe zu, wie sich der Fritz den Ball zurechtlegt und nach dem Pfiff von Wolf den Ball zielsicher dem Georg, der das Tor zu hüten gezwungen wurde, gegen den Kopf knallt. Kein Tor. Die Nadlwanger heulen auf, und Georg hält sich beide Hände vors Gesicht, während das Spiel weiterläuft. Aus meiner Sicht ist das eine glückliche Wendung, obwohl Georg sich vor Schmerzen auf dem Boden windet. Normalerweise stellt man ja den größten Idioten ins Tor, aber das geht bei mir nicht, wegen der Brille. So hat es den Georg erwischt, der eine ähnliche Taktik verfolgt wie ich, also dem Ball möglichst flink und so weit wie möglich auszuweichen. Eigentlich ist das ja für einen Torhüter eine Katastrophe, aber von denen, die spielen können, will keiner im Tor herumstehen, wo es gefährlich und schlammig ist. Und für das Ausweichen bei einem Elfmeter ist Georg einfach nicht beweglich und flink genug. Nach dem Spiel ist Georgs Gesicht geschwollen, dafür lassen uns wenigstens die anderen in Ruhe, weil wir ja schließlich doch kein Tor verschuldet haben. Dass mich der Fritz später auf dem Gang rempelt und wilde Drohungen ausstößt, daran habe ich mich schon fast gewöhnt.

Nicht, dass sich der Wolf irgendwie um den Georg gekümmert hätte, vielleicht, indem er nachsieht, ob er verletzt worden ist oder so. Das ist für den Turnlehrer völlig unnötig, denn jede Verletzung dient nur der Abhärtung. Der Wolf hat übrigens, das habe ich so im Vorbeigehen von einem älteren Schüler erfahren, noch einen zweiten Spitznamen außer Arsch-Wolf. Iwan nennen sie ihn. Weil er eben immer erzählt, dass ihnen der Iwan den Arsch aufgerissen hätte, wenn sie sich im Krieg so ungeschickt angestellt hätten wie wir uns im Turnunterricht. Vielleicht muss ich doch einmal herauskriegen, wer dieser Iwan eigentlich war.

# 9 Opa

*In dem Karton war nicht nur ein Foto von ihm auf dem Fahrrad, sondern auch eines von seinem Opa. Der würde wohl die Welt heute überhaupt nicht mehr verstehen. Eine Welt, in der man sich zumindest bemühte, allen die gleiche Rechte zuzugestehen. Opa hätte es nicht einmal ausgehalten, dass Österreich zusammen mit den Jugoslawen und den Italienern in der EU ist. Dass man mit denen sozusagen eine Partnerschaft eingeht, in der man sich gegenseitig respektiert und ernst nimmt. Für Opa war die Welt eine klar strukturierte: Ganz oben er, als Österreicher oder eher, wie er selbst sich sah, Deutscher, und weit darunter alle anderen, ob sie nun Ausländer, Homosexuelle oder evangelisch waren. Über die alle hatte er bei jedem sich bietenden Anlass geschimpft. Er fragte sich, woher dieser Hass gekommen war und dieses Bedürfnis, sich immer über alle anderen zu stellen. Dabei hatte es Opa, wenn man es ernst nahm, in seinem Leben nicht zu viel gebracht. Nebenerwerbslandwirt und Arbeiter in einer Schmiede. Vielleicht kam es davon, dass er wenig hatte, worauf er stolz sein konnte. Und, so musste er sich letzten Endes eingestehen, immer arm gewesen war.*

*Ganz unten im Karton fand er noch zusammengefaltete Zeitungsseiten, und er traute seinen Augen kaum, als er die brüchigen, ausgefransten Blätter auseinanderfaltete. Es waren die Bilder von den ersten Mondfahrten mit der Apollo 8, die er ausgeschnitten und in seinem Zimmer an die Wand gehängt hatte. Ihm kamen fast die Tränen. Irgendwann war sein Zimmer ausgemalt worden, Popstars hatten die Astro-*

*nauten ersetzt, und er hatte sich gar nicht darum gekümmert, was mit den Bildern geschehen war. Dass seine Mutter diese Bilder aufgehoben hatte! Sie musste gespürt haben, wie viel sie ihm damals bedeutet hatten. Dennoch war kein Astronaut aus ihm geworden, wie er sich das damals so sehnlich gewünscht hatte.*

Fast jeden Tag gehe ich am Nachmittag einmal hinauf zu Oma, um zu sehen, was sie gekocht hat. „Ja, grüß dich, Sigi!", sagt sie dann immer. „Magst was zum Essen? Ich hätt heute ein wunderbares Beuschel gekocht!" Meistens nicke ich, denn so mitten am Nachmittag bekomme ich gern einmal einen gesunden Appetit. Oma kocht alles, was billig ist, aber so, dass es gut schmeckt. Wahrscheinlich war das früher notwendig, dass man mit dem Allerbilligsten etwas Gutes zaubern konnte. Das Beuschel ist eine Soße mit gekochten Stücken von Herz und Lunge darin, die kriegst du beim Fleischhauer fast umsonst. Innereien sind den meisten Menschen nicht so vertraut, und manche ekeln sich sogar davor. Die haben aber noch nie ein Beuschel von meiner Oma gegessen! Dazu gibt es heute einen Semmelknödel, und weil er so weich und flaumig ist, esse ich einen ganzen auf. „Sagst es eh nicht der Mama?" Die Oma streicht mir übers Haar, und ich schüttle den Kopf. Die Mama darf nämlich nichts von meiner nachmittäglichen Jause bei der Oma wissen, denn sie macht sich ständig Sorgen, dass ich zu dick werde. Die Oma aber sieht das ganz anders. „Wenn schlechte Zeiten kommen, hast du was zum Zehren!", lacht sie und klopft mir auf den Bauch, der vom Beuschel gespannt ist wie ein Trommelfell. Opa sitzt vor dem Radio und hört Marschmusik, und zwar ziemlich laut, weil er ja schwerhörig ist. Das kommt vom Lärm der Maschinen, sagt Oma, denn Opa hat in einer Schmiede gearbeitet, wo auch Sensen hergestellt wurden. Und da hat der riesige Hammer ständig auf eine Eisenplatte geschlagen, und davon wird man „hammerterrisch“, wie man bei uns sagt. Einen Gehörschutz hat Opa, so meint Oma, sicher nie zu Gesicht bekommen. Und außerdem, sagt Oma, hätte Opa sowieso keinen Gehörschutz genommen, denn das war früher etwas für Weicheier und nichts für harte Burschen so wie den Opa.

Zu der Marschmusik schwingt Opa immer wieder die Faust im Takt, weil sie ihm so gefällt. „Ich versteh gar nicht“, sagt Oma über den Lärm des Radios hinweg, „was er mit seiner Militärmusik hat. Er war ja nie im Krieg, für den ersten war er zu jung, für den zweiten zu alt.“ Vielleicht, so denke ich mir, ist der Opa nur deshalb so begeistert von der Militärmusik, weil er nie am eigenen Leib erfahren hat müssen, was es heißt, in einem Krieg zu kämpfen. Das Radio, das in Omas und Opas Wohnung steht, ist auch etwas, über das ich ein paar Worte verlieren möchte. Es ist ein riesiger, hölzerner Kasten, etwa so groß wie ein mittlerer Koffer. Vorne sind links und rechts zwei Knöpfe, mit dem linken schaltet man ein und aus und reguliert die Lautstärke. Mit dem rechten stellt man die Sender ein. Wenn man daran dreht, bewegt sich ein Zeiger hinter der Glasscheibe, die sich zwischen den Knöpfen befindet. Auf der Glasscheibe sind die Namen der Orte angeführt, die über Radiosender verfügen, und die meisten Namen habe ich noch nie im Leben gehört. „Beromünster“ steht da zum Beispiel, oder „Wendelstein“. Opa braucht gar nicht hinzusehen, um seinen Sender zu finden. Zum genauen Einstellen gibt es dann ein „magisches Auge“, das ist ein Leuchtbalken, der ganz schmal wird, wenn man den Sender gut eingestellt hat. Leider muss man oft nachjustieren, und trotzdem gibt das Radio manchmal nur ein Rauschen und Quietschen von sich, wenn das Wetter keinen guten Empfang zulässt. Ganz so einfach ist Radiohören also nicht.

Opa ist Papas Vater, also der, der für den Adolf verantwortlich ist. Er wohnt mit Oma über uns, im ersten Stock. Das Haus ist eigentlich ein altes Bauernhaus, aber schon Opa hat die Landwirtschaft aufgegeben und die Gründe verpachtet oder verkauft. Obwohl sich die beiden mit dem Stiegensteigen schwertun, wohnen die Großeltern oben. Erstens, weil sie immer schon oben gewohnt haben, und zweitens, weil Oma so gerne vom Balkon aus in die Berge schaut, die man von herunten nicht sehen kann, weil die Bäume im Garten davorstehen.

Opa hat sich maßlos darüber aufgeregt, dass wir zu den „Katzelmachern“ auf Urlaub gefahren sind. Das käme für ihn nie in Frage, die sind nämlich Verräter, seiner Meinung nach, weil sie im Krieg zuerst auf der Seite der Deutschen und danach gegen sie gekämpft haben. Auch Papa hat mir das mit den „Katzelmachern“ nicht erklären können, ich hab ihn nämlich gefragt, ob das daher kommt, dass die Italiener viele Katzen haben. Aber er hat nur mit den Schultern gezuckt. „Die Katzelmacher sind faul und stinken“, sagt Opa. „Den ganzen Nachmittag liegen sie auf der faulen Haut und schlafen sich den Rausch vom Mittagessen aus, weil sie da schon literweise Rotwein trinken.“ „Warst du schon oft in Italien?“, frage ich Opa. „Weil du das alles weißt?“ Natürlich weiß ich, dass er noch nie dort war. Ich will ihn bloß ein wenig ärgern. „Da brauch ich gar nicht hinfahren! Das weiß ich auch so! Keine zehn Pferde bringen mich zu den Katzelmachern!“, schreit er dann. Und Oma sagt, dass ich ihn nicht so aufregen soll, weil er ein schwaches Herz hat. Deswegen darf Opa meistens tun und sagen, was er will.

Opa kommt jeden Abend herunter zu uns, weil sie oben keinen Fernseher haben. Er taucht immer rechtzeitig zur Nachrichtensendung auf, beginnt zu schimpfen, kaum, dass die Sendung begonnen hat, und schläft dann auf dem Sofa ein, sodass keiner von uns sich dort hinlegen kann.

Das Fernsehen, darüber muss ich auch noch ein paar Worte sagen. Erstens ist es schwarz-weiß und zweitens ziemlich unscharf und körnig. Wir haben schon vom Farbfernsehen gehört, denn es ist voriges Jahr in Österreich eingeführt worden. Einen Farbfernseher können sich allerdings die wenigsten leisten, denn er kostet doppelt so viel, wie mein Papa im Monat verdient. Und Mama sagt, dass ihre Freundin, die Hettegger Heidi, schon einmal bei den Gehbauers zum Farbfernsehen eingeladen war und dass sie davon Kopfweh bekommen hat.

Die Fernsehsender muss man mit einer Antenne auf dem Dach empfangen, die gelegentlich vom Wind gerüttelt und verdreht wird. Dann muss Papa auf das Dach steigen, Mama setzt sich vor den Fernseher, und ich stelle mich auf die Terrasse, sozusagen als Vermittlungsstation. Papa dreht die Antenne, Mama sagt, ob sie etwas sieht oder nicht, und ich brülle zu Papa aufs Dach, was Mama mir zugerufen hat. Papa kriegt seine Informationen dadurch immer mit einiger Verzögerung, was dazu führt, dass er immer schon ein bisschen weitergedreht hat, als er sollte. „Jetzt! Jetzt!", schreit Mama. Ich schreie weiter. „Sie soll sich doch, verdammt noch einmal, genauer ausdrücken!", schreit Papa zurück. „Sie soll sagen: scharf, schärfer, unscharf und so!" Ich vermittle weiter ins Wohnzimmer. „Jetzt ist es schon wieder weg!", ruft Mama. Ich verzichte auf das Weitergeben. Das Einstellen der Antenne ist häufig ein Grund für Streit zwischen meinen Eltern. „Geh du doch einmal aufs Dach!", ärgert sich Papa manchmal. Aber Mama traut sich da nicht hinauf, sie hat Höhenangst, wie ich.

Wenn man dann endlich irgendetwas auf dem Schirm sieht, sind schon alle glücklich. Wir können sogar vier Programme empfangen, was total ungewöhnlich ist, aber wir sind nahe an der deutschen Grenze, und so können wir – neben den zwei österreichischen – auch zwei deutsche Fernsehprogramme empfangen. Die sind allerdings noch körniger als unsere, meistens rauscht es ziemlich im Lautsprecher, und man kann nur ungefähr erkennen, was auf dem Bildschirm zu sehen ist. Wenn das Bild allzu schlimm zu flimmern anfängt, dann muss man an einem kleinen Rädchen vorne am Fernseher drehen, und dann wird es manchmal besser. Oft fängt das Bild sogar zu laufen an, das heißt, der Nachrichtensprecher verschwindet nach oben, um gleich darauf wieder von unten aufzutauchen, und immer so weiter. Auch dafür gibt es ein Rädchen, an dem man drehen kann. Aber Papa sagt, das liegt daran, dass unser Fernseher schon so alt ist. Wenn man das Programm umschalten will, muss man hingehen und an einem Schalter drehen. Wir wissen zwar, dass es Fernbedienungen gibt, gesehen aber haben wir so etwas noch nicht.

Die Nachrichtensendung heißt „Zeit im Bild" und kommt um 19:30. Für mich ist Fernsehen etwas so Besonderes, dass ich keine Sekunde auslasse, die ich vor dem Bildschirm verbringen darf. Ich liege dabei immer mit ein paar Polstern auf dem Boden, weil das Sofa von Opa oder meinen Eltern besetzt ist.

*Wahrscheinlich saß heute kein einziger Zehnjähriger während der Nachrichten vor dem Fernseher, denn stattdessen starrten alle auf ihr Handy und sahen sich Videos von irgendwelchen Irren an, die sich mit Rollschuhen von Bergen herunterstürzten oder so. Oder man ließ sich von sogenannten „Influencern" erklären, was man morgen zu sagen, zu hören und zu tragen hatte. Das Hassposting allerdings war sicherlich keine Erfindung der heutigen Generation. Sein Opa hatte seinem Hass ständig und überall freien Lauf gelassen, nur hatte er das Glück gehabt, dass den Schwachsinn nur die Familie und nicht die ganze Welt hörte. So gesehen war es ein Segen, dass es noch kein Internet gegeben hatte. Wer weiß, was Opa da angestellt hätte. Er wollte gar nicht daran denken.*

Als Erstes kommt in den Nachrichten etwas zur Lage in Biafra, das ist in Afrika und ein Land, in dem Krieg und Hungersnot herrschen. Auf dem Bildschirm sieht man völlig abgemagerte Kinder auf spindeldürren Beinen durch die Wüste stapfen. Der Sprecher erklärt, dass die UNO unbedingt mit Hilfslieferungen gegen den Hunger vorgehen möchte, von den Kriegsparteien aber daran gehindert wird. „Braucht niemand, die Neger!“, ruft Opa. „Vermehren sich eh wie die Kiniglhasen! Die werden uns noch alle niederrennen!“ Opa ist nicht nur ein alter Nazi, sondern auch ein übler Rassist, er wünscht den Schwarzen in Afrika daher alles Böse an den Hals. Von Mitleid keine Spur. Und mit „Kiniglhasen“ meint er Kaninchen, die ja bekanntlich häufig und zahlreich Nachkommen produzieren.

Wenn Mama auch da wäre, würde sie jammern, dass sie die armen Kinder gar nicht sehen kann und dass man solche schrecklichen Bilder doch nicht unseren Kindern zeigen soll, weil die einen Schock fürs Leben bekommen. Aber sie ist heute nicht da, weil sie in der Küche noch das Geschirr abwaschen muss.

Danach kommt ein Bericht über den Vietnamkrieg. Kaum hat er begonnen, fängt Opa auch schon wieder zu schimpfen an, ohne weiter hinzuhören. „Die Kommunisten, die gehören alle vergast! Da haben die Amis schon recht! Nur drauf mit den Bomben und mit dem Napalm!“ Papa hält fast immer den Mund, aber ich weiß, dass er mit Opas Meinung nicht einverstanden ist. Nach dem Bericht über den Vietnamkrieg steht Papa kopfschüttelnd auf, seufzt und geht zu Mama in die Küche. Ich weiß nicht, warum er sich das von Opa alles gefallen lässt. Schließlich ist es sein

Wohnzimmer und sein Fernseher, da könnte er doch auch einmal seine Meinung sagen. Das tut er leider meistens nur bei Mama in der Küche. „Ich halt den alten Nazi nicht mehr aus!“, schimpft er dann. Was Opa nicht hört, denn er ist bekanntlich schwerhörig und bekommt nur das mit, was er auch hören will. Zum Beispiel den Fernseher. Der ist leider immer unangenehm laut aufgedreht, wenn Opa bei uns herunten ist.

Danach kommt noch ein Bericht über einen Staatsbesuch, den der österreichische Bundespräsident in Belgien absolviert hat. Der passt Opa auch nicht, denn der Bundespräsident ist Sozialist. „Auch so ein Kommunist! Und ein Jud wahrscheinlich noch dazu!“, giftet er sich. Der Bundespräsident heißt nämlich Jonas. Mit dem Familiennamen, nicht mit dem Vornamen. Und weil Jonas der Name eines Propheten aus dem Alten Testament ist, schließt Opa messerscharf, dass der Jonas ein Jude ist. Ich kann seiner Logik leider nicht ganz folgen. Opa ist nämlich grundsätzlich der Meinung, dass Namen wie „Jakob“, „Daniel“ oder eben auch „Jonas“ Judennamen sind, weil sie im Alten Testament vorkommen. Auch das dürfte ein Grund dafür sein, dass man mir einen so germanisch klingenden Namen wie Siegfried verpasst hat.

Ich muss ganz ehrlich zugeben, dass ich weder weiß, was die Nazis gegen die Juden haben, noch, was genau ein Kommunist eigentlich ist. Wahrscheinlich etwas sehr Böses, denn im Osten grenzt Österreich an die Tschechoslowakei und an Ungarn, und das sind kommunistische Länder. Die Grenze dort ist dicht, und man nennt sie „Eiserner Vorhang“, weil praktisch niemand durchkann. Aus der Tschechoslowakei und Ungarn fliehen gelegentlich Menschen, und ihre eigenen Grenzwachen schießen sogar auf sie. Da muss es wirklich schlimm zugehen, kann ich mir vorstellen. Im Frühjahr wollten die Tschechen anscheinend keine Kommunisten mehr sein, und da ist dann die Rote Armee aus Moskau gekommen und hat jeden Widerstand plattgewalzt.

Als der Bericht kommt, der mich am meisten interessiert, ist Opa eingeschlafen. Die Amerikaner wollen nämlich nächstes Jahr zum Mond fliegen, in einer Raumkapsel mit drei Männern an Bord. Dafür haben sie eine riesige, mehr als hundert Meter hohe Rakete gebaut, und in wenigen Wochen sollen die drei Astronauten erstmals zur Erdumkreisung starten.

Alles, was Raumfahrt betrifft, fasziniert mich total, denn ich möchte auch einmal Astronaut werden. Wenn ich erwachsen bin, denke ich mir, wird jedermann zum Mond fliegen können, um dort Urlaub zu machen, so wie man heutzutage mit dem Bus nach Caorle fährt. Meine Eltern haben eine Illustrierte abonniert, die jede Woche erscheint und in der normalerweise nur Klatschgeschichten über Könige und Prominente stehen, aber es gibt darin auch immer wieder Berichte und Fotos über die Raumfahrtprogramme der NASA. Die schneide ich alle aus, bevor meine Eltern die Zeitschrift in den Müll werfen, und klebe sie in meinem Zimmer an die Wand. Das ist nicht ganz einfach, denn mein Zimmer unter dem Dach, über der Wohnung der Großeltern, besteht hauptsächlich aus einer Dachschräge, und so bleibt mir nur wenig Wandfläche, die ich dafür nutzen kann.

Heute sieht man in der „Zeit im Bild", wie die drei Astronauten in ihren unförmigen Anzügen in einem riesigen Wasserbecken das Ein- und Aussteigen aus ihrer Raumkapsel üben, denn unter Wasser kann man die Schwerelosigkeit im All gut nachahmen. Opa schnarcht, als Papa wieder zurückkommt. Er hat eine Flasche Bier mitgebracht, setzt sich auf den Lehnstuhl und legt die Füße auf den Tisch. Das darf er eigentlich nicht, und wenn Mama kommt, heißt es:

„Wir sind hier nicht bei den Amerikanern!“ Denn die, das weiß bei uns jeder, legen beim Fernsehen immer die Füße auf den Tisch. „Was ist eigentlich ein Kommunist?“, frage ich Papa. „Davon verstehst du nichts. Das ist auch nichts für Kinder. Und du gehörst sowieso ins Bett!“, schimpft Papa. Ich frage mich natürlich, wie ich jemals etwas von etwas verstehen soll, wenn mir nie jemand etwas erklärt. Und, wie schon erwähnt, nachschauen kann ich nirgends, denn wir haben keine Bücher oder Zeitschriften, in denen einem komplizierte Dinge erklärt werden.

Um acht werde ich ins Bett geschickt, damit ich für den nächsten Schultag ausgeschlafen bin. Dabei gäbe es viel später, um neun, noch etwas, das ich unbedingt sehen müsste. Da werden nämlich uralte Stummfilme gezeigt, die ich wahnsinnig lustig finde, weil darin immer wieder ziemlich abwegige Katastrophen passieren. Meistens werden Häuser gebaut, und ein Arbeiter leert dem anderen einen Farbkübel über den Kopf, schlägt ihm ein langes Brett unabsichtlich um die Ohren und so weiter.

Das Einzige, was ich an Opa mag, ist seine Werkstatt. Da gibt es jede Menge Holzabfälle und Bohrer und Stemmeisen und alles, was man sich an Werkzeug nur vorstellen kann. Ich weiß zwar nicht genau, was er macht, wenn er stundenlang im grauen Kittel über die Werkbank gebeugt steht, aber er hat nichts dagegen, dass ich aus seinen Holzresten etwas bastle. Sofern ich jedes Werkzeug, das ich benutze, wieder genau an den Platz zurückhänge, wo ich es hergenommen habe.

Am liebsten bastle ich Schiffe. Dazu muss man nur vorne an einer Latte zwei Ecken abschneiden, sodass man einen Bug hat. Dann suche ich mir verschiedene kleine Holzteile, aus denen ich den Aufbau konstruiere. Die nagle ich einfach ohne rechten Plan irgendwo auf das Brett. Dann kommen noch Masten hinzu. Ich muss nur den richtigen

Bohrer finden, damit die Holzstäbe fest in den gebohrten Löchern halten. Dann wird oben noch ein Querholz aufgenagelt, was meistens ziemlich schwierig ist, weil der Mast wackelt. Ist das gelungen, suche ich mir irgendeinen alten Fetzen und hänge ihn als Segel an den Mast. Danach haben der Herbert und ich mit unseren Booten auf dem Bach hinter unserem Haus immer Rennen veranstaltet. Uschi war auch dabei, denn zu dritt ist es spannender. Leider ist der Herbert einmal in den Bach gefallen, wie er verbotenerweise versucht hat, sein Boot ein wenig anzuschieben, damit es gewinnt. Seither darf er nicht mehr mit mir an den Bach, seine Mutter hat es ihm streng verboten.

# 10 Palatschinken

*Das Buch musste eine Zeitlang im Keller gelegen sein, es roch modrig und hatte Stockflecken am Schnitt und auf dem Einband. Ob er es dennoch aufheben sollte? „So kocht man in Wien“ hieß es, und es war das einzige Kochbuch gewesen, das seine Mutter besessen hatte. Damals hatte man Kochbücher nicht gesammelt, wie das heute viele taten. Es hatte auch bei weitem kein so großes Angebot wie heute gegeben. Er blätterte durch das Buch. Es waren keine Abbildungen darin, aber an manchen Stellen lagen kleine Zettel zwischen den Seiten, auf denen sich seine Mutter Notizen zu den Rezepten gemacht hatte. „Für 150 Stück“ stand auf einem kleinen Zettel bei einem Keksrezept in Mamas akkurater Handschrift. „Zusammengeklebt: 75 Stück“ hatte sie unnötigerweise noch dazugeschrieben. Er musste lächeln. Es war für seine ganze Familie schwer gewesen, sich damit anzufreunden, dass er sich für's Kochen und Backen interessierte. Damals, mit zwölf, hatte er unbedingt Koch werden wollen. Falls aus der Karriere als Astronaut wider Erwarten doch nichts wurde. „Da stehst du immer dann, wenn andere freihaben, in der Küche. Die halbe Nacht, und auch am Wochenende. Und heiß ist es, und laut!“, hatte man ihm immer wieder erklärt. Tatsächlich hatte er sich irgendwann von diesem Berufswunsch abbringen lassen. Schade eigentlich. Er hätte wohl einen guten Koch abgegeben.*

Ich habe ja schon einmal kurz erwähnt, dass meine Interessen, abgesehen von der Raumfahrt, eher in Richtung

Backen und Kochen gehen. Das kann ich meinen Eltern nur schwer vermitteln, denn wenn Männer kochen, dann als Küchenchefs in Gasthäusern und Hotels oder im Fernsehen. Diese Köche sind dann in der Regel die Söhne und Enkel von Köchen und Wirtsleuten, und denen ist das Kochen erlaubt.

In unserem Haushalt dagegen sind Rechte und Pflichten, traditionellem Rollenverständnis folgend, genau aufgeteilt. Nicht, dass die Männer gar nichts tun, aber sie sind für die groben Arbeiten zuständig. Zum Beispiel Most pressen, Steckdosen reparieren, Bäume fällen, Brennholz daraus machen und so weiter. Im Garten ist es unterschiedlich: Die feinen Arbeiten, also das Anpflanzen, Unkrautjäten, Gießen und so, das ist für Frauen. Die groben Arbeiten, die sich meistens aufs Zerstören mittels Axt und Säge und aufs Wegräumen konzentrieren, die sind Männerarbeiten. Wenn es dann in die Küche und ums Wäschewaschen geht, befinden wir uns zu hundert Prozent in der Domäne der Frauen. Außer, wenn die Sicherung rausfällt. Ich glaube, Papa hat bei uns zu Hause weder den Elektroherd noch die Waschmaschine jemals eingeschaltet. Er weiß vermutlich gar nicht, wie man sie in Betrieb nimmt. Von der Nähmaschine gar nicht zu reden. Es heißt zwar immer, Frauen verstehen rein gar nichts von der Technik und sollen gefälligst die Finger davon lassen, aber bei der Nähmaschine verhält es sich anscheinend gerade umgekehrt, obwohl sie so ziemlich das komplizierteste Stück Technik ist, das bei uns herumsteht. Ich bewundere Mama dafür, wie selbstverständlich und schnell sie damit arbeitet.

*Eine Nähmaschine. In privaten Haushalten heutzutage nicht sehr weit verbreitet. Aber in seiner Jugend war Kleidung teuer gewesen, und deswegen wurde repariert und geflickt, was noch brauchbar war. Socken mit Löchern waren nicht einfach im Abfall gelandet, Mama hatte sie über ein pilzartiges, hölzernes Hilfsmittel gezogen und abends vor dem Fernseher gestopft. Genauso verhielt es sich mit Hemden, Hosen und Bettwäsche. Mama hatte gelegentlich sogar selber Kleidung genäht, allerdings konnte er sich an ein Hemd erinnern, das sie geschneidert hatte, das unter den Armen ordentlich gezwickt hatte. Und jeder Pullover, den er als Kind getragen hatte, war von Mama oder Oma gestrickt worden. Seine Mutter hatte oft gejammert, dass es so schwierig sei, Kleidung für ihn zu finden. Für Kindersachen war er zu dick, und Erwachsenenkleidung hatte viel zu lange Beine oder Ärmel. Was wiederum Näharbeit bedeutete.*

Wegen der Rollenverteilung schleppt mich Papa also immer mit sich, wenn er zum Beispiel die Gartentür reparieren muss, weil die eine oder andere Latte morsch geworden ist. Ich muss ihm dann das Werkzeug zureichen und genau wissen, was er mit „Kombizange" oder „Franzose" meint. Mir fällt es leider schwer, mir die Bezeichnungen für die Werkzeuge zu merken, was Papa immer wieder ärgert, weil er es hasst, dass ich anscheinend zu blöd, zu unwillig oder zu ungeschickt für richtige Männerarbeit bin. Dann muss ich die neu renovierten Zaunteile streichen, wobei sich wieder Mama darüber ärgert, dass ich meine Kleider mit der Holzschutzfarbe bekleckere, die so schwer wieder herausgeht. Tatsächlich schaffe ich es nicht, so zu streichen, dass nicht auch meine Hände, Arme und Beine über und über mit Farbe bedeckt sind. Für mich macht es eben einen Riesenunterschied, ob ich mich in Opas Werkstatt kreativ im Schiffsbau betätigen darf oder ob man mich zu Reparaturdiensten zwingt.

Kürzlich musste ich Papa auch assistieren, als er im Keller einen Lichtschalter repariert hat. Da ist er leider auch nicht so sattelfest, und als er so richtig an die Eingeweide des Schalters herangekommen ist, hat er mich hinauf zum Sicherungskasten geschickt, damit ich den Strom im Keller abschalte. Ich habe die richtigen Sicherungen gefunden, aber leider hat Papa dann noch einmal nach oben gerufen, und ich habe nicht genau verstanden, was er will, und die Sicherung wieder reingedreht, weil ich eben gemeint habe, jetzt braucht er wieder Strom. Das Nächste, was ich gehört habe, war, dass Papa fürchterlich geflucht hat, weil er sich elektrisiert hat. Er ist die Stiege heraufgekommen und hat mit dem Arm ausgeholt, sich aber dann doch mit einer Schimpfkanonade begnügt. Dabei ist auch das Wort „Trottel" gefallen.

Das gegenteilige Problem besteht darin, dass Mama Uschi sehr häufig zu Küchendiensten heranzieht, die sie allerdings nur widerwillig, unter Protest und äußerst ungeschickt antritt. Kürzlich sollte sie beim Marmeladeeinkochen die kochende Masse im Topf umrühren, damit sie nicht anbrennt, während Mama die Einsiedegläser vorbereitet hat. Leider aber hat Uschi nur oben im Topf herumgerührt und ist nie bis zum Boden vorgedrungen, was dann dazu geführt hat, dass man einen Topf Marillenmarmelade wegschütten musste, weil sich unten eine dicke schwarze Kruste gebildet hatte. Deshalb ist der ganze Topfinhalt angebrannt und hat bitter geschmeckt. Uschi also ist für die Küchenarbeit nicht zu gebrauchen.

All das bestärkt mich in meiner Abneigung technischen Dingen gegenüber und treibt mich immer stärker in die Arme der Kochkunst. Bisher allerdings nur theoretisch, ich schaue Oma gerne beim Kochen zu. Sie ist geduldiger als Mama und fragt nicht ständig, was ich in der Küche will. Heute beobachte ich sie beim Palatschinkenbacken und frage sie, ob sie auch Pizza backen kann. „Pizza? Was soll denn das sein?" Ich erkläre ihr, dass man in Italien Teigfladen backt, auf die man dann Tomaten, Käse und allerlei andere Zutaten legt. „Oh Gott, oh Gott!“, jammert Oma. „Das habe ich ja noch nie gehört! Ein Teig mit Tomaten und Käse darauf! So weit kommt's noch!“ Bei uns ist es nämlich völlig undenkbar, dass man etwas Saures auf Teig legt, ein Teig gehört zum Kuchen und aus. Oma ist sehr geschickt, sie gießt den Palatschinkenteig schnell in die Pfanne mit der brutzelnden Butter, sodass ein ganz dünner Teigring entsteht. Und sobald der Rand des Teigs braun ist, löst sie den Palatschinken vorsichtig mit einem Pfannenwender vom Boden der Pfanne, schupft die Pfanne in die Höhe, der Palatschinken dreht sich in der Luft und kommt mit der schon fertig gebackenen Seite nach oben wieder in der Pfanne zu liegen. Das sieht ganz einfach aus. „Kann ich das auch einmal probieren?“, frage ich Oma. Sie lacht. „Dazu brauchst du Übung, jahrzehntelange, mein Bub! Und außerdem habt ihr Männer in der Küche überhaupt nichts verloren! Das wäre ja noch schöner!“

Als ich dann den dritten mit Marillenmarmelade gefüllten Palatschinken anschneide, fällt mir ein, dass es doch eine Speise gibt, bei der etwas Saures auf Teig serviert wird, und es ist sogar etwas ganz Traditionelles: Bei uns werden Bauernkrapfen mit Sauerkraut als Hauptgericht gegessen, aber auch mit Marmelade zum Kaffee.

Ein paar Tage später ergibt sich eine günstige Gelegenheit für ein Experiment, weil Mama nachmittags nicht zu Hause ist. Sie muss zuerst zum Arzt und dann noch zum Friseur, das gibt mir genügend Zeit. Ich werde es zuerst einmal mit Palatschinken versuchen. Dazu habe ich mir aus der Küchenschublade ein Kochbuch geholt. „So kocht man in Wien“ heißt es. Darin steht auch, wie man Palatschinken macht. In Deutschland sagt man Pfannkuchen. Drei Löffel Mehl, ein Viertelliter Milch und vier bis fünf Eier, steht da. Dann soll man das Gemisch glattrühren und etwas Salz und zerlassene Butter hinzugeben. Was bedeuten „glattrühren“ und „zerlassen“? Bei den Eiern muss ich sparen, damit es nicht so auffällt, dass ich mich an den Vorräten in der Speisekammer bedient habe. Zwei Eier werden es hoffentlich auch tun. Das Mehl klumpt. Aha. Das Gegenteil von „glattgerührt“, nehme ich an. Außerdem steht beim Salz nicht dabei, wie viel man nehmen soll, nur „etwas“. Wird wohl ungefähr ein Löffel sein, mehr sicher nicht. Wie man Butter zerlässt, steht auch nicht im Rezept, und so schneide ich einfach ein kleines Stück Butter ab und werfe es in die Schüssel.

Zum Backen der Palatschinken brauche ich allerdings auch noch Butter, die leider raucht und ziemlich dunkel wird, als ich den Herd auf Stufe 3 schalte. „Was riecht denn da so komisch?“ Plötzlich steht Uschi in der Tür. „Was machst du da? Darfst du das?“ Sie stellt sich direkt hinter mich. „Verschwinde! Ich mache Palatschinken!“, fauche ich und gieße gleich etwas Teig in die Pfanne, bevor die Butter ganz anbrennt. Nun raucht das Ganze nur noch mehr, und es gelingt mir nicht, so wie Oma die Pfanne mit einer gleichmäßigen, dünnen Teigschicht zu bedecken. Ich versuche, den Teig durch Schwenken der Pfanne zu verteilen, doch er weigert sich, weil er wahrscheinlich zu dick ist. Stattdessen spritzt die Butter über den Rand der Pfanne. Außerdem sind dicke Mehlklumpen in der Masse. Der Teig beginnt zu rauchen und wird an den Rändern schwarz. „Zurücktreten!“, schreie ich. „Jetzt wird umgedreht!“ „Dafür kriegst du sicher eine Strafe!“, sagt Uschi, zieht sich aber vorsichtshalber doch hinter den Küchentisch zurück. Unsere Pfanne ist ein schwarzes, schweres Monstrum aus Gusseisen, deswegen ist das Schwenken sehr mühsam. Ich versuche, den Teig hochzuschleudern, doch er klebt fest. Dafür verspritze ich heiße Butter über den ganzen Herd. Ich schalte sicherheitshalber die Herdplatte ab, stelle die Pfanne wieder hin und versuche, den

Palatschinken mit einer Pfannenschaufel umzudrehen. Bis ich ihn losgekratzt habe, ist nur noch ein Haufen verkohlter Teig übrig. Ich schiebe ihn auf einen Teller und kratze aus der Pfanne heraus, was möglich ist. Das wird ein hartes Stück Arbeit werden, bis die Küche und die Pfanne wieder so aussehen wie vor meinem Experiment. Hoffentlich brauchen Mamas Dauerwellen heute lang genug. Uschi nähert sich wieder und sieht sich den Haufen auf meinem Teller an. „Das ist schwarz und riecht verbrannt!", stellt sie fest. „Hätt ich selber gar nicht gemerkt!", kontere ich. „Wieso nicht?", fragt sie. „Das musst du doch selber sehen, dass das ganz schwarz geworden ist!" Uschi versteht nicht, was Ironie ist. Ich nehme den Löffel und koste ein wenig von dem verkohlten Zeug. Es schmeckt grauenhaft und noch dazu sehr salzig. „Etwas Salz" ist wohl doch weniger als ein Suppenlöffel. Ich muss Oma noch genauer beim Kochen beobachten und mir gut merken, wie sie das macht. Und zwar von Anfang an. Der verkohlte Palatschinken landet samt dem restlichen Teig im Bach hinter unserem Haus. Die Fische haben anscheinend viel Freude damit, denn sie kommen gleich angeschossen und balgen sich um die Reste. Hoffentlich bekommen sie keinen schlechten Magen davon.

Als Mama heimkommt, ist die Küche wieder sauber. Beim Putzen habe ich mich anscheinend geschickter angestellt als beim Kochen. „Irgendwie riecht's hier komisch!", sagt sie. Und später, als sie das Abendessen herrichtet, fällt ihr doch auf, dass zwei Eier fehlen. „Komisch", sagt sie. „Ich hätte gedacht, es wären noch vier da. Habt ihr Eier genommen?" Wir schütteln beide den Kopf, denn ich habe Uschi gedroht, ihrer Puppe den Kopf abzuschneiden und ihn in den Bach zu werfen, wenn sie mich verrät. Gott sei Dank fragt Mama nicht nach, denn Uschi ist schon ganz rot angelaufen und hätte sicher einer genaueren, strengeren Befragung nicht standgehalten.

Leider aber erfährt Mama schließlich aber doch von meinem ersten missglückten Kochversuch. Und das kommt so: Am 25. Oktober findet eine Deutsch-Schularbeit statt. Sechs Schularbeiten gibt es im Jahr, bei jeder muss man einen Aufsatz schreiben und bekommt eine Note dafür. Die Schularbeiten sind die wichtigsten Prüfungen, die darüber entscheiden, wie das Zeugnis ausfällt. Zeugnisse gibt es übrigens dreimal im Jahr, denn es ist in sogenannte Trimester eingeteilt. So hat man schon zu Weihnachten Gelegenheit, den Eltern seine ersten Fünfer unter den Christbaum zu legen.

Es ist unsere allererste Schularbeit im Gymnasium, und natürlich wissen alle, dass viel davon abhängt. Wenn man in Deutsch nicht durchkommt, droht vielen die Hauptschule, denn die meisten Eltern lassen sich auf ein Wiederholen der ersten Klasse gar nicht erst ein. Leider ist auch meine Mama wegen der Schularbeit am Morgen nervös, denn schließlich war es ihre Idee, dass ich ins Gymnasium gehen soll, und wenn dann etwas schiefgeht, ist natürlich sie dafür verantwortlich. Am Morgen hat sie Bauchweh und keinen Appetit. Ihr Frühstück lässt sie stehen, und sie ist ganz blass. „Was ist denn mit dir los?", fragt Papa ganz unschuldig. „Was los ist?", blafft ihn Mama an. „Das ist wieder einmal typisch für dich, dass du nicht einmal weißt, wann dein Kind Schularbeit hat!" Papa zuckt mit den Schultern. „Ist ja seine Schularbeit, oder? Er wird das schon machen! Ist ja bei der Aufnahmsprüfung auch gut gegangen!" „Das ist ganz etwas anderes!", zischt Mama und geht aufs Klo. Ich sehe zu, dass ich mich auf den Weg zum Zug mache, da habe ich wenigstens meine Ruhe und brauche ihrer Streiterei nicht mehr länger zuzuhören.

In der Pause vor der Schularbeit herrscht unglaubliche Hektik, die meisten rasen aufs Klo hinaus, die beiden hinter mir versichern einander, dass ihnen ein Fünfer gar nichts, aber auch gar nichts ausmachen würde und dass sie sicher einen schreiben. Der Herbert neben mir hat die Hände gefaltet und betet mit zitternden Lippen ein stilles Vaterunser oder vielleicht auch ein Gegrüßet-seist-du-Maria, das kann man von seinen Lippen nicht so genau ablesen. Der dicke Holzinger versucht, im Eiltempo vor dem Läuten noch zwei große Zwiebelbrote in seinem Magen unterzubringen.

Pünktlich mit dem Läuten tritt die Frau Professor Schlierberger ein, und wir springen auf. „Setzen!", kommandiert sie, und: „Nur die Füllfeder ist auf dem Tisch. Und ein Lineal!" Die Schularbeitenstunde folgt nämlich einem strengen Zeremoniell. Wir dürfen nur mit Füllfeder schreiben, und was wir streichen wollen, muss mit Lineal durchgestrichen werden. Mit Tintentod herumzukleckern ist sowieso keine Option, denn so etwas besitzt keiner, obwohl dieses Wunder der Wissenschaft im Fernsehen schon einmal zu sehen war. Bis jetzt soll es ihn allerdings nur in Amerika geben, denn dort ist man immer um ein paar Jahre voraus. Wenn nicht Jahrzehnte.

Die Frau Professor trägt den Stapel Schularbeitenhefte, fein säuberlich nach Alphabet geordnet, unter dem Arm und verteilt ihn an vier Schüler in der ersten Reihe, deren Aufgabe es ist, die Hefte zu verteilen. „Wir schlagen die erste Doppelseite auf!", ertönt ein neuerliches Kommando, „Und schreiben nur auf die jeweils rechte Seite, die linke ist dann für die Verbesserung. Oben schreibt ihr links ‚erste Schularbeit' und rechts das heutige Datum in den Korrekturrand." Ich werfe einen kurzen Blick zu Herbert hinüber und stelle fest, dass er gerade dabei ist, die Worte „heutiges Datum" in den Korrekturrand zu schreiben. Außerdem schreibt er „häutiges". Ich stoße ihn mit dem Ellenbogen an und deute auf die Tafel, auf der klar und deutlich „25. Oktober 1968" steht. Der Herbert reibt sich die Augen, nimmt sein Lineal und streicht die Wörter durch. Dazu schnieft er. „Ruhe!", ruft die Frau Professor. „Ich schreibe jetzt das Thema an die Tafel! Ihr schreibt das als Titel in die Mitte der Zeile. Aber eine Zeile darüber frei lassen!"

Ich blicke gespannt zur Tafel. „Als mir einmal ein Missgeschick passiert ist!" steht kurz danach dort. Ein Seitenblick zeigt mir, dass der Herbert die Überschrift erstens ganz links und nicht in die Mitte geschrieben und außerdem keine Zeile frei gelassen hat. Diesmal aber verzichte ich auf einen Hinweis. Mir kommt das Thema gerade recht. „Bitte schreibt etwas aus eurer eigenen Erfahrung, wie wir es geübt haben. Versucht, nichts zu erfinden, sondern euch einfach an einen solchen Vorfall zu erinnern. Und nicht auf Einleitung und Schluss vergessen!" Die Einleitung besteht aus einem Satz, der erklärt, wo und wann etwas stattgefunden hat. Die meisten schreiben einfach „Es war an einem wunderschönen Sommertag" oder ähnlichen Unsinn, und der Schluss lautet in der Regel „Dieses Erlebnis werde ich sicherlich nie vergessen!". Ich verzichte aus Gründen von Originalität und Kreativität auf solche Versatzstücke, die ich einfach nur peinlich finde. Weil, beim „Winnetou" und auch bei meinen anderen 55 Büchern, da gibt es weder eine Einleitung noch einen Schlusssatz. Und unsere Bibliothekarin, die Frau Löffler, die hat mir noch nie erklärt, dass ich mir ein Buch nicht ausleihen soll, weil es keine Einleitung hat und daher nicht zu gebrauchen ist.

Ich beginne also mit dem Satz „Vor ein paar Tagen wollte ich Palatschinken backen." Gleich darauf streiche ich den Satz wieder durch, weil die Frau Professor Schlierberger immer wieder gesagt hat, dass wir erzählen sollen, was wir getan haben, und nicht, was wir wollten und dann aber nicht getan haben.

Ich beginne also neu und schreibe: „Vor ein paar Tagen schnappte ich mir das Kochbuch meiner Mutter aus der Küchenschublade, um herauszufinden, wie man Palatschinken backt.“ Das gefällt mir schon besser. Der Herbert stößt mich von der Seite her an. „Mir fällt nichts ein!“, flüstert er. Ich habe aber wirklich keine Zeit für ihn. „Dann schreib halt darüber, wie dir bei der Schularbeit nichts eingefallen ist und was du dann gemacht hast!“, flüstere ich ihm zu. „Ruhe!“, ruft die Frau Professor, und obwohl rund um mich ständig lautstark Rotz aufgezogen wird, vertiefe ich mich immer mehr in meine Geschichte, auch wenn mich der dicke Holzinger immer wieder stört, wenn er lautstark rülpst und dann eine Wolke Zwiebelduft zu mir herüberzieht.

Als die Glocke läutet, bin ich gerade dabei, aufzuschreiben, wie die Uschi hereinkommt und sich die Bescherung anschaut. „Abgeben!“, ruft die Frau Professor. Ich klappe mein Heft zu, denn die Frau Professor hat uns immer wieder erklärt, dass eine gute Geschichte nie fertig ist und dass nur die Dummen, die niemals überlegen, immer gleich „fertig“ schreien. Sie meint, wenn man eine gute Geschichte erzählt, ist es ganz egal, wann man damit aufhört, zu erzählen. Nur einen Schlusssatz, den will sie anscheinend dennoch haben, aber den bleibe ich ihr schuldig.

Fünf Tage später kommt die Frau Professor mit den korrigierten Heften wieder zurück. Wenn mich nicht alles täuscht, liegt mein Heft ganz oben auf dem Stapel, aber ich weiß nicht, was das zu bedeuten hat.

„Zuerst muss ich einmal etwas Wichtiges sagen“, sagt die Frau Professor, legt den Stapel ab und setzt sich hin. „Manchmal frage ich mich, wozu ich euch überhaupt etwas erkläre!“ Man merkt, sie ist ein wenig aufgebracht, denn sie knetet unruhig ihre Finger. „Ich hab euch doch gesagt, dass ihr eine Zahl in den Text einfügen sollt, wenn ihr etwas nachtragen wollt, und nach dem Ende schreibt ihr diese Zahl noch einmal hin, und danach kommt das, was oben eingefügt werden soll. Stattdessen finde ich Chaos, Geschmiere zwischen den Zeilen und im Korrekturrand.“ Was die Frau

Professor aber anscheinend nicht begreift, ist, dass ihr kein Mensch zuhört, solange wir noch nicht wissen, welche Note wir bekommen haben. Ich lege mir die Hände vor die Augen und versuche, möglichst ruhig zu atmen. Der Herbert hat die Hände schon wieder gefaltet und murmelt vor sich hin, aber sogar er müsste wissen, dass es jetzt für ein Gebet zu spät ist, denn die Note steht schon unter der Schularbeit, und auch sein Jesus wird sie ihm nicht mehr ändern, nicht einmal für 13 Gegrüßet-seist-du-Maria im Knien.

Endlich steht die Frau Professor auf. „Niedermayr. Sehr gut!" Sie lächelt und reicht mir mein Heft. „Bevor ich jetzt die anderen zurückgebe, liest du bitte deine Arbeit vor. Damit manche von euch vielleicht doch begreifen, was es heißt, gut zu erzählen." Mich trifft fast der Schlag, ich meine, im Boden versinken zu müssen, und fange an zu stottern. „Soll ich sie vielleicht vorlesen?", fragt die Frau Professor, weil sie mein Gestammel nicht verstehen kann. Ich schüttle den Kopf, doch sie versteht meine Weigerung falsch, drückt mir das Heft in die Hand und schiebt mich sanft nach vorn zur Tafel. Ich muss inzwischen knallrot im Gesicht sein, denn als ich mich umdrehe, beginnen ein paar zu lachen. Natürlich wird mir kein Mensch zuhören, solange sie nicht ihre eigenen Hefte bekommen haben.

Ich beginne stotternd vorzulesen. Die Frau Professor hat nur ein paar Beistriche eingefügt, denn bei denen kenne ich mich nicht so gut aus. Sonst hat sie ihren Rotstift für die Arbeit nicht gebraucht. Ich lese immer schneller und leiser, dennoch hört das Gekicher in der Klasse nicht auf. „Strebsau!", flüstert einer der Seeklausner aus der ersten Reihe. Die Frau Professor kann es nicht hören, denn sie hat sich ganz hinten hingestellt. Warum kann ich nicht einfach einen unauffälligen Dreier schreiben? Ich habe keine Lust, als der Beste hervorgehoben und in der Pause danach dafür verprügelt zu werden.

Endlich vorbei. „Das Laut-Lesen könntest du noch ein wenig üben!“, sagt die Frau Professor. „Aber der Niedermayr, hört gut zu, der hat keinen einzigen Rechtschreibfehler gemacht! Und bei ein paar von euch, da hab ich bei 30 zu zählen aufgehört! Es sind eben nicht alle fürs Gymnasium geeignet!“ Dazu muss man wissen, dass die Rechtschreibung sozusagen ein Heiligtum bei den Lehrern ist und dass ich großes Glück habe, dass sie mir so leichtfällt. Wer nicht rechtschreiben kann, gilt als dämlich und muss in die Hauptschule, wenn er Pech hat, sogar in den B-Zug. Denn wenn einer nicht rechtschreiben kann, heißen ihn die Leute ganz einfach einen Trottel.

Dann endlich bekommen die anderen ihre Hefte. Der Seeklausner aus der ersten Reihe ist der Einzige außer mir, der einen Einser bekommen hat. Dann gibt es ein paar Zweier, viele Dreier und Vierer und sechs oder sieben Fünfer. Die Frau Professor erspart es keinem, den Namen und die Note dazu zu nennen. Der Fritz und der Toni haben beide einen Fünfer, lautes Gejohle der Nadlwanger begleitet die Verkündung ihrer Noten. Man könnte glauben, sie haben beim Fußball gewonnen, so führen sie sich auf. Der Toni hebt sogar beide Arme mit verschränkten Händen über den Kopf und grinst wie ein Irrer. Der Herbert neben mir wagt es nicht, sein Heft aufzuschlagen, und hält es krampfhaft mit beiden Händen fest. Seine Lippen zittern. „Hast du nicht hingehört?“, frage ich ihn. „Du hast doch eh einen Dreier!“ Der Herbert sieht mich erstaunt an. „Sie hat aber ‚Befriedigend‘ gesagt. Ist das kein Fünfer?“ Ich schüttle den Kopf über so viel Einfalt. Aber einen Einser zu bekommen ist in unserer Klasse auch nicht die reine Freude, so viel ist gewiss.

In der nächsten Pause bekomme ich das zu spüren. „30 Fehler!“, prahlt der Fritz. Ich versuche, mich unauffällig aus dem Staub zu machen, als er den verdienten Applaus der Nadlwanger dafür einheimst. Doch der Toni hat mich im Auge und erwischt mich noch vor der Tür, die aus der Klasse auf den rettenden Gang führt, wo immer ein Lehrer patrouilliert. Er fasst mich von hinten am Hosenbund. „Nicht so schnell, Strebsau!", schreit er und macht damit alle anderen Nadlwanger auf meinen Fluchtversuch aufmerksam. Ich versuche, meine Brille mit beiden Händen zu schützen und gegen den Zug an meiner Hose auf den Gang zu gelangen. Doch der Fritz und noch zwei andere holen mich ein und helfen dem Toni, mich wieder in die Klasse zurückzuziehen. „Zeig uns doch einmal deine Schularbeit, du Strebsau!" ruft der Fritz. „Ja, zeigen, zeigen!", stimmen die anderen mit ein. Viel mehr als zu wiederholen, was ihnen andere vorplappern, können nämlich die meisten von den Nadlwangern nicht. Der Herbert schießt an mir vorbei aus der Tür, um nicht zwischen die Fronten zu geraten, und leider ist auch der dicke Holzinger nirgends zu sehen oder zu riechen. Sie führen mich an meinen Platz und drücken mich auf den Sessel. Der Fritz schlägt das Schularbeitenheft auf, während die anderen mich festhalten. Leider geht er dabei so gewaltsam vor, dass der Umschlag einreißt. Der Toni drückt mir die Füllfeder in die Hand. „So, jetzt schreibst du!", schreit er und schlägt mich auf den Hinterkopf. „Was denn?", wage ich zu fragen. Der Toni scheint ratlos. „Was soll er denn hineinschreiben?", fragt er. „Einen Fünfer! Einen Fünfer darf er sich geben!", schreit ein anderer. „Schreib einfach ‚5' drunter!", rät mir der Fritz. „Aber das muss man doch mit einem Rotstift schreiben!", wendet der Toni ungewohnt scharfsinnig ein. „Dann soll er halt ‚Ich bin eine Strebsau' schreiben", meint nun der Fritz. Auch nicht gerade kreativ. So langsam wie möglich schraube ich die Hülle der Füllfeder herunter, als mich ein neuerlicher Schlag gegen den Hinterkopf trifft. „Schneller! Wir haben nicht ewig Zeit!" Ich schreibe ‚ich' unter die Note, weiter komme ich nicht. „Was ist denn hier los?“ Ein Lehrer steht in der Tür, und die Nadlwanger stieben auseinander, sodass ich plötzlich allein vor meinem Heft sitze. „Hausübung abschreiben, was?“, meint der Lehrer und deutet auf mein Schularbeitenheft. Ich schüttle den Kopf. Wie soll ich ihm erklären, was passiert ist? Doch er scheint sich nicht länger für mich zu interessieren. „Alle auf den Gang!“, ruft er noch, denn eine der undurchschaubaren Regeln in unserer Schule lautet, dass wir in den kurzen Pausen nicht auf den Gang dürfen, in der langen Zehnerpause dagegen auf den Gang müssen und uns nicht im Klassenraum aufhalten dürfen. Er dreht sich um und verlässt die Klasse. Nun steht unter der Note, die die Frau Professor hingeschrieben hat, ein einsames „Ich“, und der Umschlag ist eingerissen. Ich werde niemandem erzählen, wie das passiert ist.

Wenn jemand in der Schule gequält und gehänselt wird, hat er selber damit klarzukommen, aus und fertig. Wenn ich daheim jammern würde, dass mich meine Mitschüler sekkieren – das ist ein österreichisches Wort für Quälen und Verspotten –, dann würde Papa sagen, ich soll einfach jedem, der mich ärgert, eine auf die Rübe geben, und Mama würde darüber klagen, dass die Kinder heute so grausam sind, wie sie früher nie waren, und das wär's dann. Wenn ich der Frau Professor Schlierberger mein Leid klagen würde, dann würde sie die Nadlwanger einen Nachmittag lang in der Schule dableiben lassen, und ich würde am nächsten Tag bitter dafür büßen.

Ich komme also mit dem etwas eingerissenen Heft nach Hause und verkünde stolz: „Ich hab einen Einser! Der Beste der Klasse! Ich habe meinen Aufsatz sogar vorlesen dürfen!“ Natürlich muss ich die Situation etwas beschönigen, ist ja klar. Mama dreht sich mit dem Kochlöffel in der Hand um und strahlt. „Gott sei Dank! Ich war ja schon so nervös! Fast hätte ich die geröstete Leber anbrennen lassen! Jetzt müssen wir nur schauen, dass es auch in Mathematik halbwegs geht!" Das ist typisch für Mama – immer gleich die Angst vor dem nächsten möglichen Versagen ins Spiel zu bringen, anstatt sich über etwas wirklich zu freuen. „Wenn ich fertig gekocht habe, lässt du mich's lesen, ja?" Plötzlich überkommt es mich siedend heiß, dass ja der Eierdiebstahl und mein missglückter Kochversuch ans Licht kommen werden, wenn Mama meinen Aufsatz liest.

Ich versuche alle möglichen Tricks und Ausreden, behaupte zuerst, ich hätte das Heft in der Schule vergessen, worauf Mama mit Bestimmtheit erklärt, dann werde sie höchstpersönlich mit mir heute Nachmittag nach Seeklausen fahren, um das Werk heimzuholen, dann versteife ich mich darauf, es doch mit nach Hause genommen zu haben, aber nicht mehr zu finden. Es ist alles umsonst, kurz nach dem Mittagessen hält Mama das Heft mit gerümpfter Nase in Händen, weil sie meine Ausreden durchschaut hat. „Du könntest aber schon ein bisschen besser auf die Hefte aufpassen! Das müssen wir kleben!" Sie wedelt mit dem eingerissenen Umschlag vor meinen Augen herum.

„Ist aber alles nur erfunden!", wage ich einen letzten Rettungsversuch. „So, so!" Mama beginnt interessiert zu lesen. Ich setze mich ihr gegenüber hin und sehe aus dem Fenster. Draußen stolziert eine von Omas Hennen über den Hof und pickt nach Körnern. Mama lässt das Heft sinken. „So was kann man gar nicht erfinden, wenn man es nicht selber gemacht hat!", sagt sie. „Und ich hab mir ja gedacht, dass zwei Eier fehlen!" Sie nimmt das Heft wieder hoch und liest weiter. Nach fünf Minuten, die mir wie eine Ewigkeit vorkommen, lässt sie es wieder sinken. „So ist das also!", sagt sie mit dunkler Stimme und tiefen Stirnfalten. „Der Herr schmeißt unsere Lebensmittel in den Bach, während ich beim Friseur bin. Und fackelt uns dabei fast die Bude ab!" Ihr Ton ist schrill geworden. „Aber nein!", versuche ich zu beschwichtigen. „Ich hab doch den Herd abgeschaltet! Und alles weggeputzt! Ich bin ja nicht blöd!“ „Na warte!“, droht Mama. „Wenn der Papa kommt!“ Im Falle von schweren Straftaten führt Mama die fällige Bestrafung nicht selbst aus, sondern klagt mich bei Papa an, sobald er nach Hause gekommen ist.

Papa allerdings muss sogar ein- oder zweimal lachen, als er meinen Aufsatz liest. „Findest du das vielleicht auch noch witzig?“, fragt Mama spitz. Papa reagiert nicht, liest meinen Aufsatz mit ernster Miene zu Ende. Als er das Heft weglegt, sieht er mich irgendwie seltsam von der Seite her an. „Geh einmal hinaus und mach die Tür hinter dir zu!“, sagt er. Seine Augenbrauen hängen gefährlich tief. Natürlich versuche ich, draußen an der Tür zu lauschen. Ich verstehe aber nur einzelne Wörter. „Warmer Bruder!“, sagt Papa einmal, und: „Deine Erziehung!“ Dann verstehe ich jedes Wort, denn es entsteht ein lautstarker Streit.

Zusammenfassend ergibt sich folgendes Bild: Papa wirft Mama vor, dass ihre Erziehung mich zum Homosexuellen gemacht hat. Eine exakte Argumentation kann ich seinem Geschrei nicht entnehmen, aber es scheint ihm zu viel Nachgiebigkeit und zu wenig Härte im Spiel gewesen zu sein, die aus mir einen „warmen Bruder“ gemacht haben, der sich nicht für Fußball und Bohrmaschinen, sondern für Kochen und Backen interessiert. Es ist davon die Rede, dass künftig „andere Saiten“ aufgezogen werden würden. Irgendwie ist das Leben, so scheint mir, manchmal an einem Punkt angelangt, wo alles hoffnungslos ist. Nachdem ich schon in der Schule in ständiger Gefahr lebe, steht mir auch zu Hause noch einiges bevor, wenn man Papas düsteren Ankündigungen Glauben schenken darf.

# 11 Fische und Fußball

*Seltsamerweise steckten im Kochbuch auch Fotos. Wie aber ein Bild von seinem Vater im Fußballdress in dieses Kochbuch kam, war ihm ein Rätsel. Das Foto musste deutlich älter sein als das Buch. Wollte Mama es vor ihm verstecken? Papa trug eine weite, sehr labbrige Hose aus schwarzem oder grauem Stoff und ein senkrecht gestreiftes Leibchen mit der Nummer 7 darauf. Unter den Arm hielt er einen ziemlich zerschlissenen Fußball geklemmt und lächelte schüchtern in die Kamera. Er drehte das Foto um, um zu sehen, ob die Rückseite mehr verriet. „11.7.1943“ stand drauf. Mitten während des Krieges. Man hatte also damals in Kastenkirchen noch Fußball gespielt. Papa musste auf dem Foto 15 Jahre alt sein. Er schob die Brille hoch, um das Foto genauer betrachten zu können. Papa war sehr dünn, das konnte man trotz der viel zu weiten Fußballkleidung erkennen. Die Knie traten wulstig aus den mageren Beinen hervor, und auf der Oberlippe zeigte sich ein erster dunkler Flaum. Papa hatte Glück gehabt, dass man ihn nicht mehr in den Krieg geschickt hatte, dazu war er wohl um ein oder zwei Jahre zu jung gewesen. Dennoch hatte er immer eifrig das Bundesheer verteidigt und ihm wieder und wieder erklärt, dass ein richtiger Bub erst zum Mann werde, wenn er Soldat gewesen sei. Dabei hatte er selbst nie eine Uniform getragen, außer die der Eisenbahn.*

Gleich am nächsten Wochenende, als ich von der Schule nach Hause komme, grinst Papa einfältig und hält mir zwei Eintrittskarten vor die Nase. „Heute gehst du mit mir zum

Fußballmatch. Damit endlich ein richtiger Mann aus dir wird!“ Ich bin mir nicht sicher, wie meine Anwesenheit bei einem Fußballmatch zur Festigung meiner Männlichkeit beitragen soll. Außerdem müsste ich dringend mit Papa reden und ihm erklären, dass mir ja schon angesichts der winzigen Brüste der Gehbauer Ulli ein wenig seltsam zumute wird, vor allem, wenn ich nachts im Bett die Augen schließe und die Ulli vor meinem inneren Auge sehe, wie sie langsam mit beiden Händen ihren Pullover über den Kopf zieht. Wenn der Herbert vor der Turnstunde aus seinem müffelnden Hemd schlüpft, regt sich bei mir gar nichts. Ich kann also gar nicht homosexuell sein.

Als wir zum Fußballplatz kommen, regnet es. Sicherheitshalber haben Papa und ich unsere Anoraks mitgebracht, denn ein richtiger Mann steht nicht unter einem Regenschirm.

*Homosexualität war damals in Österreich strafbar, ein Mann, der Männer liebte, ging ins Gefängnis, wenn er erwischt wurde. Die katholische Kirche hielt Homosexualität bis heute für eine schwere Sünde und versuchte, solche Männer dazu zu bringen, Frauen zu lieben, wenn es sein musste, mit Gewalt. Das mochte mit ein Grund gewesen sein, warum Papa sich so aufgeregt hatte, wenn er sich für Dinge interessierte, die seiner Meinung nach nur Frauen zu interessieren hatten.*

*Nicht nur die Ansichten zum Thema Homosexualität, auch die Sprache hatte sich massiv verändert. Ein Anorak, das war etwas, das es nicht mehr gab, höchstens noch im Sprachgebrauch der über 50-Jährigen. Wenn man heute in einem Sportgeschäft nach einem Anorak fragte, würde der Textil- oder Sportartikelverkäufer höchstwahrscheinlich zuerst die Stirn runzeln, sich dann an die Nasenwurzel fassen und den Kopf schütteln. „Haben wir nicht“, würde es heißen. Als Ersatz würde er wahrscheinlich eine Outdoor-Jacke an-*

*bieten. Anoraks damals, die waren wohl warm, solange es trocken war. Wasserdichte Membranen waren noch nicht erfunden, und englische Wachstuchjacken hatte man auch nicht gekannt. So hatte sich der gute alte Anorak bei Regen vollgesogen wie ein Schwamm, und da das Wasser ja auch irgendwo wieder hinauswollte, war es auf die Hosen geronnen.*

Weil ich durch und durch nass bin, beginne ich schon während der ersten Halbzeit erbärmlich zu frieren und zu schlottern. Neben dem Spielfeld sind drei Bankreihen, in Stufen angeordnet. Wir finden leicht in der ersten Bankreihe Platz, denn es sind nicht mehr als vielleicht 100 Zuschauer gekommen. Zuschauerinnen zähle ich drei, und Dach gibt es keines.

Kastenkirchen spielt heute gegen Dittnang-Hurchheim, und es handelt sich um ein sogenanntes „Derby“, denn Dittnang-Hurchheim ist von Kastenkirchen nur durch den Fluss, die Seeklausner Ache, getrennt. Die Spieler sind nach wenigen Minuten bereits so schlammverkrustet, dass ich den Verdacht habe, dass sie weder Freund noch Feind an den Farben der Dressen erkennen können. Dementsprechend desolat ist das Spiel, ich habe das Gefühl, als würde jeder, der an den Ball kommt, den einfach irgendwohin treten. Papa beugt sich immer wieder zu mir herunter und erklärt mir, warum der Ball einmal eingeworfen wird, dann wieder aus einer Ecke des Spielfeldes getreten, manchmal auch vom Torwart mit einem kräftigen Tritt weit über die Mittellinie gekickt. Der Torwart ist besonders bedauernswert, er steht inmitten einer gigantischen Schlammlache, in die er sich jedes Mal todesmutig wirft, wenn der Ball droht in sein Netz zu kullern.

Viel seltsamer jedoch ist das Verhalten der Zuschauer, die immer wieder aufspringen, vor allem aber das Spiel in einem fort kommentieren, wobei einer den anderen zu überschreien versucht. Dabei verwenden sie unglaublich ordinäre Schimpfwörter, von denen „Arschloch“ und „Hurenkind“ noch die harmloseren sind. Manche sind bei der Auswahl der Schimpfwörter recht kreativ. So beschimpft einer zum Beispiel den Schiedsrichter als „schastrommleten Kongoneger“, als dieser eine ihm nicht genehme Entscheidung trifft. Jedes Mal, wenn ein unflätiges Schimpfwort fällt, schaue ich zu Papa auf, um seine Reaktion zu prüfen. Zu Hause ist er nämlich sehr streng und aufmerksam, wenn es um Ausdrücke geht, die man nicht gebrauchen darf. Ich darf zum Beispiel nicht einmal „Trottel“ sagen, das ist ihm schon zu heftig und zieht eine Ermahnung nach sich. Beim Kongoneger hat er aber nicht einmal gezuckt.

Plötzlich schreien alle auf und fallen sich in die Arme. Papa schlägt mich auf die Schulter. „Eins zu null! Eins zu null! Hast du gesehen?“ Ich nicke zwar, um ihn nicht aufzuregen, aber ich habe gerade zum Würstelstand hinübergesehen, weil verführerischer Duft in meine Nase geweht ist.

Endlich ist die erste Halbzeit aus, Schiedsrichter und Mannschaften ziehen durchnässt an uns vorbei. „Schiri, ich weiß, wo dein Auto steht!“, schreit einer dem Schiedsrichter nach, ein anderer lässt den Tormann von Dittnang-Hurchheim wissen, dass er ihn für einen „Eiergoalie“ hält, was immer das auch bedeuten mag. „Kann ich bitte ein paar Würstel haben?“ Wegen der Führung seiner Mannschaft ist Papa versöhnlich gestimmt und kauft uns beiden Bratwürstel mit Sauerkraut, für sich ein Bier und für mich ein Keli-Ananas. „Na, gefällt’s dir?“ Ich zucke mit den Schultern, sodass das Wasser, das im Anorak bereits unter meinen Achseln steht, mit einem Quietschen hinausgepresst wird. „Geht so!“, sage ich. Allzu enthusiastisch darf ich nicht wirken, sonst blüht mir dieses Theater womöglich jeden Samstag.

Leider schießen die Dittnang-Hurchheimer in der zweiten Halbzeit noch zwei Tore. Beim ersten bin ich gerade auf dem Klo, wo es furchtbar stinkt und überhaupt sehr schmutzig ist, und beim zweiten bin ich beim Buffet, weil Papa noch ein Bier bestellt hat. Dementsprechend mies ist seine Laune nach dem Abpfiff, und obwohl ich bis auf die Haut nass bin, muss Papa noch eine rauchen und einen Schnaps mit dem Rösner und dem Novak, zwei Arbeitskollegen, trinken, um wieder zu Laune zu kommen.

Als wir nach Hause kommen, gibt es aus zwei Gründen Ärger. Erstens, sagt Mama, ist es völlig unverantwortlich von Papa, mich stundenlang im Regen stehen zu lassen, weil ich mir dabei eine Lungenentzündung und somit den Tod holen könnte. Zweitens stinkt Papa nach Schnaps, und das kann keinesfalls als brauchbares Vorbild für einen Heranwachsenden gelten. Da sei ihr sogar ein warmer Bruder lieber als ein Kind, das mit Lungenentzündung im Krankenhaus liegt, oder ein hemmungsloser Alkoholiker. Ich beschließe, Mama vorläufig nichts von den Schimpfwörtern zu erzählen, die ich auf dem Fußballplatz gelernt habe. Aber für Unterhaltungen mit dem Fritz und mit dem Toni, denke ich, könnte der eine oder andere Kraftausdruck gut zu gebrauchen sein.

Leider ist es mit dem Fußball noch nicht getan. Gleich am Sonntag soll ich mit Papa fischen gehen. Das geht leider in der Seeklausner Ache nicht, denn da drin fließt nur stinkende rotbraune Brühe, in der kein Fisch überleben kann. Man darf sich ruhig fragen, wie denn das möglich ist und warum niemand was dagegen tut, aber die Kastenkirchener haben sich daran gewöhnt, dass für den Fortschritt ein Preis zu zahlen ist, in diesem Fall halt in Form von vergiftetem Flusswasser. Oberhalb von Kastenkirchen liegt nämlich ein großes Chemiewerk an der Seeklausner Ache, und die ganzen giftigen Abwässer aus dem Chemiewerk fließen ungefiltert in den Fluss. Im Sommer ist das für uns besonders unangenehm, denn die Straße vor unserem Haus ist eine Schotterstraße ohne Asphaltdecke. Und weil das im Sommer fürchterlich staubt, kommt einmal in der Woche der Spritzenwagen von der Gemeinde und spritzt das Wasser aus der Seeklausner Ache auf unsere Straße. Die staubt dann zwar nicht mehr, stinkt aber erbärmlich. Und dort, wo sich in Vertiefungen Pfützen bilden, sieht es aus, als ob die Straße rostig wäre, wenn das Wasser verdunstet ist.

Wir fahren also mit den Fahrrädern an den Vordergunninger Teich zum Fischen. Meines ist rot und hat eine Dreigangschaltung, wir haben es gebraucht gekauft, und deswegen klappern der Kotflügel und der Gepäckträger. Der, von dem wir es gekauft haben, hat zur Firmung ein Fünfgangrad mit Kettenschaltung bekommen, was mir natürlich auch lieber gewesen wäre. Mit dem Dreigang handelt man sich nur hämische Blicke ein. Papa hat einen riesigen Rucksack umgehängt und auch noch einen Klapphocker auf den Gepäcksträger seines Waffenrades geschnallt. Da das Wetter ein wenig besser ist als gestern, haben sich außer uns noch zwei, drei andere Fischer eingefunden. Papa stellt den Hocker auf und bereitet seine Angelausrüstung vor, was so lange dauert, dass ich einstweilen den „Ölprinzen" aus meinem Rucksack hole, mich in die Wiese setze und lese. „Öha!", sagt Papa nach einer Weile, als er entdeckt, dass ich lese. „Dazu sind wir aber nicht hierhergekommen, dass du die Nase in ein Buch steckst. Du sollst ja das Fischen lernen!" Er zeigt mir, wie man eine Angelrute zusammensteckt, die Rolle vorne daran befestigt und dann den Blinker an der Angelschnur anbringt. Wenn ich mir vorstelle, wie der metallene Haken das Maul eines Fisches durchbohrt, wird mir übel.

Papa wirft die Angel aus und holt die Leine langsam wieder ein. Das wiederholt sich zweimal, viermal, achtmal, sechzehnmal. Ich schiele zu meinem Ölprinzen hinüber, der im feuchten Gras liegt und sicher durch das Herumliegen nicht besser wird. Die Frau Löffler von der Pfarrbücherei wird schimpfen, wenn sie merkt, dass sich der Einband wegen der Feuchtigkeit gewellt hat. „Jetzt!", schreit Papa. „Jetzt hat einer angebissen!" Wie verrückt zieht er an der Rute und lässt sie dann wieder sinken, um mit der Rolle die Schnur einzuholen. Schließlich baumelt ein Fisch an der Leine, die er aus dem Wasser zieht. Ich will mit dem glitschigen, zappelnden Vieh nichts zu tun haben und trete ein paar Schritte zurück.

„Komm her!", schreit Papa. „Ich muss dir ja zeigen, wie man den Haken aus dem Maul zieht. Der ist zu klein, den schmeißen wir wieder zurück!" Zögernd trete ich näher. Der Fisch starrt mich aus schreckgeweiteten Augen an und japst nach Luft. Der Haken hat seinen Kiefer durchbohrt. Papa packt ihn mit einer Hand und windet ihm den Haken aus dem Maul. Ich hoffe, dass Fische keinen Schmerz empfinden. Gott sei Dank zappelt der Fisch noch, als Papa ihn wieder in den Teich wirft. Ich kann sehen, dass er schnell davonschwimmt. Leider, fürchte ich, sind Fische nicht allzu intelligent. Hoffentlich wird er heute nicht noch einmal erwischt. Das würde sein Kiefer wohl nicht aushalten.

Wenige Minuten später ist es schon wieder so weit. Papa holt einen Fisch aus dem Teich, aber einen wesentlich größeren. „Den behalten wir!", ruft er. „Schnell, den Fischschlegel!" Der Fisch landet direkt vor meinen Füßen. Ich habe keine Ahnung, was ein Fischschlegel ist oder wo er sich befindet. Der Fisch krümmt und windet sich, schleudert sich selbst in die Luft. „Fix noch einmal!" Papa flucht, weil ich wie gebannt den Todeskampf des Fisches beobachte. Der ist allerdings schnell vorbei, als Papa selbst nach einem Holzprügel greift, der neben seinem Rucksack liegt, und dem Fisch mehrmals auf den Kopf schlägt. Jetzt rührt er sich nicht mehr. Ich habe noch nie ein Tier sterben sehen, und ich bin mir auch nicht sicher, ob es wirklich zu einem richtigen Mann gehört, dass man Fische umbringt oder zumindest dabei zuschaut. „Ein Prachtbursche!“ Papa versucht, mir den Fisch auf die Hände zu legen, aber ich zucke zurück. „Der kommt heute Abend in die Pfanne!“ Ich reiße mich zusammen, um nicht zu würgen.

Wenig später schmeißt mir Papa wieder einen Fisch vor die Füße. „Jetzt du! Den Haken heraus und wieder hineinwerfen! Der ist zu klein!“ Ich gerate in Panik, drehe mich um, schnappe meinen Ölprinzen und renne zu meinem Fahrrad. Mit Tränen in den Augen trete ich in die Pedale, um den Weiher möglichst schnell aus den Augen zu verlieren. Ich ärgere mich ein bisschen über mich, weil ich Papa enttäuscht habe. Vielleicht muss ich ihm doch etwas über den Busen der Gehbauer Ulli erzählen, damit er keine Angst mehr davor hat, dass ich ein warmer Bruder werden könnte.

Das Fischessen am Abend wird leider auch keine gelungene Veranstaltung. Mama flucht, während sie den Fisch zerlegt, weil er so viele Gräten hat. Ich muss die ganze Zeit daran denken, wie mich der Fisch aus traurigen Augen angestarrt hat, als er noch am Leben war. Als ich mein Stück Fisch auf den Teller bekomme, ist er fast schon kalt, weil das Zerlegen so lange gedauert hat. Ich fange einmal mit den Kartoffeln an, während Papa schwärmt. „Oh, so etwas Gutes, so ein selbst geangelter Fisch, sowas bekommt man in keinem Gasthaus!“ Dann muss er den Mund halten, um sich die Gräten herauszuholen, die zwischen seinen Zähnen hängen geblieben sind. Uschi isst sowieso keinen Fisch, zumindest keinen, den man erst von seinem Skelett befreien muss. Mama hat ihr ein paar Fischstäbchen gemacht. Weil Uschi ausgesprochen heikel ist, isst sie auch keine Bratkartoffeln, sondern nur Kartoffelpüree, das Mama auch extra hat machen müssen. Schließlich stecke ich mit Todesverachtung ein Stück Fisch in den Mund, eigentlich nur, um Papa eine Freude zu machen. „Vorsicht mit den Gräten!“, mahnt Mama, doch es ist schon zu spät. Ich habe eine Gräte im Hals stecken und bekomme keine Luft. Mama und Papa sehen mich entsetzt an, als ich zu röcheln beginne. Gott sei Dank muss ich husten, und die Gräte löst sich. Samt einem halb gekauten Brocken Fisch landet sie auf meinem Teller. Mama kommt zu mir, hockt sich hin und streicht mir über die Wange. „Ist es wieder gut? Alles gut?“, fragt sie.

Papa wirft sein Besteck hin. „Das ist genau das, was ich meine! Dieses Verzärteln, dieses affige Getue! So, als wäre er noch ein Baby! Wie soll denn da ein Mann aus ihm werden?“ „Er wäre fast erstickt!“, giftet Mama zurück. So schlimm, denke ich, war es auch wieder nicht. Es hat ja nur ein paar Sekunden gedauert, und ich weiß gar nicht mehr, ob ich wirklich keine Luft bekommen oder mir das nur eingebildet habe. „Beim Militär werden sie ihm die Faxen schon austreiben!“, knurrt Papa. Das ist anscheinend seine letzte Hoffnung. Wenn man 18 ist, muss man für neun Monate zum Militär. Zivildienst gibt es nicht, und wenn man den Wehrdienst verweigert, kommt man ins Gefängnis. Mama kontert Papas Vorstellungen vom Militär meistens damit, dass ich wegen meiner Kurzsichtigkeit hoffentlich untauglich sei. Heute aber verzichtet sie darauf.

Jedenfalls ist das Essen beendet, ich ziehe mich zum Ölprinzen in mein Zimmer unter dem Dach zurück, höre aber noch längere Zeit die aufgebrachten Stimmen unten in der Küche, untermalt von Geschirrklappern, weil sie die Küchentür offen gelassen haben. Ich hoffe, dass Papa einsieht, dass weder Fußball noch Fischen etwas für mich sind.

# 12 Das Telefon

*Auf dem Foto trug er eine Brille, die ein wenig schief saß. Er erinnerte sich noch genau an sie, jede neue Brille war ein teurer Spaß gewesen, denn die Krankenkasse hatte nie die gesamten Kosten bezahlen wollen. Anscheinend rechnete man nicht mit Kindern, die so stark kurzsichtig waren wie er. Und er erinnerte sich auch daran, warum sie so schief gesessen war. Nach der Reparatur am Heiligen Abend, als seiner Mutter die Hand ausgerutscht war, hatte sie nicht mehr richtig gepasst, denn der Optiker hatte nicht genau den gleichen Ohrenbügel zur Verfügung gehabt wie beim Original. Und so hatte er einen anderen montiert und dafür einen großzügigen Rabatt gewährt, was den Eltern auch ganz recht gewesen war. Er hatte, so erinnerte er sich, ziemlich viel leiden müssen in der Schule. Die Lehrer und das Lernen, das waren seine geringsten Probleme gewesen, ausgenommen den sadistisch veranlagten Turnlehrer Wolf. Seine Mitschüler waren es gewesen, die ihm zumindest zeitweise die Hölle heißgemacht hatten. Der Dicke mit der dicken Brille war halt von vornherein ein Opfertyp gewesen, und dass er ständig mit seinen intellektuellen Leistungen geglänzt hatte, war das Tüpfelchen auf dem i gewesen. Wahrscheinlich wäre es wirklich gescheiter gewesen, Fußball zu trainieren, anstatt die ganze Dorfbibliothek von vorne bis hinten und von oben bis unten so lange zu lesen, bis er jedes Kinderbuch fast auswendig kannte. Auf der anderen Seite hatte es ihm im Leben auch viel geholfen, dass er in der Jugend abgehärtet worden war und nicht ständig jemanden brauchte, der ihn bewun-*

*derte oder wenigstens wahrnahm. Er hatte gelernt, gut mit sich allein zurechtzukommen.*

Es ist so weit. Wir bekommen ein Telefon. Als ich von der Schule nach Hause komme, steht ein Auto von der Post vor der Tür. Drinnen sind gerade zwei Monteure damit beschäftigt, im Vorzimmer einen grauen Kasten an die Wand zu schrauben. „Was ist denn das?", frage ich. „Da ist das Relais drin, für den Viertelanschluss. Wenn es klickt, dann telefoniert gerade jemand anderer. Das bleibt so lange, bis ein ganzer Anschluss frei wird. Kann dauern." Der Monteur hat eine qualmende Zigarette im Mundwinkel hängen. Wahrscheinlich weiß er nicht, dass unsere Eltern auf die Terrasse gehen, um zu rauchen. Mama sagt, sie will nämlich nicht jede Woche die Vorhänge waschen oder das Sofa shampoonieren. Es dauert nur eine halbe Stunde, dann bringen die Monteure den Apparat herein und platzieren ihn auf der Kommode im Vorzimmer. Das Telefon ist groß, schwer, schwarz und hat eine Wählscheibe. Die Arbeiter verbinden ein Kabel mit dem grauen Kasten an der Wand und heben den Hörer ab. „Funktioniert!", sagt der eine mit der Zigarette, als ein Dauerton aus dem Hörer ertönt. Er wählt eine Nummer. „Hallo, servus. Ja, Test. Der Apparat hat die Nummer 3643. Kannst du kurz einmal zurückrufen?" Er legt wieder auf, kurz danach klingelt das Telefon laut und durchdringend. Der Arbeiter hebt noch einmal ab, während die gesamte Familie Niedermayr andächtig um ihn herumsteht und das neue Gerät bestaunt. „Passt!", sagt der Arbeiter nur und legt auf. „Wollt ihr noch einen Schnaps? Oder ein Bier?", fragt Mama, denn Arbeiter, die ins Haus kommen, werden grundsätzlich mit alkoholischen Getränken versorgt, das ist so Brauch. „Gern, gnädige Frau!", sagt der ohne Zigarette. „Darf auch ein Schnaps und ein Bier sein!" Er lacht über seinen gelungenen Scherz.

Kurz darauf stehen Uschi und ich alleine, dafür umso andächtiger vor dem Telefon. „Jetzt könnten wir wen anrufen!“, sage ich. „Oma?“, fragt Uschi. „Erstens wohnt Oma über uns!“ Ich deute hinauf. „Da brauchst du kein Telefon. Und, was glaubst du, was für ein Telefon würde bei Oma läuten? Hm?“ „Ach so!“, sagt Uschi. „Da würde ja die Oma auch ein Telefon brauchen, damit wir sie anrufen können.“ Manche Einsichten sickern eben bei ihr wirklich nur sehr gemächlich durch. „Und die Neustädter Omi?“, fragt Uschi. Manchmal hat sie auch helle Momente. Die Neustädter Omi ist Mamas Mutter, und die hat tatsächlich ein Telefon. Da trifft es sich ausgezeichnet, dass Mama schon vorsorglich ein Telefonverzeichnis angelegt hat, noch lange bevor wir ein eigenes Telefon hatten. Und das liegt gleich neben dem neuen Apparat. Omis Nummer ist lang, denn man muss auch noch eine Vorwahl wählen. „Ich will!“, sagt Uschi. „Nichts da!“ Das wäre ja noch schöner, wenn sie, die nicht einmal versteht, wie ein Telefon überhaupt funktioniert, den ersten Anruf machen dürfte. Aus der Küche höre ich die Stimmen der Arbeiter, die angeregt mit Mama plaudern. Kein Wunder, dass es so lang dauert, bis man ein Telefon bekommt, wenn die Monteure die meiste Zeit damit verbringen, mit der Hausfrau Bier zu trinken.

Mein Herz klopft, als ich die erste Nummer drehe. Doch dann geht es immer schneller, und tatsächlich, nachdem ich die letzte Nummer gedreht habe, ertönt ein so lauter Ton aus dem Hörer, dass ich zusammenschrecke. Dreimal, viermal tutet es. Womöglich ist die Omi gar nicht zu Hause. Doch da, plötzlich klickt es in der Leitung. „Ja, Hauser hier! Wer spricht?“ „Ich!“, sage ich, denn ich bin erstens überrascht, dass sie doch noch abgehoben hat, und zweitens völlig unerfahren im Telefonieren. „Wer ist ich?“, fragt Omi, schon ein bisschen ungeduldig. „Der Sigi. Aus Kastenkirchen. Wir haben jetzt auch ein Telefon!“ „Ich will auch, ich will auch!“, plärrt Uschi neben mir. „Ihr wisst aber schon, dass Ferngespräche teuer sind! Die macht man am Abend, nach sieben! Da kosten sie nur die Hälfte! Hat euch die Mama das erlaubt?“ Ich reiche den Hörer schnell an Uschi weiter, die aber so laut hineinschreit, als müsse sie die Omi ohne Unterstützung eines Telefons erreichen. Ohne überhaupt einmal hinzuhören, erzählt sie Omi, was sie heute schon alles gemacht hat und was sie noch machen will und was sie sich vom Christkind wünscht. Wäre Mama nicht aus der Küche gekommen, hätte sie wahrscheinlich auch noch über den Osterhasen zu palavern begonnen. Mama nimmt ihr den Hörer aus der Hand.

„Ja, Mama, wir haben jetzt auch ein Telefon! Ist das nicht wunderbar? Jetzt kannst du mich jederzeit erreichen!“ Weil auch die Omi laut redet, kann ich ihre Antwort verstehen. „Das tät dir so passen, dass ich mir eine ellenlange Telefonrechnung antu! Man muss sparen! Und den Kindern kannst du es auch gleich sagen, dass sie nicht mitten am Tag telefonieren sollen, wo es so viel kostet. Und jetzt legst du am besten gleich auf!“ Omi ist sehr sparsam. Das kommt vom Krieg, sagt Mama, da waren sie so arm, dass man jeden Kreuzer dreimal umdrehen musste, bevor man ihn ausgab. Und das wirkt heute noch nach.

„Da werden wir noch reden müssen!“ Sie droht uns mit dem Finger. „Telefoniert wird nur, wenn man vorher fragt! Und eigentlich braucht ihr überhaupt nirgends anrufen, der Apparat ist für wichtige Gespräche reserviert, für Papa und mich! Dass ihr es gleich wisst!“ Als Mama am Nachmittag stundenlang mit der Hassfurther Kathi und der Hettegger Heidi über den Friseur, das Abendprogramm im Fernsehen und Kochrezepte plaudert, frage ich mich, ob das die wichtigen Gespräche sind, von denen sie geredet hat.

Wenige Tage später allerdings kommt es tatsächlich zu einem bedeutenden Gespräch, und eigentlich bin ich der Anlass dafür.

Herr Professor Zauner, unser Geographielehrer, kann zwar interessant erzählen, weswegen ich seine Geographiestunden nie langweilig finde, aber er hasst es, wenn jemand ungefragt dazwischenredet. Ein Nachteil für mich, denn mir fällt es einfach oft schwer, den mühsamen und umständlichen Gedankengängen meiner Mitschüler zu folgen, und ich platze oft mit Antworten heraus, ohne gefragt worden zu sein. Herr Professor Zauner findet mich deshalb frech und hat mich schon einmal ins Klassenbuch eingetragen. So ein Klassenbucheintrag, hört man von älteren Schülern, scheint eine schlimme Strafe, gleichzeitig aber eine Auszeichnung zu sein. Einmal habe ich zwei Drittklässler auf dem Gang prahlen hören, der eine habe schon acht Klassenbucheinträge, der andere gar zehn, und die 3C sei mit über 100 Einträgen der 3B sowieso uneinholbar voraus. Herr Professor Zauner hat ins Klassenbuch einfach geschrieben „Niedermayr stört durch ständiges Herausrufen den Unterricht", und Frau Professor Schlierberger, unser Klassenvorstand, hat mich nur mitleidig angesehen und geseufzt, als sie den Eintrag gelesen hat.

In der Geographiestunde also geht es um die Landeshauptstädte Österreichs und um die Bundesländer ganz generell. Der Herr Professor wiederholt den Lehrstoff durch Fragen an uns und verteilt für die Antworten Plus und Minus in der Mitarbeitsliste. Ich komme leider nur einmal dran, muss ihm die Hauptstadt Vorarlbergs nennen und füge meiner Antwort ungefragt die Information hinzu, dass Vorarlberg außer Wien das einzige Bundesland ist, das eine Grenze zu nur einem anderen Bundesland hat. Vorarlberg grenzt nur an Tirol, während Wien nur an Niederösterreich grenzt. Ich frage noch nach, ob ich vielleicht die drei größten Städte Vorarlbergs nennen soll, denn auch die haben wir aufgeschrieben. Etwas entnervt schüttelt der Herr Professor den Kopf. „Wenn du dich auch nur einmal darauf beschränken könntest, ausschließlich meine Frage zu beantworten! Wir wissen ja ohnehin schon alle, dass der Niedermayr alles weiß!“ Er seufzt und blickt mich kopfschüttelnd über den Brillenrand hinweg an. Leider bringt sich in diesem Moment der Fritz selbst ins Spiel, indem er so laut, dass es jeder in der Klasse hören kann, „Niedermayr Klugscheißer!“ flüstert. Das Gelächter der Klasse ist ihm sicher.

Der Herr Professor tritt zu ihm hin. „Na, wenn du glaubst, alles kommentieren zu müssen, dann sag mir doch einmal die Landeshauptstadt von Kärnten!“ Der Fritz legt einen Finger an die Lippen und gibt nur ein „Äääh, ähhh!“ von sich. „Steh auf!“, herrscht ihn der Herr Professor an, dass er zusammenzuckt. Wir haben nämlich aus Respekt vor den Lehrern grundsätzlich aufzustehen, wenn wir angesprochen werden. Der Herr Professor Zauner nimmt das sehr genau. „Also, die Landeshauptstadt von Kärnten?“ Der Fritz steht auf, ohne seinen Finger vom Mund zu nehmen. Unter dem Fingernagel zeigt sich eine breite schwarze Kruste. Er dürfte sich schon längere Zeit nicht mehr die Hände gewaschen haben. „Aääh, ähhh!“, tönt es wieder. „Na, ‚Äh‘, das gibt es nicht. Oder kennt ihr das vielleicht in Nadlwang?“, ätzt Professor Zauner. „Graz!“, flüstert einer von hinten. Brav wiederholt der Fritz: „Graz?“ Alles kichert, der Herr Professor schüttelt den Kopf. „Wie kann man nur so dämlich sein, Brunnhuber, dass man den Blödsinn, den der Furtner von hinten einsagt, auch noch wiederholt?“ Ich kann es auch nicht fassen, dass es überhaupt möglich ist, sich die neun Landeshauptstädte Österreichs nicht zu merken. Erstens sind sie im Atlas auf der Österreichkarte leicht zu finden, weil sie hervorgehoben sind, und zweitens haben wir eine Liste der Bundesländer und ihrer Hauptstädte ins Heft geschrieben, allein schon deshalb kann man sie fast auswendig.

„Also? Die Landeshauptstadt von Kärnten?“, wiederholt Herr Professor Zauner. „Klagenfurt!“, entschlüpft es mir, ohne dass ich das bewusst getan oder auch nur überlegt habe. Die Antwort schießt einfach aus mir heraus, ohne dass ich es kontrollieren kann. „Möchtest du noch einmal ins Klassenbuch, Niedermayr?“, stellt mir der Herr Professor eine rein rhetorisch gemeinte Frage, dennoch schüttle ich den Kopf und spüre, wie ich rot anlaufe. „Kannst du mir wenigstens die neun Bundesländer aufzählen?“, fragt der Herr Professor den Fritz noch. Der nimmt den Zeigefinger der rechten Hand zu Hilfe und tippt auf die Finger der linken, während er aufzählt. „Oberösterreich, Niederösterreich, Steiermark, Salzburg, Tirol ...“ Dann stockt er, um gleich darauf noch einmal von vorn zu beginnen. „Oberösterreich, Nieder ...“ „Neun sind es, nicht fünf!“, donnert der Herr Professor. „Was glaubst du, wofür reichen fünf Bundesländer, na wofür?“ Er lässt dem Fritz keine Zeit, zu antworten, der aber offensichtlich ohnehin keine Lust dazu verspürt. „Für einen Fünfer! Setzen!“, brüllt der Herr Professor und begibt sich kopfschüttelnd wieder hinter seinen Katheder.

Nach der Stunde macht der Fritz natürlich mich für seine Niederlage verantwortlich. „Wart nur! Nach der Schule!“, zischt er mir zu, als er an meinem Platz vorbeigeht. „Aahh!“, schreie ich, weil ein plötzlicher Schmerz meinen Oberschenkel durchzuckt. Der Fritz muss mir im Vorbeigehen mit der Spitze seines Zirkels in den Oberschenkel gestochen haben. „Ich möchte nicht in deiner Haut stecken!“, sagt der Herbert, während ich meinen Oberschenkel mit beiden Händen umklammere, weil er so wehtut.

Nach der letzten Stunde verabschiedet sich der Herbert gleich von mir. „Ich muss heute ... zum Arzt!“, stottert er und verschwindet in die Richtung zum Busbahnhof. Dort muss er zwar zwanzig Minuten länger auf den Bus warten als auf den Zug am Bahnhof, aber der Herbert ist ein Feigling und will auf keinen Fall in die Strafaktion der Nadlwanger gegen mich verwickelt werden. Sicherheitshalber wähle ich einen Umweg zum Bahnhof, leider aber stellt sich heraus, dass die Nadlwanger abgewartet haben, bis ich mich auf den Weg mache, und mir gefolgt sind. Als ich an einer Reihe von Garagen vorbeikomme, stößt mich plötzlich jemand zur Seite, und ich knalle schmerzhaft gegen ein Garagentor. Ich schaue um mich, keine Erwachsenen sind zu sehen, die mir helfen könnten. Die Nadlwanger sind zu dritt. Der Fritz, der Toni und der Alexander.

„Jetzt gibt es die Strafe! Dafür, dass du ständig dein Maul aufreißt! Klugscheißer!“ Fritz kommt langsam auf mich zu, ich drücke mich an das Garagentor. „Klugscheißer! Klugscheißer!“, wiederholen die beiden anderen. Der Fritz schlägt mir ein paarmal mit der Faust ins Gesicht, während ich verzweifelt versuche, meine Brille mit den Händen zu schützen. Danach verpasst er mir einen Eisenbahner. „Klugscheißer, Klugscheißer!“, intonieren sie wieder im Chor. Ihr Wortschatz scheint weder groß noch originell zu sein. Meine Nase und meine Wangen brennen, ich spüre irgendetwas über mein Gesicht laufen, wahrscheinlich ist es Blut. „Hilfe!“, schreie ich. „Hilfe, Hilfe!“ Der Fritz baut sich vor mir auf und spuckt mir ins Gesicht. Ich wische die Spucke mit meinem Ärmel weg, so gut es geht. Das ist so ekelhaft! An meinem Ärmel klebt Blut. „Schneller!“, sagt der Alexander. „Bevor jemand kommt!“ Der Fritz reißt mir die Schultasche vom Rücken, öffnet die Klappe und leert alle Schulsachen auf den Boden. Dann trampeln die drei grölend darauf herum. „Nimm ihm die Brille!“, kommandiert der Fritz. Der Toni zögert. „Mach schon!“, setzt der Fritz nach. Der Toni reißt mir die Brille vom Gesicht. Ich sehe nur mehr verschwommen. „Hallo, ihr da? Was macht ihr da?“, höre ich eine Stimme, dann ein Klirren. Anscheinend hat der Toni meine Brille weggeworfen, und sie ist zerbrochen. Die drei ergreifen die Flucht.

„Was haben die denn mit dir gemacht?“ Eine Frau ist anscheinend aus einem der Haustore auf die Straße getreten und hat uns gesehen. „Ich seh nichts mehr!“, schluchze ich. „Meine Brille!“ „Um Gottes willen!“, sagt die Frau. „Ich schau gleich.“ Ich sinke zu Boden. „Da ist sie!“ Die Frau drückt mir die Brille in die Hand. Ein Bügel ist abgebrochen und ein Glas ist zersplittert, sitzt aber noch in der Fassung. Die Brille wackelt, aber ich kann sie aufsetzen. Die Frau hält ein Taschentuch in der Hand und tupft mir das Gesicht ab. „Ist nicht so schlimm. Das Nasenbluten hört sicher gleich auf. Da, nimm!“ Sie drückt mir ein frisches Taschentuch in die Hand. „Jetzt sammeln wir deine Sachen auf, komm!“ Die Bücher sind schmutzig, die Hefte zerknittert und manche zerrissen. Die Federschachtel ist noch zu, aber mit einem schmutzigen Schuhabdruck verziert. „Soll ich deine Eltern anrufen? Oder die Schule? Ich wohne gleich da oben!“ Sie deutet auf eines der Fenster im Wohnblock hinter uns. Ich schüttle den Kopf, stopfe meine Sachen so schnell wie möglich in die Tasche und mache mich heulend auf den Weg zum Bahnhof, damit ich wenigstens meinen Zug erwische.

Dort versuche ich, möglichst unauffällig aufzutreten, damit sich nicht auch noch andere über mich lustig machen. Das Taschentuch ist zum Glück kaum mehr blutig, dennoch schmerzt meine Nase. Viel stärker aber ist noch die Wut darüber, dass ich keine Chance hatte, mich zu wehren. „Ich habe für dich gebetet!“, sagt plötzlich jemand. Der Herbert ist an meiner Seite aufgetaucht. Hat er also doch noch zum Bahnhof gefunden. Womöglich hat er das Strafgericht der Nadlwanger sogar beobachtet, zutrauen würde ich es ihm.

„Es hätte ja keinen Sinn gehabt, wenn sie mich auch noch verprügelt hätten." „Das Beten hat aber nichts geholfen!", schnauze ich ihn an. „Schau dir meine Brille an!" Ich hole das ramponierte Gestell von meiner Nase und betrachte das zersplitterte Glas. „Was das wieder kosten wird!", jammere ich. „Wie soll ich denn das meinen Eltern erklären?"

„Was ist denn mit euch los?", mischt sich plötzlich jemand ein. „Zeig einmal deine Brille!" Es ist die Gehbauer Ulli. Das ist mir entsetzlich peinlich. „Ja, weißt eh!", versuche ich es mit einer Ausrede. „Beim Fußball, im Tor ..." Ich versuche, ganz lässig zu wirken. „Ist gar nicht wahr! Die Nadlwanger haben ihn verprügelt und ihm die Brille zerbrochen!", platzt es aus dem Herbert heraus. Ich schüttle energisch den Kopf. „Jetzt gib halt Ruhe!" Was weiß denn der Herbert, wie schwer es mir fällt, vor der Gehbauer Ulli meine Niederlage einzugestehen. Wo ich sie doch heimlich verehre. Die Ulli gibt mir die Brille zurück. „Das darfst du dir nicht gefallen lassen, Sigi! Du musst mit jemandem reden. Jemandem, der mit den Nadlwangern fertigwird. Oder ihr müsst euch zusammenschließen. Wenn ihr zu dritt oder zu viert seid, trauen sie sich nicht." Ich sehe den Herbert an. „Wir sind aber nur zu zweit!", erklärt ihr der. „Und was ist mit dem Dicken?", fragt die Ulli. Ich zucke mit den Schultern. „Der hat auch keine Lust zum Raufen", antworte ich.

Als ich zu Hause die Haustür aufmache, habe ich beschlossen, die Sache herunterzuspielen und die Wahrheit nur langsam, in abgeschwächter Form wiederzugeben. Ich muss es so hinkriegen, dass weder ich noch die Nadlwanger als Schuldige am Brillenbruch dastehen. Sonst wird es noch schlimmer. „Mama!", sage ich. „Es ist ... die Brille." Mein Tonfall hat sie schon alarmiert.

„Um Gottes willen!" Mama erfasst die Situation mit einem Blick. „Du hast gerauft! Warum machst du denn so etwas! Du weißt doch, dass du bei Raufereien immer den

Kürzeren ziehst! Und deine Brille! Oh Gott, oh Gott!“ Sie zieht die Brille von meiner Nase. „Was das wieder kosten wird! Du musst besser darauf aufpassen! Wir haben ja keinen Geldscheißer!“ Mama muss wohl sehr aufgeregt sein, wenn sie zu solchen Wörtern greift, die ihr normalerweise nicht über die Lippen kommen.

In Raufereien unter Buben, und manchmal auch Mädchen, mischen sich die Erwachsenen nicht ein, weil sie glauben, dass das Raufen zum Erwachsenwerden dazugehört. So auch die allgemeine öffentliche Meinung. Dass es bei solchen Raufereien meistens doch solche gibt, die eher in die Täterrolle, und solche, die eher in die Opferrolle schlüpfen, wird in der öffentlichen Diskussion ignoriert. Zumindest, soweit Väter betroffen sind. „Musst du halt zurückhauen!“, würde Papa sagen, wenn er schon zu Hause wäre. Und sich höchstens darüber mokieren, dass ich nicht stark und trainiert genug bin, um es mit ein paar halbstarken Nadlwangern aufzunehmen. Von ihm ist keine Hilfe zu erwarten. Mütter sehen das, zu meinem Glück, ein wenig differenzierter.

Mama drückt mich auf einen Küchenstuhl, ich höre sie am Waschbecken hantieren, sehen kann ich ja ohne Brille nicht viel. Sie kommt mit einem lauwarmen, feuchten Waschlappen und wischt mir vorsichtig das Gesicht ab. „Au!“ Die Oberlippe brennt. Sie ist anscheinend auch aufgeplatzt. „Und jetzt erzähl einmal, was eigentlich passiert ist!“ Noch bevor ich mir eine Antwort zurechtlegen kann, platzt die Uschi in die Küche. „Was ist denn mit dem Sigi?“ „Gerauft hat er!“, antwortet Mama, während sie weiter fast zärtlich mit dem Waschlappen über Stirn, Nase und Wangen wischt. Die Uschi steht mit offenem Mund da. So viel kann ich sogar ohne Brille erkennen. „Bekommt er jetzt eine Strafe? Fürs Raufen?“ Ich weiß nicht, was mit meiner Schwester los ist. Woher hat sie diese sadistische Ader? „Du bekommst eine Strafe! Wenn du nicht sofort verschwindest! Denk an deine Puppe!", schreie ich. Meine Oberlippe beginnt wieder zu brennen, während sich Uschi davonmacht. „Sch, sch!", versucht Mama, mich zu beruhigen, wie man es mit einem kleinen Kätzchen machen würde. „Was ist jetzt eigentlich passiert?", wiederholt sie ihre Frage. Sie seufzt und setzt mir den Rest meiner Brille, den sie auch geputzt hat, wieder auf die Nase.

Ich zucke mit den Schultern. „Einer von den Nadlwangern hat mich geschubst, und ich bin hingefallen", erkläre ich. Nicht, dass meine Mutter auf die Idee kommt, sich bei der Mutter vom Fritz zu beschweren. Sie zieht die Stirn in Falten. „Genauer, bitte! Warum hat er dich geschubst, und wo ist das Ganze passiert? In der Schule? Denn dann ..." Ich winke ab. „Wahrscheinlich war es nicht einmal Absicht. Da sind mir dann die ganzen Schulsachen aus der Schultasche gefallen ..." Mama wartet gar nicht ab, bis ich ausgesprochen habe, und es dauert nicht einmal eine Minute, bis der ganze entstandene Sachschaden offen auf dem Küchentisch liegt. Mama schaltet die Herdplatte ab und stellt das Gulasch beiseite. Ein deutliches Zeichen dafür, was jetzt Priorität hat. „Das Geographieheft – zerrissen. Der Atlas – schau dir bitte diese Ecke da an! Das sieht ja aus, als hätte eine Ratte daran geknabbert." Sie öffnet die Federschachtel. „Oh Gott! Der Zirkel! Weißt du, was ein neuer kostet?" Ich zucke mit den Schultern. „Das kommt doch nicht davon, dass man hinfällt! Das kannst du mir nicht erzählen! Das schaut aus, als wäre jemand darauf herumgetrampelt!" Ich bin erstaunt, wie nahe Mama der Wahrheit schon gekommen ist. „Und schau her! Da ist sogar ein Schuhabdruck auf dem Heft! Willst du nicht endlich mit der Wahrheit herausrücken?"

Mama hält mir den Zirkel und mein Geographieheft entgegen. Der Zirkel ist verbogen, und der eine, der verstellbare Schenkel, ist abgebrochen. Da wird nicht mehr viel zu machen sein. Und auf dem blauen, zerknitterten Umschlag des Geographieheftes prangt unübersehbar ein verschmierter, staubiger Schuhabdruck.

Es dauert nicht lange, bis Mama alle Einzelheiten aus mir herausgequetscht hat. Nur über die Frau, die mir geholfen hat, habe ich bisher nichts verraten, das fehlte noch, dass die auch noch da hineingezogen wird. Energisch begibt sich Mama zum Telefon und holt das dicke, gelbe Telefonbuch in die Küche. „So!", sagt sie und knallt das Buch auf den Tisch.

Wenn man jemanden anrufen will, dessen Nummer man nicht kennt, muss man in dem dicken Wälzer nachsehen, in dem alle Telefonteilnehmer von ganz Oberösterreich verzeichnet sind. „Also, wie heißen die drei?", fragt Mama, die schon die Seite von Nadlwang aufgeschlagen hat. Ich zögere. „Der Fritz, der Toni und der Alex!", erkläre ich. „Die Familiennamen natürlich! Aber flott!" Mama wird ein wenig ungeduldig, die Phase des Bedauerns und Verhätschelns scheint abgelaufen zu sein. „Der Fritz heißt Brunnhuber", seufze ich. Was wird daraus werden, wenn sich jetzt auch noch die Mütter am Telefon bekriegen? Warum mussten wir auch gerade vorige Woche ein Telefon bekommen! Ich hätte es nicht gebraucht. „Der Toni ...", ich gebe vor, zu überlegen, und tippe mir mit dem Zeigefinger aufs Kinn. Da scheint auch eine abgeschürfte Stelle zu sein, die nun brennt. „Bachl, glaub ich ... und der Alex, der heißt Schoißwohl. Ich weiß aber nicht, wie man das schreibt." Was hätte ich machen sollen? Mein Schicksal ist besiegelt. Ich werde in die Hauptschule nach Kastenkirchen wechseln müssen, denn nach Seeklausen trau ich mich sicher nicht mehr.

Mama notiert sich bereits Namen und Nummern auf einem Zettel. Dann geht sie ins Vorzimmer. Ich starre den

Kochtopf an, in dem das Gulasch auskühlt, aber immer noch duftet. Lügen wäre viel gescheiter gewesen, aber ich habe einfach nicht genug Zeit gehabt, mir eine wirklich plausible Geschichte auszudenken, die alle Schäden erklärt, die an mir und meinen Schulsachen entstanden sind. Ich stehe auf und horche an der Küchentür. Die Brille wackelt, ich muss sie mit einer Hand festhalten. Durch das zersplitterte Glas kann ich nur wenig sehen.

„Ja, grüß Gott!“, sagt Mama. Man kann schon an ihrem Ton hören, dass sie bereit ist, zum Angriff überzugehen. „Hier spricht Niedermayr, Kastenkirchen. Ihr Sohn Fritz geht in Seeklausen ins Gymnasium, mit meinem Sohn Siegfried? Ja, genau.“ Mama macht eine Pause und nickt. „Folgendes: Ihr Sohn Fritz hat heute auf dem Schulweg meinen Sohn geschlagen, ihn verletzt und seine Brille und seine Schulsachen kaputt gemacht. Dafür werden Sie natürlich aufkommen.“ Ich sehe, dass Mama schwer atmet, ihr Busen hebt und senkt sich in raschem Wechsel. Ein Zeichen, dass die Sache sie ziemlich aufregt. Eine Weile hört sie zu, dann schüttelt sie mehrmals den Kopf. „Nein!“, sagt sie. „Nein, ganz bestimmt nicht!“

Ich husche durch das Vorzimmer und laufe die zwei Stiegen hinauf ins Dachgeschoß. Ich will gar nicht hören, was zwischen den beiden Frauen noch gesprochen wird. Ungefähr zehn Minuten später schreit Mama durchdringend. „Sigi!“ Ich lege seufzend meinen Ölprinzen beiseite und trotte nach unten. Das Gulasch und die Teller stehen auf dem Tisch. „Jetzt wird erst einmal gegessen!“, verkündet Mama.

Während des Essens herrscht gedämpfte Stimmung, nicht einmal Uschi sagt etwas. Danach wird sie in ihr Zimmer geschickt. „So!“, sagt Mama, nachdem sie den Tisch abgeräumt hat. „Die Frau Brunnhuber behauptet, ihr Fritzi hat überhaupt nichts gemacht, und überhaupt ist er das netteste und friedlichste Kind, das keiner Fliege was zuleide tut." Ich pruste durch die Zähne. „Der sekkiert mich seit dem Schulanfang! Und außerdem ist er strohdumm! Er hat nicht einmal die Bundesländer gekannt!" Mama seufzt. „Interessanter wird es beim Alexander Schoißwohl. Der hat anscheinend gleich zu heulen begonnen und behauptet, der Fritz und der Toni hätten das alles getan, er ist nur zufällig dabei gewesen." „Der Fritz hat mich geschlagen", präzisiere ich, „und dann hat er dem Toni gesagt, er soll mir die Brille wegnehmen. Und auf meine Schulsachen gestiegen sind sie alle drei." Als Papa nach Hause kommt, wird er von Mama ins Bild gesetzt. „Warum musst du dich unbedingt da einmischen, wenn sich die Kinder ein bisschen in die Haare kriegen?", meint er nur. „Der soll halt lernen, sich selber zu verteidigen! Da wird er wenigstens ein richtiger Mann!" „So?", sagt Mama und holt den kaputten Zirkel, um ihn Papa unter die Nase zu halten. „Und ein richtiger Mann zückt dann hoffentlich auch gleich die Brieftasche, um einen neuen Zirkel zu kaufen, oder?"

Papa setzt die Bierflasche an den Mund und nimmt einen langen Zug, um nicht gleich antworten zu müssen. Schließlich setzt er ab und wischt sich mit dem Handrücken über den Mund. „Ich hab ja gleich gesagt, dass wir ihn in die Hauptschule tun sollen!", kontert er. „Ach so?" Mamas Stimme wird schrill. „Und du glaubst, in der Hauptschule braucht man keinen Zirkel, oder was?" „Ich kann mich an keinen erinnern!" Papa setzt neuerlich die Bierflasche an, und ich räume das Feld. Diese Debatten helfen mir keinen Zentimeter weiter. Leider höre ich auch noch zwei Etagen höher, dass der Streit noch länger andauert.

Am nächsten Morgen zittere ich schon, als ich am Bahnhof aus dem Zug aussteige. Immer wieder drehe ich mich um und schrecke zusammen, wenn ich ein ungewohntes Geräusch höre. Der Herbert ist auch keine große Hilfe.

„Die werden dich zu Mus verarbeiten, wenn sie dich erwischen!", kündigt er an. Fast hat man das Gefühl, er freut sich darauf. „Halt den Mund!", schnauze ich ihn an. „Was bist denn du für ein Freund? Wenn du noch einmal so einen Schwachsinn von dir gibst, dann behaupte ich einfach, du hast meiner Mutter alles erzählt! Dann hängst du mit drin!" Der Herbert wird blass und faltet die Hände. „Das wäre aber dann eine Sünde, das müsstest du beichten! Achtes Gebot – du sollst nicht falsch gegen deinen Nächsten aussagen!" „Ist mir egal. Dann beichte ich es halt. Na und? Trotzdem werden dir die Nadlwanger eine gründliche Abreibung verpassen. Glaubst du, die überprüfen das erst, bevor sie dich abwatschen?" Der Herbert wimmert. „Bitte, tu das nicht! Ich ... ich ..." Er weiß offenbar nicht, was er mir als Gegenleistung versprechen könnte. Inzwischen sind wir in der Schule angelangt, in der Garderobe ist nichts von den Nadlwangern zu sehen, und als ich vorsichtig in die Klasse schleiche, sitzen alle drei auf ihren Plätzen und versuchen krampfhaft, mich zu übersehen.

Als die Frau Professor Schlierberger hereinkommt, trägt sie zwei steile senkrechte Falten auf der Stirn spazieren. „Brunnhuber, Bachl, Schoißwohl, zum Herrn Direktor! Und zwar dalli!" Der Fritz wirft mir noch einen Blick zu, der mich erschauern lässt, bevor er zur Tür hinausschleicht. Nicht zuletzt deswegen, weil er selbst heute übel aussieht – eine Platzwunde unter der Augenbraue und eine blutunterlaufene Stelle unter dem Auge. Wer mag ihm das angetan haben? Mir ist mulmig zumute. Was, wenn die drei dem Herrn Direktor Lügen auftischen und am Ende behaupten, ich hätte den Fritz so zugerichtet?

Die drei tauchen nicht wieder auf, und am Ende der Stunde hält mich die Frau Professor Schlierberger an der Tür an. „Wir gehen jetzt auch zum Direktor. Aber vorher will ich mir deine Geschichte anhören. Komm mit!" Ich dackle hinter ihr her und fühle mich, als wären wir auf dem Weg zu meiner Hinrichtung. Die Frau Professor hält die Tür zum Elternsprechzimmer auf. Drinnen stinkt es nach Rauch, und die Frau Professor zündet sich auch gleich eine Zigarette an, nachdem sie sich hingesetzt hat. Sie schlägt die Beine übereinander und deutet auf den Sessel ihr gegenüber. „Ich höre!"

Ich beginne stotternd und umständlich von der Geographiestunde zu erzählen, wo die Angelegenheit ihren Anfang genommen hat. Die Frau Professor beugt sich vor und bläst mir Zigarettenrauch ins Gesicht. „Hör zu, Niedermayr. Ich weiß, wie gut und zusammenhängend du reden kannst. Ich weiß auch, dass du normalerweise einen Blick für das Wesentliche hast. Also führ mich hier nicht an der Nase herum!" Ich sehe ein, dass mein Gestammel zwecklos ist, und erzähle die Geschichte so, wie ich sie gesehen habe. „Würdest du die Frau wiedererkennen, wenn du sie siehst? Die, die dir geholfen hat?" Ich nicke. „Dann gehst du mit mir nach dem Unterricht zu dem Wohnblock mit diesen Garagen." Warum quält sie mich? Ich will doch nichts als meine Ruhe.

In der nächsten Stunde, Englisch, ist der Fritz immer noch nicht da, der Alex und der Toni sitzen mit gesenkten Köpfen in ihren Bänken und geben keinen Ton von sich. Nicht einmal in der nächsten Pause verfolgen sie mich. Der Fritz taucht nicht wieder auf. Langsam macht sich in mir leiser Triumph breit. Nach dem Unterricht stehe ich mit der Frau Professor vor der Haustür, neben der sich acht Klingelknöpfe befinden. „Wie alt war die Frau denn ungefähr?", fragt die Frau Professor. Ich zucke mit den Schultern. „So alt wie Sie?", meine ich vorsichtig. Mir fällt es sehr schwer, das Alter Erwachsener zu schätzen. Plötzlich fällt mir noch etwas ein. „Sie hat einen Minirock angehabt." „Also eher jünger", schlussfolgert die Frau Professor. Um eine lange Geschichte kurz zu machen, beim vierten Klingelknopf meldet sich die Frau, die gestern die Rauferei beobachtet hat. Beim ersten ist die Frau Professor unfreundlich abgewimmelt worden, beim zweiten hat niemand geantwortet, und beim dritten hat sich eine alte Frau gemeldet. Da habe ich schon an der Stimme erkannt, dass es die nicht war.

„Entschuldigen Sie“, sagt die Frau Professor, als die Frau, mit einem kleinen Kind auf der Hüfte, die Wohnungstür öffnet. „Schlierberger, vom Bundesgymnasium. Haben Sie gestern eine Rauferei vor den Garagen da draußen beobachtet?“ Die Frau nickt. „Als Rauferei würde ich das allerdings nicht bezeichnen. Drei gegen einen? Wie geht’s dir denn?“, wendet sie sich an mich. „Geht schon!“, nicke ich. Es dauert nicht einmal drei Minuten, bis die Frau Professor eine Bestätigung für meine Aussage hat.

„Weißt du“, sagt sie beim Rückweg zur Schule. „Ich würde dir raten, nicht alles, was du weißt, sofort herauszubrüllen. Das kann verletzend für andere sein, auch wenn du es nicht so meinst.“ Ich fühle mich ungerecht behandelt. „Aber der Fritz, der hat doch nicht einmal ...“ Sie nickt. „Das weiß ich ja. Ich möchte dir nur einen Tipp geben, wie du es schaffst, dass du solche Typen nicht gegen dich aufbringst. Letzen Endes zahlst du selber drauf, wie man sieht!“ Sie deutet auf meine notdürftig geflickte Brille. „Und zweitens hat sich herausgestellt, dass der Fritz ... du hast es ja gesehen, heute Morgen. Das war sein Vater. Der Fritz hat es auch nicht leicht.“ Ich spüre, wie Hitze in meine Ohren steigt. Einerseits, denke ich, hat die Frau Professor ja recht. Und irgendwie tut mir der Fritz sogar leid, weil sein Vater nicht nur ausholt, sondern auch durchzieht. Aber andererseits bin ich mir keiner Schuld bewusst, ich habe ja nichts falsch gemacht. Das macht mich so zornig, dass ich die Fäuste balle.

In Kastenkirchen und wohl auch in Nadlwang und sonst wo gilt nämlich die sogenannte „gesunde Watsche" als probates Erziehungsmittel, das von kaum jemandem in Frage gestellt wird. Es gibt leider auch kein Gesetz, das es Eltern verbietet, ihre Kinder zu ohrfeigen. Unser Opa zum Beispiel hat Papa mit dem Gürtel verprügelt, wenn er nicht getan hat, was der Opa wollte. Und er regt sich immer darüber auf, dass wir, die Uschi und ich, nicht täglich ein paar Fotzen bekommen, weil das bekanntlich die Kinder verdirbt. Nicht das Erhalten von Fotzen – also Ohrfeigen – meint er damit, sondern deren Ausbleiben. Und wenn wir schon dabei sind – in der Volksschule hatte ich einmal einen Vertretungslehrer, als unsere Lehrerin auf Kur war. Der hat mich so heftig an den Haaren gerissen, dass meine Brille runtergefallen ist. Meine Eltern haben sich darüber übrigens nicht beschwert, denn dass Lehrer zuschlagen, ist ebenso alltäglich wie prügelnde Eltern.

Der Fritz taucht auch am nächsten Tag nicht mehr auf, gerüchteweise habe ich gehört, dass er abgemeldet worden ist und jetzt in die Hauptschule in Nadlwang geht. Das hat angeblich der Toni dem dicken Holzinger erzählt, und der hat es mir weitergesagt. Der Toni und der Alex schauen mich zwar weiterhin böse an, wenn sie an mir vorbeikommen, aber sie haben sich nicht einmal in der Turnsaalgarderobe an meiner Unterhose vergriffen. Ich allerdings schaffe es noch immer nicht jedes Mal, nur die Fragen der Lehrer zu beantworten und nicht auch noch Ungefragtes hinzuzufügen. Der Herr Professor Zauner hat mir deswegen schon eine schlechte Betragensnote angekündigt.

Bei uns wird nämlich auch das „Betragen", also das Benehmen im Unterricht, mit einer Note beurteilt. Normalerweise bekommt man ein „Sehr gut", wenn man nichts anstellt. Wer unangenehm auffällt, bekommt ein „Gut", was aber eigentlich bedeutet, dass das Betragen gar nicht gut gewesen ist. Und wer wirklich Übles anstellt, der bekommt ein „Befriedigend“, obwohl sein Betragen ganz und gar ungenügend ist.

Worauf wir leider sitzenbleiben, sind die Reparaturkosten für meine Brille und der neue Zirkel. Mama hat zwar noch zweimal bei den Eltern vom Toni und vom Fritz angerufen, aber die haben sofort aufgelegt, als sie ihren Namen genannt hat. „Zur Polizei werden wir nicht gehen“, hat Papa schließlich die Angelegenheit beendet und das Geld auf den Tisch gelegt.

# 13 Einkauf

*In einer der kleinen Schachteln, die er aus dem großen Karton holte, fand er auch Fotos vom Kastenkirchener Stadtplatz. Das war ungewöhnlich, denn normalerweise wurde nur zu besonderen Anlässen fotografiert, wie zum Beispiel Urlaub, Weihnachten, Erstkommunion und so weiter. Gleich beim zweiten Foto wurde der Grund für die Fotos ersichtlich: Papa hatte offenbar beim alljährlichen Kastenkirchener Radkriterium Fotos seiner Helden gemacht. Dafür konnte sich Papa sogar noch mehr begeistern als für Fußball, er hatte auch jahrelang von einem schnittigen Rennrad geschwärmt, das er sich gerne einmal leisten würde. Erst in der Pension konnte er sich dann ein gebrauchtes kaufen. Mama hatte sich jedes Mal Sorgen gemacht, wenn er für Stunden damit verschwunden war, nur mit einem dünnen Radtrikot und einer Schirmmütze ausgerüstet.*

*Interessant waren für ihn die vielen Geschäfte, die man im Hintergrund sah und an die er sich noch erinnern konnte. Da war die Tankstelle, an der man wunderbare Accessoires für Fahrräder erwerben konnte, zum Beispiel eine grün-weiß geringelte Hülle für das Bremskabel oder sogar einen Tachometer. Für die Kabelhülle hatte sein Taschengeld gereicht, für den Tachometer nicht, den hatte er, so erinnerte er sich, nach langem Betteln zum dreizehnten Geburtstag bekommen. Um ihn zu testen, war er auf den nahen Georgsberg, ganz bis hinauf zur Kapelle, getreten, um dann in halsbrecherischem Tempo wieder hinunterzusausen. Bei fünfzig Stundenkilometern hatten nicht nur sein Hemd und das gan-*

*ze Rad, sondern auch die Tachonadel zu flattern begonnen. Dennoch war alles gut gegangen.*

Es muss also ein neuer Zirkel her. Da gibt es in Kastenkirchen ein Schreibwarengeschäft, das von einer uralten Frau geführt wird. Zumindest kommt sie mir uralt vor. Wenn man das Geschäft betritt, dann klingelt es über der Tür, damit die Inhaberin weiß, dass sich ein Kunde in ihren stinkenden Laden verirrt hat. Der Gestank kommt von dem riesigen, im Übrigen aber lammfrommen Hund, der irgendwo im Schatten der Regale weit hinten in einem Korb vor sich hindöst und den Kunden nur durch seine Ausdünstungen und gelegentliches Schnarchen auffällt. Dann tritt man an den Tresen heran und tut seine Wünsche kund. Der Tresen sieht so ähnlich aus wie der an einer Hotelrezeption oder bei der Post. Oder in der Apotheke.

Die Artikel, die man erwerben könnte, befinden sich alle in Schubladen und Regalen hinter dem Tresen und der Inhaberin, für gewöhnliche Sterbliche verborgen und unsichtbar. Man räuspert sich also und tut seinen Wunsch kund, indem man nach einem Zirkel fragt, worauf sich der durchaus bemerkenswert voluminösen Brust der Geschäftsinhaberin ein Stöhnen entringt, das nicht nur obgenannte Brust, sondern sogar ihren fettig schwarz glänzenden Haarknoten zum Erbeben bringt. „So etwas gibt es eigentlich nur zum Schulbeginn!“, herrscht sie einen an, dreht sich gleichzeitig aber um und verschwindet zwischen ihren Schubladkästen, wo man sie einige Zeit herumrumoren, seufzen und stöhnen hört. „Ruhe, Asta!“, kommentiert sie ein kurzes Aufjaulen des Riesenköters. Nach geraumer Zeit taucht sie wieder aus dem Dunkel auf und knallt einen bereits etwas schmierigen und abgegriffenen Pappkarton auf den Tresen. „45 Schilling!“, lässt sie einen wissen. Es ist der einzige Zirkel, den man in Kastenkirchen käuflich erwerben kann.

*Heute waren Schulartikel wie Zirkel Massenware, die man sogar bei jedem Diskonter um einen Taschengeldpreis erwerben konnte. Damals waren es Anschaffungen gewesen, die in der Familie diskutiert werden mussten. Es galt abzuwägen, worauf man wegen des Zirkels verzichten musste. Aber eine Wahl hatten sie nicht gehabt – mangels Fahrzeugs war es nicht möglich, etwa in der Bezirksstadt nachzuforschen, ob man einen Zirkel dort günstiger hätte erstehen können. Als Alternative zum Internet hätte sich noch der Versandhauskatalog angeboten – da aber hätte man einerseits lange warten, andererseits noch die Versandkosten zahlen müssen. Ähnlich verhielt es sich mit Geschirr, Kleidung und Spielwaren – verfügbar war nur, was man im Ort zu kaufen bekam. Abgesehen, eben, vom Versandhauskatalog. Der erschien zweimal im Jahr – im Frühjahr und im Herbst – und trieb die Briefträger zur Verzweiflung, denn am Tag der Auslieferung des Katalogs hatten sie mindestens dreimal so viel zu schleppen wie an einem normalen Tag. Im Versandhaus bekam man alles, was man sich nur vorstellen konnte. Sogar das, was man sich bisher nicht hatte vorstellen können. Alle abgebildeten Waren hatten eine Bestellnummer, die man auf einer Bestellkarte einzutragen hatte. Dann schickte man die Karte per Post an das Versandhaus, und wenig später kam dann der Paketbriefträger mit den Waren und kassierte auch gleich den fälligen Betrag per Nachnahme.*

*Im Versandhaus gab es einfach alles, von Kleidung und Schuhen über Werkzeuge und Sportartikel bis hin zu Geschirr, Waschpulver und Putzlappen. Eine Abteilung hatte ihn damals, als Heranwachsenden, besonders fasziniert. Seine Familie – und wahrscheinlich das ganze streng katholische Kastenkirchen – hatte damals ja ein Problem mit nackter Haut. Bei den Evangelischen, vermutete er, war es allerdings nicht viel anders gewesen. Nackte Haut bekam man bestenfalls im Schwimmbad zu sehen, oder eben im Versandhauskatalog, denn da gab es auch Damenunterwäsche zu kaufen. Und die war natürlich an Modellen abgebildet, die selbige trugen. Er hatte es aufregend gefunden, die Seiten durchzublättern, auf denen Unterkleider, Mieder und Nylonstrümpfe angeboten wurden. Es hatte sogar einen Büstenhalter zu kaufen gegeben, der so tief ausgeschnitten war, dass man die Brustwarzen des Modells sehen konnte, das ihn trug. Eine absolute Sensation. Was auf der gleichen Seite auch noch angeboten wurde, waren zwei verschiedene Massagestäbe, mit denen man sich, wie er der Abbildung entnehmen hatte können, die Wangen massieren konnte. Wozu das allerdings gut sein sollte, hatte er damals sicher nicht verstanden, natürlich aber auch niemanden danach gefragt, weil er ja sonst zugeben hätte müssen, dass er sich die Seiten mit Damenunterwäsche angesehen hatte. Sein Freund, der Herbert, mit dem er die Geheimnisse des Versandhauskatalogs geteilt hatte, war sich sicher gewesen, dass das Betrachten der Seiten eine Sünde sei, die gebeichtet werden musste. Aber in den Beichthilfen in der Kirche war niemals etwas von Versandhauskatalogen oder Damenunterwäsche gestanden, dessen war er sich heute noch hundertprozentig sicher.*

Seit ein paar Monaten gibt es bei uns in Kastenkirchen etwas bislang nie Dagewesenes, nämlich ein Selbstbedienungsgeschäft. Bisher läuft es in jedem Lebensmittelgeschäft auch so ab, wie ich es beim Zirkelkauf beschrieben habe: Man steht hinter einem Tresen, auf der anderen Seite der Verkäufer oder die Verkäuferin, gewöhnlich in einem grauen oder auch blauen Arbeitsmantel. Man gibt bekannt, dass man, beispielsweise, ein Viertelkilo Kaffee möchte. Obwohl – echter Bohnenkaffee zählt für meine Eltern schon zu den Luxusgütern. Viel lieber kaufen sie einen Linde-Kaffee, das ist Kaffeeersatz, ich glaube, hauptsächlich aus Gerstenmalz. Der Linde-Kaffee ist auch für mich von großer Bedeutung, denn in jeder Packung steckt eine Indianerfigur, und meine Sammlung dieser Figuren lässt sich schon sehen. Leider steckt manchmal auch bloß ein Reh oder ein Hündchen drinnen, damit kann ich als Karl-May-Fan eher weniger anfangen. Weiteres Nachfragen von Seiten des Verkäufers erübrigt sich, denn es gibt nur eine Sorte Kaffee. Er verschwindet also hinter den Regalen, kommt mit einer Viertelkilopackung Kaffee wieder zum Vorschein und fragt, ob man ihn gemahlen haben möchte. Bejaht man dies, füllt er den Kaffee in eine elektrische Kaffeemühle, die auf dem Tresen thront, und der Kaffee wird unter Entfaltung eines Höllenlärms, aber in null Komma nichts gemahlen und wieder in die Packung gefüllt. Milch gibt es zwar auch schon in Flaschen zu kaufen, aber wir bringen unser eigenes Milchkännchen mit ins Geschäft und lassen uns die Milch hineinfüllen.

Nun aber hat sich eben wegen des neuen Selbstbedienungsgeschäftes alles geändert. Am Eingang schnappt man sich einen Drahtkorb und begibt sich in die engen Gänge. Staunend steht man nun vor den Regalen, die bisher vor den Augen der Kunden sorgfältig verborgen waren, und darf alles – alles! – selbst herausnehmen. Nur damit es keine Irrtümer gibt: Es gibt natürlich nach wie vor nur eine Sorte echten Bohnenkaffee, daneben zwei, drei verschiedene Arten von Ersatzkaffee. Deswegen ist der Laden auch überschaubar groß. Bedienung gibt es nur an der Wurst- und Käsetheke, die recht schmal ist, weil es nur drei oder vier Sorten Wurst, einen Schinken und drei verschiedene Käse gibt. Dazu noch feine und grobe Leberstreichwurst. Allerdings – daran, die Süßigkeiten an der Kasse zu positionieren, wo die Hausfrauen mit ihren lästigen Kindern etwas Wartezeit einplanen müssen, daran hat Herr Poxrucker, unser Lebensmittelhändler, natürlich gedacht.

# 14 Pizza

*Während er versuchte, ein wenig Ordnung in die Kartons zu bringen, die er bereits aus den Schränken geholt hatte, überlegte er, was er eigentlich als Kind zu Hause zu essen bekommen hatte. Es war sicher wenig dabei gewesen, das bei ihm auch heute noch auf dem Speiseplan stand. Fleischlaibchen fielen ihm ein, mit Kartoffelpüree und gebratenen Zwiebeln. Das hatte seine Mutter gekocht, und das aß er auch heute noch gerne. Reste waren auch in verschiedenster Form verarbeitet worden – wahrscheinlich, weil alles aufgegessen werden musste und nichts verschwendet werden durfte. Was dennoch endgültig verdorben und ungenießbar war, und es war wenig genug, das kam in den sogenannten „Sautrank“, ein Kübel, der fürchterlich stank und deswegen zumindest jeden zweiten Tag zum Neubacher hinübergetragen werden musste, wo die Abfälle den Schweinen zum Fraß vorgeworfen wurden.*

*Obwohl ihm vieles, was seine Mutter gekocht hatte, nicht geschmeckt hatte, war er dennoch immer dicker geworden. Er hatte einfach zu oft eine üppige Zusatzmahlzeit bei seiner Oma eingenommen. Bei ihr hatte immer alles ein klein wenig besser geschmeckt. Sein erster Versuch, zu Hause als Erinnerung an den ersten Italienurlaub Pizza zu backen, wäre beinahe an den Zutaten gescheitert – es hatte weder Tomaten in der Dose noch Mozzarella zu kaufen gegeben. Noch während des Studiums hatte Mozzarella für die Pizza aus Deutschland hereingeschmuggelt werden müssen. Und im Konsum, wo er immer einkaufte, war Oregano ein unbekanntes Gewürz gewesen.*

Über die ganze Geschichte mit meiner Brille und den Nadlwangern habe ich auf mein Projekt Pizza fast schon vergessen. Aber es ist so: Der Urlaub war zwar laut und heiß, aber er war gleichzeitig auch das Aufregendste, was bisher in meinem Leben passiert ist. Und immer, wenn ich daran denke, habe ich den Geschmack von Pizza auf der Zunge.

Das erste Problem ist, dass in „So kocht man in Wien" kein Rezept für eine Pizza zu finden ist. Ich kann also nur meine Erinnerung zu Hilfe nehmen. Das zweite und noch größere Problem ist die Beschaffung der Zutaten. Ich werfe einen Blick in Omas Tiefkühltruhe, aber da drinnen liegt nur das halbe Schwein vom Herbst. Die Tiefkühltruhe heißt so, weil ein Deckel oben ist, keine Tür vorne dran. Oma kauft jedes Jahr ein halbes Schwein, und das wird dann eingefroren. Natürlich nicht das ganze halbe Schwein, das wird schön portioniert und verpackt und eingefroren, weil so bekommt sie es billiger und kommt ein ganzes Jahr damit aus. Die Oma und der Opa sind auch immer dabei, wenn das Schwein zerteilt wird, denn eigentlich, so sagen sie, können sie das auch selber. Früher bei der Hausschlachtung, was hätte man denn da gemacht? Heute allerdings muss anscheinend der Vorschriften wegen ein Fleischhauer dabei sein, und weil wir nicht genug Platz haben, zerlegen sie die Sau gemeinsam mit dem Fleischhauer in der Metzgerei. An diesem Tag kocht Oma dann die ganzen Innereien, und es gibt tagelang nichts als Leber, Beuschel und Blutwurst. Das Einzige davon, was ich nicht mag, ist die Blutwurst, bei uns auch Blunzen genannt. Das ist eine fast schwarze, dicke Wurst, die gekocht und dann mit Sauerkraut und Erdäpfeln gegessen wird. Wenn ich daran denke, dass sie aus Schweineblut gemacht wird, wird mir gleich schlecht.

Zurück zu meiner Pizza, für die ich jedenfalls keine Teile von Omas halbem Schwein verwenden kann. In der Speisekammer finde ich eine Tube Tomatenmark, ich bin mir sicher, dass ich die brauchen werde. Frische Tomaten gibt es im November nicht. Also keine Tomaten, nur Tomatenmark, und gewöhnlicher Edamer. Keine Ahnung, ob die in Italien auch Edamer auf die Pizza tun. Aber aus Erfahrung heraus weiß ich natürlich, dass der Edamer bei Hitze schmilzt und sogar in der Lage ist, eine braune Kruste zu bilden. Die echte Schwierigkeit besteht im Teig. So nebenbei habe ich der Oma einmal erklärt, dass wir Pizza gegessen haben und wie die aussieht, und sie hat mir meinen Verdacht bestätigt: Für Pizza braucht man einen Germteig. Das ist das Gleiche wie Hefeteig. Genauso, hat Oma gemeint, wie für die Bauernkrapfen. Über Germteig kann ich alles im Kochbuch nachlesen. Der ist aber, das hat Oma auch gesagt, gar nicht so leicht zu machen, da muss man sich auskennen. Unser Fernsehkoch ist mir auch keine große Hilfe, denn diese Woche, so lese ich im Programm nach, kocht er Mohnnudeln, und bis der einmal einen Germteig macht, da kann ich lange warten. Da ich meine Experimente immer nur dann durchführen kann, wenn Mama außer Haus ist, kann ich höchstens einmal in der Woche einen Versuch wagen. Das Mehl und die Hefe, die kaufe ich von meinem Taschengeld und verstecke sie unter meinem Bett, denn der ungewöhnliche Mehlverbrauch, der würde Mama natürlich auffallen.

Im Kochbuch „So kocht man in Wien“ steht, dass man für einen Germteig ein sogenanntes „Dampfl“ zubereiten muss, und zwar soll man die zerbröselte Hefe in lauwarme Milch geben, die man zuvor in eine kleine Mulde im Mehlhaufen geleert hat. Allein dafür habe ich vier Versuche gebraucht, die Milch ist immer irgendwohin gelaufen und nicht bei der Hefe und der Mehlmulde geblieben. Es wäre einfacher, wenn man jemanden hätte, dem man beim Teigmachen zuschauen kann, denn die Beschreibung allein hilft nicht wirklich weiter.

Das nächste Problem habe ich, als ich den aufgegangenen Germteig aus der Schüssel holen will. Der klebt nämlich da drinnen fest und lässt sich nur mit großer Mühe vom Rand lösen. Am Ende klebt der Teig überall, vor allem an meinen Händen und auf der Arbeitsplatte. Dass man die mit Mehl bestäuben muss, hat mir ja niemand gesagt. Irgendwie ist der Teig auch wieder völlig zusammengefallen und daher viel kleiner als zuvor. Wie man daraus einen flachen Pizzaboden machen soll, ist mir schleierhaft. Ich hole zwar den Nudelwalker aus der Schublade, das Ergebnis aber ist unbefriedigend, denn nun klebt der Teig eben auch am Nudelwalker fest. Ich sehe auf die Uhr und stelle fest, dass es keine halbe Stunde mehr dauern wird, bis Mama wieder vom Friedhof zurück ist. Dort hat sie das Grab für Allerheiligen geschmückt. Ich schaffe es gerade noch, die Teigreste im Klo zu entsorgen, bevor der Schlüssel im Haustürschloss scheppert.

Ich überlege, was ich tun kann. Ich muss Oma dazu bringen, dass sie irgendwas mit Germteig zubereitet, und ihr dabei zusehen, sonst wird das nichts. Bevor ich mir noch einen genialen Plan zurechtlegen kann, kommt mir ein Zufall zu Hilfe. Mama hat vom Wochenmarkt Bauernkrapfen mitgebracht, die haben wir zur Jause bekommen. Ich schwärme Oma vor, wie gut sie gewesen sind. „So gute Bauernkrapfen kann man selber nicht machen, oder?“ Oma zischt nur verächtlich durch die Zähne. „Früher haben wir alles selber gemacht, sogar das Brot. Und es war zehnmal besser als das Zeug, das ihr heute beim Poxrucker kauft!“ „Bauernkrapfen auch?“, frage ich möglichst unschuldig. „Natürlich!“, sagt Oma. „Und dass du es weißt: Ein richtiger Krapfen, der schmeckt nur ganz frisch! Heraus aus dem Schmalz, ein bisschen abtropfen lassen, und dann zergeht dir das auf der Zunge! Was die da am Markt verkaufen, das ist ja schon stundenlang in der Schachtel gelegen! Das möchte ich nicht einmal geschenkt!“

Und so wird es ein Leichtes, die Oma dazu zu bekommen, selber Bauernkrapfen zu backen. „Dann darfst du aber erst backen, wenn ich schon von der Schule daheim bin!“, erkläre ich ihr noch. „Damit wir sie ganz frisch essen können!“ Oma lächelt. Anscheinend hat sich schon lange niemand mehr für ihre Kochkünste so interessiert wie ich. Würde ich ihr allerdings verraten, dass ich ihr Wissen dafür missbrauche, ein italienisches Gericht herzustellen, wäre sie wahrscheinlich weniger begeistert.

Natürlich darf ich mich beim Krapfenmachen nicht neben sie hinstellen oder gar mithelfen, das wäre zu auffällig. Vor allem, wo ja auch Opa in der Nähe ist, der gar nichts davon hält, wenn sich Männer mit „Weiberarbeit“ abgeben, wie er das nennt. Männerarbeit gibt es in seinem Alter anscheinend nicht so viel, denn Opa sitzt meistens in seinem Lehnstuhl, raucht eine übelriechende Pfeife und liest die Zeitung, die er immer wieder niederlegt, um die Artikel zu kommentieren und sich über jeden einzelnen Druckfehler aufzuregen. Oma dagegen ist immer in Bewegung, wenn ich zu ihnen hinaufkomme. Entweder sie kocht, oder sie räumt auf, flickt Wäsche oder putzt. Ich nehme also meinen „Old Surehand II“ mit nach oben und setze mich an den Küchentisch. Über die Oberkante meines Buches hinweg beobachte ich Oma, und schlagartig wird mir vieles klar. Auch sie hat einen großen Batzen ziemlich weichen Teig in ihrer Schüssel, holt aber immer wieder mit einem bemehlten Löffel eine Kugel heraus, dreht sie in ihren ebenfalls bemehlten Händen und platziert sie dann auf ein Holzbrett, das auch mit Mehl bestäubt ist. Die Teigkugeln müssen anscheinend noch einmal rasten, denn sie stellt die Pfanne mit dem Schmalz erst auf, als sie den ganzen Teig zu den kleinen Kugeln verarbeitet hat, die nun fein säuberlich in Reihen auf dem Holzbrett liegen.

Opa kommt in die Küche geschlurft. „Dass du dir das antust!“, schüttelt er den Kopf. „Wo man das eh alles fertig kaufen kann!“ „Mir macht’s halt Spaß!“, erwidert Oma. „Und ich bin ja froh, dass es einer in der Familie zu würdigen weiß!“ Sie nickt mit dem Kinn in meine Richtung, worauf ich rasch den Blick in den „Old Surehand“ senke. Kurz darauf beginnt es in der Pfanne zu brutzeln. Ich wage wieder einen Blick und sehe, dass Oma aus den Kugeln, wieder mit mehligen Händen, rasch so eine Art Minipizza zieht, in der Mitte dünn und mit einem etwas dickeren Rand drumherum. Die lässt sie ins heiße Fett gleiten, und es dauert nicht einmal eine Minute, bis sie sie umdreht, weil sie auf der Unterseite schon goldbraun gebacken ist.

„Marmelade auch oder nur Zucker?“, fragt sie, als sie einen großen Teller Krapfen vor mich auf den Tisch stellt. „Sie sind noch warm!“, lächelt sie. „Nur Zucker!“, sage ich, und der erste Bissen ist dann fast ein wenig zu heiß. Aber Oma hat Recht. Diese Krapfen zergehen fast im Mund, und die, die Mama vom Wochenmarkt mitgebracht hat, waren schon hart und kalt. Schon interessant, denke ich mir, dass wir aus dem Germteig eine zarte Süßspeise machen, während die Italiener Tomaten und Käse daraufstreichen. Beziehungsweise streuen. Außer, dass ich von den drei Krapfen so satt werde, dass ich Mamas Abendessen nur mit Mühe hinunterbringe, bin ich jetzt natürlich um ein paar Erfahrungen reicher. Das nächste Mal weiß ich, wie der zähe Teig zu bändigen ist.

Apropos Abendessen: Es ist absolut unzulässig, bei einer Mahlzeit zu erklären, dass man keinen Hunger hat und nichts essen möchte. Das hat mit dem Thema Folgsamkeit, Gehorsam und so weiter zu tun. Kinder haben zu tun, was Erwachsene anordnen, und dazu gehört auch der beliebte

Spruch „Gegessen wird, was auf den Tisch kommt!“. Auch bei etwas übergewichtigen Jugendlichen wie bei mir wird von diesem Prinzip nicht abgerückt, denn Gehorsam ist wichtiger als Gesundheit oder eine gute Figur.

Ich überlege und überlege, komme irgendwann zu einem Entschluss: Wenn ich eine Pizza backe, dann will ich auch, dass meine Familie sie isst. Ich kann ja nicht das ganze Backblech in mein Zimmer in der Dachschräge tragen und dort alles alleine aufessen, irgendwann müssen sie einfach wissen, dass ich mich für das Kochen und Backen interessiere. Schließlich ist ja der beleibte Herr, der im Fernsehen zeigt, wie man Schnitzel und Apfelstrudel macht, auch ein Mann. Und Köche gibt's auch in unseren Gasthäusern viele. Ich denke, sie werden es überleben, wenn sie einmal etwas essen müssen, das ich gekocht habe.

Nur, der Termin will sorgfältig gewählt sein. Bei uns gibt es immer zu Mittag die Hauptmahlzeit. Das ist so, weil es immer so gewesen ist, aber eigentlich total unpraktisch. Papa kommt zu Mittag sowieso nie heim und muss dann am Abend das aufgewärmte Mittagessen essen. Montag bis Freitag kriegt er also nie etwas frisch Gekochtes. Ich komme dreimal in der Woche erst um zwei Uhr nachmittags heim und bekomme so eine Mischung. Entweder ist das Essen noch lauwarm, oder es muss auch aufgewärmt werden. Zu Mittag sind nur Mama und Uschi daheim, und so muss sich meine Mama dreimal am Tag darum kümmern, dass jemand etwas Warmes zu essen bekommt. Das ist nämlich auch ein ehernes Prinzip, dass man einmal am Tag warm essen muss. Ich könnte darauf verzichten, vor allem, weil es jeden Tag irgendeine Suppe gibt, die ich meistens nicht mag, die aber aufgegessen werden muss, weil ich die Hauptspeise sonst nicht bekomme.

Heute aber hat Mama einen Termin bei ihrer Friseurin, da müssen anscheinend die Dauerwellen aufgefrischt werden, und das dauert den ganzen Nachmittag. Sie stellt den Teller mit der Gemüsesuppe vor mich hin. „Aufessen, und dann kannst du dir von den Mohnnudeln nehmen! Ich muss zur Friseurin!“ Erwähnenswert ist vielleicht noch, dass Mama nicht in einen Friseurladen geht, sondern sich die Dauerwelle von der Himmelreicher Heidi legen lässt, die sozusagen einen privaten Friseursalon im Bauernhaus von ihrem Mann betreibt. Die macht das schwarz, sagt Papa. Das bedeutet nicht, dass die Heidi den Leuten grundsätzlich die Haare schwarz färbt, sondern sie betreibt kein angemeldetes Gewerbe, zahlt daher keine Steuern und macht den Leuten die Haare dafür billiger. Bei uns kann man fast alles schwarz machen lassen, besonders beliebt ist das am Bau. Wenn zum Beispiel der Installateur kommen muss, weil wieder eine der alten Wasserleitungen undicht geworden ist, dann fragt er, bevor er überhaupt seinen Werkzeugkoffer absetzt, vorsichtshalber: „Brauchst eh keine Rechnung?“ Und dann schaut er sich den Schaden an, schickt aber seinen Gesellen meistens am Samstagnachmittag, wo der normalerweise frei hat. Und dafür kriegt der Geselle mehr, als er am Wochentag verdienen würde, wir zahlen weniger, und keiner zahlt Steuern. Das ist eine recht praktische Einrichtung. Übrigens heißt die Himmelreicher Heidi, die schwarze Friseurin, nicht wirklich Himmelreicher, sondern Ecker. Himmelreicher ist der Hausname des Bauernhauses, in dem sie frisiert. Fast jeder Bauer hat bei uns zwei Namen, einen, der in der Geburtsurkunde steht, und einen Hausnamen. Meistens kennen die Leute nur den letzteren. Wir haben, obwohl wir keine Landwirtschaft mehr betreiben, auch einen Hausnamen, und so nennen mich die Leute auf der Straße „Schmidbauern-Bua“, weil unser Hausname „Schmidbauer“ ist. Angeblich hat es früher auf unserem Hof auch einmal eine Schmiede gegeben, aber davon ist nichts mehr übrig.

Ich schütte die Gemüsesuppe ins Klo, weil mir davor graust. Leider erwischt mich Uschi dabei und kündigt an, dass sie das Mama erzählen wird. Ich sage nur „Bärbel!“. Irgendwann, fürchte ich, wird der Kopf der Bärbel doch noch daran glauben müssen, weil sich die Uschi verplappert. Dann brauche ich allerdings eine neue Drohung, mit der ich sie unter Druck setzen kann.

Die Mohnnudeln sind köstlich, und es sind auch noch viele da. Für Papa brauche ich nichts übrigzulassen, denn der bekommt heute Abend eine selbstgemachte Pizza.

Das Formen der Teigkugeln gelingt mir heute einigermaßen gut, obwohl sie viel unförmiger aussehen als die Germteigkugeln von Oma. Was ich vergessen habe, ist, dass ich ja keine kleinen, runden Fladen brauche wie die Oma, sondern eher etwas Größeres. Noch dazu sind die zwei Backbleche, die ich unter dem Ofen finde, rechteckig. Ich muss also mehrere Fladen, die ich auf der Küchenplatte ausrolle, irgendwie zusammenkleben. Auch das funktioniert ganz gut. Schließlich drücke ich das Tomatenmark aus der Tube auf die Teigfladen und verstreiche es mit einem Löffel. Darüber kommt noch der geriebene Edamer. Sonst gibt es leider nur Haussalami aus dem Sonderangebot und eingelegte Pfefferoni aus dem Glas, das war alles, was ich mir leisten konnte. Viel mehr wäre auch beim Poxrucker nicht verfügbar gewesen. Dem muss ich immer vortäuschen, dass ich für Mama einkaufe. „Schon wieder Mehl und Germ?“, fragt er erstaunt, als ich die Einkäufe auf den Tresen an der Kasse lege. Ich nicke. „Die Mama backt Kuchen. Für Allerheiligen.“ Die Pfefferoni und die Salami muss ich ihm nicht erklären, so was kauft bei uns praktisch jeder für die Jause am Abend. Da wird nämlich immer kalt gegessen, wenn man nicht das Aufgewärmte vom Mittag essen muss. Was der Poxrucker leider nicht hat, das sind italienische Kräuter. Ich habe nämlich vor kurzem im Fernsehen einen Film über Italien gesehen, und da haben sie Kräuter auf die Pizza gestreut. Zu fragen traue ich mich auch nicht, ich will mich ja nicht verraten.

Was mir aber beim Belegen der Pizza zu Hause einfällt, ist, dass ich noch Knoblauch drauftun könnte. Was bei einem Schweinsbraten gut schmeckt, kann auch bei einer Pizza nicht verkehrt sein. Als ich zufrieden mein Werk betrachte, kommt Uschi in die Küche. Sie macht große Augen. „Was wird das? Darfst du das?“ „Das wird Pizza!“, erkläre ich. „Und wenn du was verrätst, mach ich dich zu Apfelmus!“ Ich kann schließlich nicht immer nur mit der Puppe drohen, das nutzt sich auch ab. Und die Uschi weiß, wenn es hart auf hart kommt, dann schrecke ich nicht davor zurück, sie an den Haaren zu ziehen.

„Wieso riecht’s hier so nach Knoblauch?“ Mama ist vom Friseur zurück. Jetzt wird es spannend. Sie kommt gleich in die Küche. „Ich habe Pizza gebacken!“, erkläre ich und kann ein stolzes Lächeln nicht unterdrücken. Wahrscheinlich bin ich der erste Pizzabäcker in Österreich überhaupt. Zumindest in Kastenkirchen. Mama verzieht das Gesicht zu einer Grimasse und steuert zielsicher auf den Herd zu. „Nicht aufmachen!“, warne ich. „Es dauert sicher noch zehn Minuten!“ Mama klappt das Backrohr aber trotzdem auf, weil sich kein Sichtfenster darin befindet. Sie wirft einen Blick ins Backrohr, wedelt den Dampf beiseite. „Da ist meine Frisur gleich wieder hin“, beklagt sie sich. „Wart nur, bis der Papa heimkommt!“ Das ist nicht etwa als Aufmunterung, sondern als Drohung zu verstehen. Die für ein Vergehen fällige Bestrafung hat der Hausherr auszuführen, sobald er über die Sachlage informiert worden ist.

Ich habe mir ja nicht gerade Begeisterungsstürme erwartet, aber einen kleinen Vertrauensvorschuss könnte man mir schon einräumen. Mama verschwindet wieder, denn nach dem Friseur muss sie dringend vor den Spiegel, sich die Haare richten. Denn die Himmelreicher Heidi kriegt das nie so hin wie sie selber. „Ich weiß nicht, was ich mit dem Buben tu“, murmelt sie auf dem Weg ins Badezimmer. Uschi setzt sich an den Tisch. „Nein, ich kriege keine Strafe!“, komme ich ihr zuvor. „Denn ich habe Mama Arbeit abgenommen! Ich habe etwas für die ganze Familie getan. Davon kannst du nur träumen!“

„Grüß euch! Hab ich einen Hunger!“ Papa ist soeben nach Hause gekommen. „Warum riecht es denn hier so? Gibt's einen Kuchen? Wo ist die Mama?“ Er hat wohl nicht erwartet, mich in der Küche vorzufinden. Noch dazu mehlbestäubt und mit Fettflecken auf der Hose. „Die Mama ist im Bad. Und ich habe Pizza gemacht.“ Papa rümpft die Nase. „Das italienische Zeug, das wir nicht mögen? Und kein Essen auf dem Tisch?“ Es gehört zu den ungeschriebenen Gesetzen in unserem Haushalt, dass das aufgewärmte Mittagessen auf dem Tisch zu stehen hat, wenn Papa nach Hause kommt. Bevor er sich dem Essen widmet, nimmt er ein Jausenmesser zur Hand, schneidet sich ein dickes Stück Brot vom Laib ab und macht sich eine Flasche Bier auf, aus der er dann trinkt, ohne ein Glas zu bemühen. Dann sagt er normalerweise „Na, was haben wir denn da Gutes?“ und zieht den Teller zu sich hin.

Heute schüttelt Papa den Kopf. „Hat die Mama das schon gesehen?“ Er dreht wieder um und ruft nach ihr. „Traudi! Traudi! Hast du schon gesehen, was er angestellt hat?“ Also eines, denke ich mir, ist gewiss. Mit Dankbarkeit braucht man in dieser Familie nicht zu rechnen, wenn man kulinarisch innovativ tätig wird. Ich hole die Bleche aus dem Ofen. Der Rand ist schön braun und knusprig, der Käse geschmolzen und an manchen Stellen auch krustigbraun. Die Salami scheint ein bisschen vertrocknet, was man ihr aber nicht übelnehmen kann. Immerhin bringt es der Herd auf 250 Grad. Ich schneide die Pizza in vier gleich große Quadrate und versuche, sie vom Backblech zu lösen, was nicht ganz einfach ist. Sie kleben fest. Damit hatte ich nicht gerechnet. Mit dem Pfannenwender aus Metall geht es schließlich doch. An der Unterseite sind die Stücke ein bisschen dunkel, aber das sieht man ja nach dem Anrichten nicht.

Ich lege die vier Stücke auf Teller. Eines zerbricht, denn da habe ich eine Naht zwischen zwei Teigfladen zerschnitten. Das nehme ich mir selber. Dann verteile ich die Teller und warte auf die anderen. „Das riecht gut!", sagt Uschi und bricht sich ein Stück vom Pizzarand. „Schmeckt auch gut!", gibt sie zu. Wenigstens wird sie heute wohl nicht nach einer Strafe für mich verlangen. Ich höre Mama und Papa auf dem Gang flüstern. „Verbrannt ist es wenigstens nicht", sagt Mama, als sie sich vor ihr Stück Pizza setzt. Ich atme auf. „Essen wir's halt, es wär eine Verschwendung. Wenn es auch schade um die schöne Salami und die Pfefferoni ist!" Papa seufzt und schneidet sich ein Stück ab. Dann sagt er eine Zeitlang nichts mehr. Schließlich nickt er. „So ähnlich wie ein Schinken-Käse-Toast", meint er dann. „Man kann's essen!" Das Einzige, was Papa je gegessen hat, auf dem geschmolzener Käse ist, war ein Schinken-Käse-Toast. Am liebsten, was Käse betrifft, ist ihm ja Quargelbutter. Dazu schneidet man entsetzlich stinkigen Käse in Würfel und mischt sie mit Butterwürfeln durch. Wenn meine Eltern das essen, kommt Opa immer herunter und will auch etwas haben, weil er den Quargel bis oben riecht. Leider zieht der Quargelduft auch bis in mein Zimmer in der Dachschräge. Ich frage mich, wie man etwas essen kann, das so bestialisch stinkt.

„Gibst mir noch ein Stück?" Papa hält mir seinen leeren Teller entgegen. „Ich auch!", ruft Uschi. Als ich ihr den Teller hinstelle, nimmt sie die Pfefferoni herunter. „Das ist mir zu scharf, das mag ich nicht!", erklärt sie. Papa steckt sich die ganze Pfefferoni in den Mund. „Wird er halt ein Koch", sagt Papa. „Braucht er wenigstens keine Matura. Und er kann beim Kirchenwirt in die Lehre gehen, da verdient er dann wenigstens schon mit 15 sein eigenes Geld." Mehr ist aus Papa an Lob nicht herauszuholen. „Also ich brauch's nicht!", sagt Mama. „Für mich hättest du dir die Mühe sparen können. Und woher weißt du, wie man einen Germteig macht?" Ich richte meine Blicke nach oben. „Hat Oma das gewusst?", staunt Mama. Ich grinse und schüttle den Kopf. „Aber ich habe Oma beim Krapfenbacken zugeschaut." Mama steht auf, betrachtet das dunkel verkrustete Backblech und seufzt. „Und wer scheuert das Blech? Das bleibt wieder einmal an mir hängen!" „Das mach ich selber!", beeile ich mich und hoffe, dass Mama das verschmierte Hemd und die fleckige Hose nicht auffallen, denn da hätte sie noch mehr zu jammern.

Als ich mich später mit meinem „Old Surehand" in mein Zimmer zurückziehe, denke ich mir, dass es alles in allem gar nicht so schlecht gelaufen ist. Sie hätten sich mehr aufregen können, und die Pizza hätte total verbrennen oder ganz scheußlich schmecken können. Man darf halt, so sage ich mir, ältere Leute auch nicht mit allzu vielen Neuerungen überfordern.

Als ich gerade mitten in einem Abenteuer von „Old Surehand" bin, öffnet sich die Tür, und Papa kommt herein. „Psst!", macht er. „Mama glaubt, du schläfst schon!" Er setzt sich auf meine Bettkante und schaut bedeutungsschwanger in die Dachschräge. Ich habe keine Ahnung, was er will. „Kann ich weiterlesen?", frage ich. Er schüttelt den Kopf. Im ganzen Zimmer riecht es plötzlich nach kaltem Rauch. Der kommt nicht etwa von der Pizza, sondern von Papas Kleidern. Außerdem, glaube ich, hat er schon zu viel Bier getrunken. Das merke ich daran, dass er sich anders bewegt als sonst, ruckartig. „Wegen der Pizza!", sagt Papa schließlich und studiert einen Fleck an der Dachschräge, wo einmal Wasser eingedrungen ist. „Hat sie dir geschmeckt?", frage ich. Papa nickt. Deswegen ist er aber, glaube ich, nicht in mein Zimmer gekommen. Ich kann mich gar nicht daran erinnern, wann er das letzte Mal hier heroben war. „Es ist ...", setzt er noch einmal an, „... dass ich mir Sorgen mache. Weil du dich in den Haushalt einmischst, in die Küchenarbeit. Das ist nicht normal." Er seufzt, sieht aber weiter an mir vorbei an die Decke. Ich verstecke mein Gesicht hinter meinem „Old Surehand". „Da ist nämlich ... da gibt es Leute ... und das ist auch verboten! Dafür können sie dich ins Gefängnis stecken!" Ich weiß jetzt, worauf er hinauswill. Ich verstecke mich weiter hinter meinem Buch, denn ich habe keine Ahnung, was ich ihm sagen soll. Gespräche über Themen wie Sexualität sind in unserer Familie nicht üblich. Ich könnte Papa natürlich erzählen, dass ich schon immer wieder an den Minibusen von der Gehbauer Ulli denken muss, bevor ich einschlafe. Ich weiß aber nicht, ob ihn das beruhigen würde, denn vielleicht ist ja gerade das auch ein Problem, dass ich nicht an große Busen denken muss, sondern an so winzige, dass man sie kaum wahrnehmen kann. Nur, wenn man genau hinsieht.

„Ich hab mir gedacht ..." Papa zieht irgendwas aus seinem Hemd. Mir ist vorher gar nicht aufgefallen, dass es so ausgebeult war. Es ist eine Zeitschrift, die er mir auf die Bettdecke wirft. „Vielleicht hilft das ja!" Er steht auf und verlässt fluchtartig mein Zimmer. Ich nehme die Zeitschrift in die Hand. Sie ist eingerollt und ein wenig abgenutzt, aber ich sehe auf den ersten Blick, dass auf dem Titelbild eine nackte Frau abgebildet ist. Mir wird ganz schwummerig und ich werfe die Zeitschrift auf den Boden. Schließlich aber siegt doch die Neugierde, ich hebe sie wieder auf und sehe mir das Titelbild an. Eine junge, nackte Frau mit großen Brüsten ist darauf zu sehen. Sie ist ganz nackt, und man sieht auch ihre Schamhaare. So etwas habe ich bisher nicht gesehen, und es regt mich ein wenig auf. Im Inneren des Blattes sind noch mehr nackte Frauen abgebildet, und in den Artikeln scheint es um nichts anderes als Sex zu gehen. Ich frage mich, wo Papa die Zeitschrift gekauft hat, denn er würde es nie wagen, so etwas in Kastenkirchen einzukaufen, wo ihn jeder kennt.

Natürlich ist auch mir schon aufgefallen, dass es viele solcher Zeitschriften gibt. Wenn ich in die Trafik gehe, um für meine Eltern Zigaretten zu holen, werfe ich gelegentlich einen verstohlenen Blick zum Zeitschriftenregal, aber da sind diese Blätter so angeordnet, dass man bestenfalls den Rand eines Hinterns sehen kann, bis zu den Schamhaaren wäre es noch ein weiter Weg. Keine Ahnung, was ich jetzt mit der Zeitschrift machen soll. Lieber würde ich mein Buch weiterlesen. Ich beschließe, die Zeitschrift einfach unter meiner Matratze verschwinden zu lassen. Vielleicht hätte ich Papa doch lieber von der Gehbauer Ulli erzählen sollen.

# 15 Allerheiligen

*Von Papa gab es nur wenige Fotos. Wahrscheinlich, weil er derjenige war, der die meisten Fotos selber geschossen hatte. „Davon verstehst du nichts!“, hatte es immer geheißen, wenn Mama einmal fotografieren wollte. Ihm allerdings hatte Papa die Kamera manchmal überlassen, als er schon größer gewesen war. Sogar seinem Sohn hatte er eher zugetraut, mit so komplizierter Technik umzugehen, als seiner Frau. Und überhaupt, so kompliziert war die Kamera nicht gewesen. Er wunderte sich, dass Mama gerade dieses Foto aufgehoben hatte, denn sie hasste es, wenn Papa zu viel getrunken hatte. Er war eindeutig betrunken, man konnte es an den glasigen Augen und dem entgleisten Grinsen erkennen. Das Bild war zu Hause in der Stube am großen Tisch aufgenommen worden, die Kontraste waren viel zu hart, und vor lauter Zigarettenrauch wirkte das Bild neblig. Eine der seltenen Gelegenheiten, zu denen man ein Blitzlicht geopfert hatte. Es musste bei einem Familientreffen gewesen sein, er erkannte einige Onkel und Tanten. Die meisten von ihnen waren schon gestorben, die anderen hatte er auch lange nicht mehr gesehen. Bierflaschen standen herum, auch bauchige Weingläser mit grünem Stiel, wie sie früher beliebt gewesen waren.*

*Sein Vater und das Trinken, das war eine problematische Geschichte gewesen, eigentlich aber erst, als er selbst nicht mehr zu Hause gewohnt hatte. Papa war in einen schleichenden Alkoholismus geschlittert, befeuert von Stammtischen und anderen Wirtshausrunden, für die er in der Pension mehr als genug Zeit gehabt hatte. Er war auch schon mit 54 in Pension gegangen – Eisenbahner wurden nach 40 Dienstjahren pensioniert, und er hatte mit 14 als Lehrling bei der Bahn begonnen. Sogar nach den Rennradausfahrten war er oft mit seinen Kumpanen im Wirtshaus versackt und zu später Stunde noch ohne Beleuchtung mit dem Rad nach Hause geschlingert. Mama hatte am Telefon ihm gegenüber immer wieder darüber geklagt, aber auch er hatte keinen Rat gewusst.*

Zu Allerheiligen, am ersten November, gehen alle auf den Friedhof, und danach gibt es in einem Wirtshaus ein großes Familientreffen. Weil eben zu Allerheiligen alle Verwandten nach Kastenkirchen kommen, wenn sie nicht ohnehin schon da wohnen. Bei der Prozession gehen wir nicht mit, weil wir nicht gar zu katholisch sind, wie Papa sagt. Da gehen nur die ganz Katholischen mit. Die Prozession beginnt nach dem Gottesdienst in der Kirche, und auf dem ganzen Weg von der Kirche zum Friedhof wird gebetet und gesungen. Leider ist der Friedhof bei uns gleich bei der Kirche, und so müssen die Teilnehmer der Prozession eine Runde durch den Ort drehen, damit sie nicht direkt von der Kirchentür in den Friedhof stolpern. Denn, so hat uns zumindest der Herr Kaplan im Religionsunterricht in der Volksschule beigebracht, die Prozession kommt vom lateinischen „procedere“, und das heißt so viel wie weitergehen, marschieren. Und deswegen muss bei der Prozession auch kräftig marschiert werden. Wenn man, wie gesagt, sehr katholisch ist.

Wir werden in unser Sonntagsgewand gesteckt, das ist bei Uschi ein Dirndl, das schon recht kurz geworden ist, weil sie in der letzten Zeit lange und dünne Beine bekommen hat. Bei mir ist es der gleiche Anzug, den ich zum Schulbeginn anziehen musste, samt Krawatte und Hut. Ja, ich muss einen Hut aufsetzen, einen schwarzen mit grünem Band und einem Abzeichen darauf. Auf das Abzeichen bin ich wenigstens stolz, denn ich habe es auf einer Berghütte gekauft, am Zehnerkogel, das ist der einzige Berg, den ich bisher bestiegen habe. Seither weiß ich, dass Bergsteigen nicht meine Sache ist, weil ich Höhenangst habe. Auf dem Gipfel vom Zehnerkogel habe ich mich nämlich fast nicht zu bewegen getraut, aus Angst, über eine der Felswände in die unermesslichen Abgründe auf allen Seiten zu stürzen. Ich bin also die ganze Zeit am Gipfelkreuz gesessen und habe mich festgeklammert, und es war immer nur eine Hand frei, mit der ich das Jausenbrot festhalten konnte. Trotzdem habe ich mir nach dem Abstieg auf der Zehnerkogelhütte eine Anstecknadel für meinen Hut gekauft, von meinem eigenen Taschengeld. Darauf sind ein Eispickel und ein Edelweiß abgebildet, und darunter steht „Zehnerkogel". Ich gebe zu, es ist ein wenig übertrieben, denn Eis oder Edelweiß hat es auf dem Zehnerkogel nirgends gegeben, er ist nur 1829 Meter hoch.

*Kleidungsordnungen waren in den sechziger Jahren noch rigoros gewesen, und zumindest auf dem Land wurden sie genau befolgt – weil sich das so gehörte, und weil sonst die Leute ja geredet hätten. Dass die Leute reden, war eine der größten Ängste seiner Eltern. Heute konnte man auf dem Friedhof alles sehen – vom Trachtenanzug und der Lederhose bis zu Skaterschuhen und Kapuzensweatern. In den sechziger Jahren, mutmaßte er, hätte der Pfarrer Jugendliche in Jeans eigenhändig mit dem Weihwasserkessel vom Friedhof vertrieben.*

Wir stehen dann also vor dem Grab, wo mir gänzlich unbekannte Leute drinnen liegen, nämlich meine Urgroßeltern und ihre Geschwister. Bei einigen steht unter dem

Familiennamen der Hausname: „vulgo Schmidbauer“. Zum Beispiel beim Urgroßvater Georg Niedermayr, der 1871 geboren und schon 1921 wieder gestorben ist. Man hört das Herannahen der Prozession an den Klängen der Musikkapelle, die unendlich traurige Melodien vor sich hin bläst, sodass man selbst ganz deprimiert wird. Wenn einem nicht der eiskalte Wind um die Ohren fauchen würde, der ein paar Schneeflocken mit sich trägt, sodass man sich mit den Händen die Ohren wärmen muss, damit sie einem nicht abfrieren. Der Winter beginnt meistens schon im Oktober, und nicht selten stehen wir zu Allerheiligen auf dem Friedhof im ersten Schnee, und die Flocken klatschen uns ins Gesicht.

Hinter der Musikkapelle marschieren der Pfarrer und der Kaplan mit flatternden Kutten und hinter ihnen der Mesner, der die quäkende Lautsprecheranlage trägt. Vor der habe ich großen Respekt, denn die wird auch bei den Schulgottesdiensten gerne verwendet, und einmal hat sie direkt neben mir so laut gepfiffen, dass ich ein paar Stunden auf dem linken Ohr nichts mehr gehört habe. Mama ist dann auch gleich ganz besorgt gewesen und mit mir zu unserem Hausarzt Doktor Buchinger gegangen. Der hat aber gemeint, eine katholische Lautsprecheranlage könne einem kräftigen Burschen wie mir nichts anhaben, und hat uns mit Ohrentropfen wieder heimgeschickt. Seither habe ich aber doch immer wieder so ein komisches Pfeifen im linken Ohr, deswegen der Respekt vor der Lautsprecheranlage. Ich halte mir also die Ohren zu, während der Kaplan uns mit seinem Weihwasserkessel nassspritzt. Mama hält es anscheinend für ungehörig, dass ich meine Finger in den Ohren stecken habe, und zieht sie mir wieder heraus.

Wenn die ganze Angelegenheit vorbei ist, gehen wir mit allen Verwandten ins Wirtshaus. Das finde ich erstens lustig, weil da alle möglichen Cousins und Großcousinen und so weiter zusammenkommen, und zweitens, weil ich ein Schnitzel bestellen darf. Gott sei Dank ein richtig großes, denn Kinderportionen gibt es nicht. Entweder man bekommt, wenn man ganz klein ist, von den Eltern kleingeschnittenes Schnitzel in den Mund gestopft, oder man isst eine Erwachsenenportion. Im Gasthaus esse ich sogar den Salat, den man ja auch bezahlen muss. Zuhause lasse ich den, wenn es einen gibt, lieber stehen. Weil er nur als Zuspeise gilt, ist das erlaubt. „Aber von der Pizza kein Wort!“, flüstert mir Papa noch zu, bevor wir die verrauchte Gaststube betreten.

Ich sitze beim Essen neben der Lilli, die ist eine Cousine oder auch Großcousine, so genau weiß ich das nicht. Ich habe sie seit letztem Allerheiligen nicht gesehen, und mir fällt auf, dass sie auch schon einen Busen bekommen hat, sogar einen etwas größeren als die Gehbauer Ulli. Voriges Jahr habe ich sie noch ignoriert, aber heuer kann man sich mit ihr schon ganz gut unterhalten. Die Lilli ist zwar nicht die Hellste, aber sie geht immerhin schon in die dritte Klasse. „Gehen wir ein bisschen hinaus?“, fragt sie mich, als ich mit meinem Schnitzel fertig bin. Ich bin zwar verwundert, nicke aber. Vor der Haustür fasst die Lilli ihren Rocksaum und hebt ihn ein wenig hoch. „Schau einmal, ich hab schon richtige Nylonstrümpfe bekommen!“ Ich frage mich, warum sie mir das erzählt, und werde, so glaube ich, ein wenig rot, aber trotzdem kann ich meine Blicke nicht von ihren schwarz bestrumpften dünnen Beinen lösen. „Ich hab auch schon einen Freund!“, erklärt mir die Lilli und hebt eine frische, braun glänzende Kastanie vom Boden auf. „So?“, sage ich. „Und was machst du mit deinem Freund?“ Zugegeben, eine blöde Frage, aber mir ist keine gescheitere eingefallen. Die Lilli schüttelt unwillig den Kopf. „Das geht dich gar nichts an!“ Hat sie mich nur hier herausgeholt, um damit anzugeben, dass sie einen Freund hat? Ich nehme mir gerade vor, wieder hineinzugehen, als mich die Lilli an den Schultern packt, mich an sich heranzieht und mir ganz unversehens einen Kuss auf die Wange drückt, um kurz darauf eilig davonzurennen. Ich wische mir die Wange mit dem Ärmel ab. Was ist nur in sie gefahren? Was ist überhaupt los mit den Mädchen? Ich bin ziemlich ratlos. Die Lilli sehe ich an diesem Abend nicht mehr.

Es macht zwar Spaß, mit den anderen Kindern zusammen zu sein, aber nach dem Essen drücke ich mich immer an den Tisch der Erwachsenen, weil ich es spannend finde, ihnen zuzuhören bei den Geschichten, die sie einander erzählen. Es sind übrigens jedes Jahr die gleichen, außer, es hat wieder einmal eine Wahl gegeben und man muss sich darüber aufregen, dass die Roten schon wieder so viele Stimmen bekommen haben, obwohl die wirklich überhaupt niemand braucht. Papa hält sich bei diesen Gesprächen meistens zurück, denn er ist bei der Eisenbahn, und wenn man dort einen Posten bekommen hat, dann verdankt man den den Roten und wählt sie auch. Aber reden muss er darüber natürlich nicht.

Mein Papa hat zwei Brüder und eine Schwester, die auch alle Kinder haben. Dazu gibt es noch die Geschwister von Opa und Oma, die aus sehr kinderreichen Familien stammen. Von denen sind schon ein paar gestorben, aber alle haben natürlich Kinder und Enkel. Die Gaststube ist voll. Am interessantesten sind immer die Geschichten von Onkel Stefan, der der Einzige ist, der auf der ganzen Welt herumgekommen ist. Er ist zwar ein gelernter Maurer, ist aber auch zur See gefahren. Und er hat in den verschiedensten Ländern auf dem Bau gearbeitet. „Und wie wir da geschwitzt haben, bei der Arbeit! Und ihre ganzen Gerüste bauen sie aus Bambus! Bambus! Das musst du dir einmal vorstellen!“ Das ist die Geschichte aus Hongkong, wie er dort gearbeitet hat. Die kenne ich schon. „Die Chinesen“, mischt sich Opa ein, „die sind die größte Gefahr! Vor denen müssen wir auf der Hut sein! Die sind schon über eine Milliarde, die überrennen uns!“ Er haut mit der Faust auf den Tisch und legt einen Schluck Bier nach. „Grenzen dicht, sag ich!“ „Die fressen ja sogar Katzen und Hunde!“, mischt sich Onkel Rudi ein. In Kastenkirchen gibt es natürlich nicht nur keine Pizza, sondern auch kein chinesisches Essen, weil es keinen Chinesen gibt und niemand in Kastenkirchen – außer dem Onkel Stefan – jemals etwas von chinesischem Essen gehört hat. Aber das Gerücht, dass Chinesen Katzen und Hunde verspeisen, hält sich hartnäckig. Ich selber habe noch nie in meinem Leben einen Chinesen gesehen, nicht einmal einen Dunkelhäutigen, den man bei uns „Neger“ nennt, weil es für Menschen mit dunkler Hautfarbe gar kein anderes Wort gibt.

Ich habe gegenüber von meinem Bett so einen Wandbehang aus Bast, da sind die zehn kleinen Negerlein drauf, die man aus dem Kinderlied kennt. In diesem Lied stirbt in jeder Strophe ein Negerlein an irgendeinem Unglück, bis am Schluss keines mehr übrig ist. Lustig ist das nicht, aber Mama sagt, ich mache mir zu viele Gedanken, es ist ja nur ein Lied. Ich glaube, wir haben mit den Schwarzen so wenig zu tun, dass bei uns fast niemand etwas gegen sie hat, sofern sie bei sich zu Hause bleiben. Außer Opa. Und meine Mama fängt jedes Mal fast zu heulen an, wenn sie die hungernden Kinder aus Afrika im Fernsehen sieht. Ein Buch habe ich allerdings, von dem ich den Verdacht habe, dass es mich ein bisschen gegen die Schwarzen eingenommen hat. Es heißt „Hatschi Bratschis Luftballon“ und erzählt die Geschichte von einem Buben, der von einem türkischen Zauberer in einem Luftballon entführt wird. Später verbrennt er noch eine Hexe und wird von Menschenfressern angegriffen, die natürlich schwarz sind. Eine ganz üble Geschichte, da gibt es nichts zu diskutieren, aber vielleicht versteht man so eher, warum ältere Leute über die Türken und die Schwarzen schimpfen, denn sie haben diese Vorurteile ja sozusagen mit der Muttermilch aufgesogen.

Später wird es in der Gaststube ein bisschen ungemütlich, denn die Männer bestellen sich ein Bier nach dem anderen, reden immer lauter, ohne einander zuzuhören, während die Frauen ihnen böse Blicke zuwerfen. „Jetzt aber kein Bier mehr!“, sagt Mama und stellt sich demonstrativ neben den Garderobenständer, an dem unsere Mäntel hängen. „Das lass ich mir doch nicht vorschreiben, ob ich mir noch ein Bier bestelle! Das ist immer noch meine Sache! Ich bin der Herr im Haus!“, sagt Papa, viel zu laut, und haut sogar mit der Faust auf den Tisch. Normal benimmt er sich nicht so, nur, wenn er zu viel getrunken hat. Mama hat Tränen in den Augen. „Kommt!“, sagt sie zu mir und Uschi, und wir gehen hinaus an die frische Luft, ohne uns zu verabschieden. „Jedes Mal das Gleiche!“, zischt Mama. „Er kann sich einfach nicht beherrschen!“ Ich sage besser nichts. Ich bin schon im Bett, lese aber noch mit der Taschenlampe unter der Decke in meinem „Old Surehand“, als ich von unten her Poltern vernehme. Anscheinend ist Papa nach Hause gekommen. Kurz darauf höre ich Mama schimpfen, kann sie aber nicht verstehen. Ich mag Papa gar nicht begegnen, wenn er betrunken ist. Zum Glück kehrt kurze Zeit später Stille ein. Morgen ist auch noch frei, da kann sich Papa wenigstens ausschlafen.

# 16 Winter

*Eigentlich war es ein Wunder, dass er als Kind das Skifahren überhaupt erlernt hatte, denn der Hang zum Sport war ihm nicht in die Wiege gelegt worden. Eher im Gegenteil. Aber es war wohl die Faszination des Schnees und des Winters gewesen, die ihn auch heute noch erfasste, wenn es lang und ausgiebig geschneit hatte und die Welt wie verwandelt war. Zu seinem ersten Skikurs waren Mama und er zwei Stationen mit der Bahn gefahren, denn dort gab es einen Berg samt Skiclub, jedoch ohne Lift. Dennoch hielten die Mitglieder des Skiclubs für die Kinder aus der Umgebung Skikurse ab. Mama hatte beschlossen, dass er mehr Bewegung an der frischen Luft brauchte, und wenn er schon Begeisterung für den Winter und den Schnee zeige, dann müsse man das auch unterstützen. Die Ausrüstung hatte Mama auf die Rodel geladen, und so ging es von der Bahnstation zu Fuß etwa eine halbe Stunde bis zum Skihang. Das Hinaufsteigen war für ihn unglaublich mühsam gewesen, aber Mama hatte ihn natürlich nur beim Abfahren fotografiert, was auf den kleinen Schwarzweißfotos recht schneidig aussah. Der Schnee staubte nur so.*

*Bis zum ersten Bogen hatte es gedauert, den hatte er im ersten Skikurs nicht erlernt. Der Skilehrer war zufrieden gewesen, dass er den Hang hinaufsteigen, dort umdrehen und im Schuss wieder hinunterfahren konnte, ohne umzufallen. Das war nicht allen gelungen. Er konnte sich an Kinder erinnern, die es nur dann den Hang hinauf schafften, wenn der Schnee zentimeterdick an ihren Skiern kleben blieb, die da-*

*mals natürlich noch nicht mit gleitfähigen Belägen versehen gewesen waren. Bei der Abfahrt waren dann viele gestürzt und hatten große Teile ihrer Ausrüstungen, inklusive Fäustlinge und Pudelmütze, auf der Piste verteilt.*

Heute Morgen ist plötzlich der Winter da gewesen. Als ich aufstehe und zum Fenster hinausblinzle, ist alles weiß. Und von der Straße höre ich schon das Kratzen von Schneeschaufeln. Ich weiß zwar nicht, warum, aber das Wichtigste an einem Wintermorgen ist anscheinend, dass man lange vor dem Morgengrauen alle Nachbarn mit dem lauten Gekratze von Schneeschaufeln aus dem Schlaf scheucht. Wahrscheinlich, um zu beweisen, dass man selbst der Ordentlichste ist und als Erster auch das letzte Stäubchen Schnee aus der Einfahrt und vom Gehsteig entfernt. Ich beeile mich, denn der erste Schnee ist für mich eine überaus erfreuliche und spannende Angelegenheit.

Mama allerdings lugt skeptisch nach draußen, als ich zum Frühstück komme. „Das wird wieder ein Chaos heute!", meint sie. „Und wie ich zum Geschäft komme, das weiß ich auch noch nicht!" Ich darf daran erinnern, dass wir kein Auto besitzen und Mama immer mit dem Fahrrad zum Einkaufen fährt, oft sogar mehrmals täglich, weil sie auch für Opa und Oma einkauft. Aber bei Schnee hat sie Angst, mit dem Fahrrad zu fahren, also muss sie zu Fuß gehen und die schweren Taschen heimschleppen. Deswegen hat sie keine so große Freude am Winter wie ich.

Ich beeile mich, den Kakao und die Marmeladebrote hinunterzuschlingen, und packe meine Sachen. „Dass du mir aber auch die Pelzschuhe anziehst, hörst du!", ruft mir Mama noch nach. Sie hat sie mir extra herausgestellt und geputzt. Es gibt für jede Jahreszeit die passenden Schuhe, und von jeder Sorte besitze ich genau ein Paar: Sandalen für den Sommer, Halbschuhe aus Leder für den Herbst und den Frühling, und für den Winter knöchelhohe Lederschuhe, die innen mit Kunstpelz gefüttert sind. Deshalb werden sie „Pelzschuhe" genannt und halten die Füße warm, solange sie nicht nass werden. Denn wasserdicht sind sie nicht. Modische Überlegungen spielen bei Kleidern und Schuhen keine Rolle. Was Mode ist, wissen wir in Kastenkirchen höchstens aus dem Versandhauskatalog.

Mit dem Warmhalten ist das allerdings so eine Sache. Ich muss ja durch jeden Schneehaufen waten und jede Fläche ausnützen, die noch nicht geräumt worden ist, um darin meine Fußspuren zu hinterlassen. Deswegen sind meine Schuhe schon ziemlich durchnässt, als ich am Bahnhof ankomme. Dort fliegt mir, noch bevor ich die Straße überquert habe, ein Schneeball gegen die Brust. Gelächter folgt. Ich ducke mich, schleiche ins Bahnhofsgebäude und bleibe in der Schalterhalle, wo es dampft und müffelt, weil alle Leute ihre Wintersachen aus den Schränken geholt haben, und die stinken nach Mottenpulver.

So gern ich den Schnee habe, Schneeballschlachten sind leider nichts für mich. Ich bin nämlich untalentiert im Werfen. Beim Völkerball, das wird in der Schule oft gespielt, bin ich eine einzige Katastrophe, denn meistens gelingt es mir nicht, den Ball über das gegnerische Feld meinem „Geist" zuzuwerfen. Wenn ich denn überhaupt einen Ball bekomme. Noch untalentierter bin ich im Reagieren auf Wurfgeschosse, die auf mich zukommen. Beim Völkerball hat das den Vorteil, dass ich früh ausscheide und weniger herumlaufen muss, bei Schneeballschlachten allerdings bin ich ein hilfloses Opfer.

Ich blicke durch die Glasscheibe der Tür hinaus ins Schneegestöber, wo die Bälle wie Sternschnuppen in alle Richtungen fliegen. „Durchgehaut gehören sie, die Rotzpippen!", murmelt eine ältere Frau neben mir, deren Pelzmantel besonders aufdringlich duftet. Womöglich noch nach dem Tier, aus dem er hergestellt worden ist. „Durchhauen“ bedeutet übrigen so viel wie „verprügeln“, und eine „Rotzpippen“ ist ein Kind, das sich schlecht benimmt.

Ich schaffe es schließlich, in den Zug einzusteigen, ohne dass mich mehr als ein paar harmlose Treffer auf Rücken und Beine erwischen. Als ich allerdings in Seeklausen aus dem Zug aussteige, trifft mich noch auf dem Bahnsteig ein Schneeball mitten ins Gesicht, sodass mir meine Brille verrutscht. Da ich zunächst völlig blind bin, entgeht mir natürlich, wer der Attentäter war. Ich überquere trotz meiner Blindheit Gleis 2 und Gleis 1 – was notwendig ist, da es keine Bahnsteige gibt. Das Risiko, dass Passagiere beim Überqueren der Geleise von durchfahrenden Zügen zermalmt werden, nimmt man in Kauf. Unter dem Vordach des Bahnhofs reinige ich Brille und Gesicht mit meinem Hemdzipfel, denn Taschentuch habe ich wie üblich keines dabei. Noch bevor ich meine Brille wieder aufsetze, höre ich eine Stimme im Vorbeigehen raunen: „Der Niedermayr ist vielleicht ein Seicherl!“ Ein Seicherl, das ist ein Bub oder auch ein Jugendlicher, der nicht stark oder mutig genug ist, sich gegen andere zu wehren. Wahrscheinlich ist man auch ein Seicherl, wenn man viel liest, aber nicht Fußball spielen kann. Oder von Schneebällen getroffen wird, ohne dass man selber welche wirft.

Als ich mich auf den Weg zur Schule mache, schließt der Herbert wieder zu mir auf. Er ist nämlich auch ein Seicherl und hat sich in der Seeklausner Bahnhofshalle versteckt, bis alle anderen zur Schule weitergezogen sind. Vor der Schule allerdings ereilt uns unser Schicksal dennoch, denn ein großer Haufen Buben hat sich vor dem Schultor versammelt, um ein ganzes Regiment kreischender Mädchen mit Schneebällen zu bombardieren. „Was machen wir jetzt?“, fragt der Herbert, als wir von Weitem die Szenerie beobachten. Ich zucke mit den Schultern. „Beten wird wenig helfen!“, erkläre ich ihm noch, weil ich befürchte, dass er versuchen wird, das Schultor mit gefalteten Händen unbeschadet zu erreichen. „Du bist ja nicht der Jesus, der über den See Genezareth wandeln konnte!“, murmele ich. „Hä? Was hat denn der See Genezareth mit denen da vorne zu tun?“, fragt er ratlos. Eine Antwort kann ich mir ersparen, denn der Schulwart, Herr Gerstberger, bricht brüllend aus dem Schultor hervor, einen Besen in der Hand schwingend. Was er brüllt, können wir nicht verstehen, jedenfalls aber ist nach einer halben Minute Ruhe eingekehrt.

Weil so viel Schnee gefallen ist, gehe ich nachmittags gleich Skifahren. Obwohl ich sportlich gesehen eher eine Niete bin, kann ich Skifahren und tue es auch gern. Natürlich werde ich nicht mit dem Auto zur nächstgelegenen Seilbahn chauffiert, um mir dort eine Tageskarte zu kaufen und dann in der Gondel nach oben zu schweben. Nein, ganz anders. Nur ein paar hundert Meter von unserem Haus entfernt beginnt das nächste Dorf, Waldprachting. Dort stehen ein paar Häuser, aber vor allem gibt es einen recht steilen Abhang, durch den auch die Straße hinunter nach Waldprachting führt. Ich schnalle vor dem Haus also meine Skier an und mache mich auf den Weg über die Äcker nach Waldprachting. Hoffentlich, so denke ich mir, bleibt der Schnee ein paar Tage liegen, denn dann kann ich die Spur, die ich heute ziehe, noch öfter verwenden und muss mich nicht so plagen.

Meine Ausrüstung muss ich ein wenig genauer beschreiben. Ich besitze ein paar Skier mit einer ganz modernen Bindung, die wir natürlich gebraucht von den Gehbauers billig bekommen haben, weil die Ulli schon wieder auf das neueste Modell umgestiegen ist. Man steckt den Schuh in den vorderen Teil der Bindung und drückt dann mit der Ferse auf den hinteren, schon macht es Klick und du stehst fest darin. Das ist etwas ganz Neues, denn die meisten müssen sich noch mit einer Riemenbindung begnügen, bei der man einen Fersenriemen mit einem Spanner, der vorne auf dem Ski montiert ist, spannt. Eine solche Bindung geht natürlich bei einem Sturz nicht auf, und dann hat das Schicksal die Wahl, ob es eher deinen Ski oder dein Bein brechen lässt. Meine Schuhe sind ganz normale Lederschuhe, die man zuschnürt, von Schnallenskischuhen hat man nur bei den Übertragungen von Skirennen etwas gesehen. Dazu kommen eine Keilhose, die unter der Sohle durch einen Steg festgehalten wird, ein Skipullover und ein Anorak. Wasserdicht ist natürlich keines von diesen Kleidungsstücken, und wenn man heimkommt, ist man nie ganz sicher, ob man vom Schnee von oben oder vom Schweiß von innen durchnässt ist. Dazu kommen noch Stöcke mit riesigen, an Lederriemen befestigten Tellern und eine Pudelmütze. Meine ist weinrot.

In Waldprachting haben sich schon zahlreiche Kinder eingefunden, um den Abhang entlang der Straße hinunterzurodeln oder mit den Skiern zu bezwingen. Gefahren wird grundsätzlich Schuss, das heißt, man stellt sich an die Geländekante, schiebt mit den Stöcken an, nimmt sie unter den Arm und fährt geradeaus den Hang hinunter, bis man schlussendlich unten im Flachen wieder stehen bleibt. Danach steigt man den ganzen Hang wieder nach oben und gerät dabei unmäßig ins Schwitzen. Die ganz Wagemutigen steigen sogar das Stück Hang oberhalb der Straße hinauf und stürzen sich dann über die Straße hinweg hinunter. Was ihnen die Möglichkeit gibt, nach der Kante an der Straße einen Sprung auszuführen, der oftmals zu Stürzen und schweren Verletzungen führt. In der Regel wird der Verunfallte dann von anderen Kindern auf eine Rodel geladen und nach Hause gezogen.

Heute sind die Verhältnisse günstig, denn obwohl die Piste bereits glatt gefahren ist, bremst der Neuschnee am Ende des Hanges genügend ab, sodass keine Gefahr besteht, in den Bach hinter dem Flachstück zu stürzen. Wenn es nämlich sehr eisig ist, muss man da besonders aufpassen und sich notfalls auf den Hosenboden setzen, um schneller abzubremsen. Die Kunst des Bogenfahrens beherrschen nur wenige, sodass man darauf vertrauen muss, von selbst irgendwie zum Stehen zu kommen.

Obwohl ich als unsportlich gelte, macht mir der Winter mit allen seinen Begleiterscheinungen solchen Spaß, dass ich bis zum Einbruch der Dunkelheit auf der Waldprachtinger Piste verweile, die sogar den Vorzug hat, bei Flutlicht befahren werden zu können, weil an einer Stelle am Straßenrand eine Straßenlaterne vor sich hin flackert.

Als ich heimkomme, duftet es in der Küche nach Weihnachtsbäckerei. Mama macht Lebkuchen für den Nikolaustag. Uschi steht neben ihr, denn erstens ist sie noch zu klein, um alleine nach Waldprachting zum Skifahren zu gehen, und zweitens geht sie ohnehin nicht freiwillig aus dem Haus, wenn es schneit, weil ihr der Schnee zu kalt ist. Ich gehe zuerst in mein Zimmer und ziehe die durchnässten Sachen aus. Was wir uns nicht leisten können, ist, verschwitzte Sachen sofort zu waschen, die werden schön über eine Stuhllehne gehängt und getrocknet, damit man sie am folgenden Tag noch einmal benutzen kann. Wir haben zwar eine Waschmaschine, aber Strom ist teuer, und alles zu waschen und zu bügeln ist viel Arbeit.

Ich ziehe meine alte Hose an und gehe wieder hinunter. Eigentlich, so überlege ich, könnte ich mich auch an Weihnachtsbäckerei versuchen. Wer Pizza backen kann, wird wohl auch noch Kekse zustande bringen. Meine Lieblingskekse sind Mostkekse, die backt aber nur Oma, weil Mama die zu säuerlich findet. Es ist ja nicht nur Most drinnen, sondern auch Ribiselmarmelade.

Unten in der Küche duftet es verführerisch nach Lebkuchenteig. „Gibt es Reste zum Naschen?“, frage ich, denn roher Lebkuchenteig, finde ich, ist eine Delikatesse. „Weg da!“ Mama klopft mir auf die Finger, als ich mir die leere Teigschüssel zu schnappen versuche. „Ich kann da jetzt keinen brauchen, der unnötig herumsteht!“ Ich ziehe mich zurück, denn ich muss „So kocht man in Wien“ studieren – hoffentlich findet sich darin auch ein Rezept für Mostkekse.

Am nächsten Tag kommt tatsächlich der Nikolo. Ich finde es ja eine unwürdige Veranstaltung, aber meine Eltern meinen, dass sich die Uschi so freut und dass es für sie auch noch wichtig ist. Wie üblich verschwindet Papa kurz vor dem Eintreffen des Nikolaus, holt sich die Rute aus der Garage und rennt dann ums Haus, um gegen die Fenster zu schlagen und zu grollen. Uschi verkriecht sich laut schreiend unter dem Tisch. „Da hat der Nikolo heuer wohl den Krampus mitgebracht!“ Mama droht uns mit dem Finger. Obwohl ich das Spektakel längst durchschaut habe, läuft mir doch ein Schauer den Rücken hinunter. Uschi klammert sich nun an Mamas Bein fest und will gar nicht aufhören zu schluchzen. „Das ist doch nur Papa, du dumme Nudel!“, zische ich ihr zu. Sie hört kurz auf zu schluchzen. „Echt?“, fragt sie mich aus tränenverschmierten Augen. Doch als Papa erneut mit der Rute gegen das Wohnzimmerfenster schlägt, fängt sie wieder zu kreischen an.

Kurz danach kommt Frau Wiesinger, als Nikolo verkleidet und mit verstellter tiefer Stimme, zur Tür herein. Hinter ihr kommt auch gleich Papa mit nassen Haaren, weil es draußen noch immer schneit. Wir müssen uns vor den Nikolo hinstellen, der allerhand erzählt, während Uschi ihre Tränen mit einem Taschentuch trocknet. Immer noch schluchzt sie stoßweise, bis der Nikolo endlich sagt: „Also, den Krampus, den habe ich schon weggeschickt, denn hier wohnen ja nur brave Kinder!“ Uschi nickt, mir ist das ganze Theater peinlich. Vor allem sehe ich nicht ein, dass hier nur die Kinder vorgeführt werden.

Als mir dann schließlich der Nikolo vorwirft, dass ich in der Schule zu oft herausrufe, nicht herunterkomme, wenn man nach mir ruft, und mein Zimmer nicht ordentlich aufräume, platzt mir der Kragen. „Und Papa, der raucht und trinkt viel zu viel, und Mama kauft sich ganz oft neue Schuhe, obwohl sie dauernd jammern, dass wir kein Geld haben! Die Zigaretten und das Bier und die Schuhe, die kosten doch auch was!“ Die Frau Wiesinger starrt mich zuerst ungläubig an, schüttelt dann den Kopf und stößt ihren Bischofsstab mehrmals heftig gegen den Boden. Allerdings merke ich, dass sie vor unterdrücktem Lachen bebt und ihr die Tränen in die Augen treten.

Auf meine Wortmeldung hin folgt eine unschöne Szene, die im Abbruch der Nikolofeier mündet. Zumindest für mich, denn ich werde ohne Geschenke, ohne Lebkuchen und Erdnüsse zu Bett geschickt. Trost spendet mir wieder einmal nur Karl May. Ich lese gerade „Halbblut“, den letzten Band, den ich noch nicht gelesen habe, in dem Winnetou vorkommt.

Mostkekse gibt es leider auch keine. Ich habe zwar in einem Kochbuch von Oma, das ich mir heimlich ausgeborgt habe, ein Rezept gefunden und abgeschrieben, aber der Teig war noch viel schwieriger zu behandeln als der Pizzateig, er ist überall kleben geblieben, nur nicht auf der Küchenplatte, und ich musste das Experiment schließlich abbrechen, um die Küche noch sauber zu bekommen, bevor Mama wieder nach Hause kommt. Vielleicht nächstes Jahr.

## 17 Die Reise zum Mond

*Natürlich fand sich im Karton auch eines der üblichen Weihnachtsfotos. Es war verblasst und ein wenig rotstichig, aber seine Mutter hatte – extra für Weihnachten – auf einem Farbfilm bestanden. Uschi sah aus, als wolle sie gerade zu weinen beginnen, die Mundwinkel hingen nach unten. Wahrscheinlich war sie daran gehindert worden, noch vor der Aufnahme Geschenke auszupacken. Er selbst fand sich viel zu dick, mit einer unmöglichen Brille, hinter der man die Augen mehr ahnen als sehen konnte. In ein zu enges Sakko gestopft und mit einer lächerlichen Krawatte dekoriert. Die Großeltern in der Tracht, die Oma mit einem so tiefen Ausschnitt, dass man ihren faltigen Busen sogar auf dem unscharfen Foto erkennen konnte. Hinter der Familie konnte man den Christbaum sehen, mit Kerzen, viel Lametta und Sternspritzern, die gerade in voller Aktion waren. Die Brandgefahr hatte man damals wohl nicht so sehr im Auge gehabt. Aber es hatte wunderbaren Christbaumbehang gegeben, mit viel Schokolade und auch Likör drinnen, denn damals war man mit Alkohol für Kinder etwas großzügiger umgegangen. Er und Uschi waren die Einzigen auf dem Foto, die noch am Leben waren. Er musste sich mit dem Hemdärmel ein paar Tränen aus den Augenwinkeln wischen.*

Am 12. November ist für mich die wichtigste Nachricht des Jahres über das Fernsehen verbreitet worden: Die Amerikaner werden noch vor Weihnachten zum Mond fliegen. Niemand hat das geglaubt oder für möglich gehalten, denn noch voriges Jahr sind drei Astronauten an der Spitze ihrer Saturn-V-Rakete beim Training verbrannt, und damals hat es geheißen, das Programm werde um Jahre verzögert.

Nun ist es aber so, dass es anscheinend zwischen den Amerikanern und den Russen einen ungemein wichtigen Wettlauf zum Mond gibt, es ist eine Frage der Ehre, welche Supermacht den ersten Astronauten hinaufschießt. Und deswegen haben sich die Amerikaner so furchtbar beeilt. Jetzt werden sie im Dezember natürlich noch nicht auf dem Mond landen, aber drei Astronauten werden hinfliegen und ihn ein paarmal umkreisen.

Am 21. Dezember, einem Sonntagnachmittag, kann ich mich bei der Wahl des Fernsehprogramms durchsetzen. Alle sitzen in unserem Wohnzimmer und schauen sich den Start der riesigen Rakete an, die die Astronauten ins All bringen soll. Sie ist über 100 Meter hoch, und an der Spitze, in einer winzigen Kapsel, sitzen die drei Männer, die als erste Menschen die hintere Seite des Mondes sehen werden.

Mama wollte eigentlich einen Spaziergang unternehmen, damit wir endlich wieder einmal an die frische Luft kommen, und Papa wollte einen alten Film mit Hans Moser im zweiten Programm sehen. Schließlich hat Opa mich aber unterstützt. „Sind schon Hund, die Amerikaner!“, hat er gesagt. Das meint er als Kompliment. „Hund“ dient nicht nur als Schimpfwort, man kann damit auch ausdrücken, dass man jemanden für besonders schlau und gerissen hält. „Schauen wir einmal, ob’s die Rakete beim Start zerreißt!“ Das ist nämlich in der Geschichte der Weltraumfahrt bisher schon öfter vorgekommen, aber meistens waren das Raketen ohne Astronauten an Bord.

Mama strickt und Oma häkelt, während der Countdown heruntertickt. Noch fünf Minuten. Im Fernsehen sieht man verschwommene Bilder, die direkt aus den USA übertragen werden. „Glaubt ihr das, dass die wirklich zum Mond fliegen? Oder ist das ein Kasperltheater?“, fragt Oma. Ich fauche nur und schüttle den Kopf. Oma hat überhaupt keine Ahnung. Mama lässt ungerührt die Stricknadeln weiter klappern, während sich Papa eine Zigarette anzündet und Opa auf seiner ausgegangenen Pfeife herumkaut. „Ich hol mir ein Bier“, sagt Papa. „Schon wieder?“, fragt Mama. „Du hast doch erst zum Essen eins gehabt!“ „Ist schließlich Sonntag!“, grummelt Papa. „Man muss sich ja auch einmal entspannen.“ Im Studio in Wien, das man jetzt im Bild sieht, sitzen ein älterer Herr und eine junge Dame. Der Herr weiß anscheinend alles über Raumfahrt und heißt Herbert Pichler, und die Dame übersetzt alles, was sie vom amerikanischen Fernsehen hört, ins Deutsche. Sie heißt Ingrid Kurz. An diesem Nachmittag steht für mich fest, dass ich Astronomie studieren und bei der NASA arbeiten möchte. Meinen Eltern sage ich davon lieber noch nichts.

„Wie finden die denn da eigentlich hin? Haben die einen Kompass? Weil, die sehen ja vorn gar nicht hinaus? Ich seh da kein Fenster!“, wendet Mama ein, als in einem kurzen Film die Apollo-Kapsel näher vorgestellt wird. Ich halte mir die Hände an den Kopf und stöhne. So viel Ahnungslosigkeit ist ja gar nicht möglich, denke ich mir. „Die haben einen Computer bei der NASA“, erkläre ich ihnen. „Und der sendet ein Funksignal, genau, wann die Triebwerke eingeschaltet werden müssen und wie lange. Und das bringt die Kapsel auf einen vorausberechneten Kurs. Und außerdem fliegt die Kapsel dann verkehrt herum“, erkläre ich. „Aha“, sagt Mama, der ich anmerke, dass meine Erklärungen sie nicht wirklich interessieren. „Und Kompass braucht man da keinen?“ Jetzt mischt sich Opa ein. „Ein Kompass, Mädel, der funktioniert ja nur auf der Erde! Da braucht es einen Nordpol und einen Südpol! Und sowas gibt’s im Weltraum nicht!“ „Nicht?“, fragt Mama und schnappt sich ein neues Wollknäuel aus dem Korb, der neben ihren Füßen steht. Da ist wirklich Hopfen und Malz verloren, denke ich mir. Zumindest, was die Raumfahrt betrifft.

Nur mehr zehn Sekunden. Der Kommentar verstummt, und man hört eine englische Stimme herunterzählen. „Jetzt macht's gleich Bumm!", meint Opa, als eine riesige Feuerwolke unter der Rakete hervorfaucht. Natürlich in Schwarz-Weiß. Und bei null löst sich das Raumschiff, zuerst ganz langsam, vom Boden. Kaum ist die Rakete gestartet, neigt sie sich schon leicht zur Seite, und für einen Moment befürchte ich das Schlimmste. Aber sie befreit sich von dem Gestell, das sie festgehalten hat, und steigt unaufhaltsam zum Himmel auf.

Natürlich gibt es schon Computer, sie belegen im Kontrollzentrum in Houston in Texas ein ganzes Stockwerk, dennoch müssen die Astronauten manche kritische Manöver mit Handsteuerung fliegen, weil der Computer so komplizierte Berechnungen nicht so schnell hinkriegt.

Leider gibt es zwischen dem Start von Apollo 8 und dem Erreichen des Mondes noch ein Hindernis, das zwar nicht die Astronauten, aber mich persönlich betrifft. Es gibt Zeugnisse, und zwar am letzten Schultag vor den Weihnachtsferien, am 23. Dezember. Frau Professor Schlierberger seufzt, als sie mich zur Tafel hinausruft. „Niedermayr", sagt sie und seufzt gleich noch einmal, damit ich auch ganz sicher weiß, welche Sorgen ich ihr bereite. „In Deutsch und Englisch … da brauchen wir gar nicht darüber reden. Aber das Betragen!" Sie überreicht mir mein Zeugnis, in dem ganz oben, als erste Note, in „Verhalten im Unterricht" ein „Gut" eingetragen ist. „Gut" ist die zweitbeste Note, und sie bedeutet, dass das Verhalten im Unterricht eben nicht sehr gut gewesen ist. Ich weiß schon, dass ich diese Note Herrn Professor Zauner verdanke, er hat sie mir ja angedroht. Aber dass er mir auch in Geografie nur einen Zweier gegeben hat, wo ich praktisch schon im Voraus alles weiß, was er unterrichtet, das treibt mir vor Zorn die Tränen in die Augen. Fast. Ich kann mich gerade noch beherrschen. In Leibesübungen habe ich einen Dreier bekommen, auch in Musik und Mathematik. Die Frau Professor Singer hält eben das Singen für außerordentlich bedeutend, und weil ich meist falsch und daher manchmal gar nicht singe, hat sie mir eine schlechte Note verpasst. Man kann zwar nichts dafür, dass man nicht singen kann, aber eine schlechte Note bekommt man trotzdem. Bei uns gilt das Prinzip, entweder du tust, was die Lehrer verlangen, oder es setzt was. Auf individuelle Begabungen wird da keine Rücksicht genommen. Der dicke Holzinger hat zum Beispiel in Deutsch einen Fünfer, was die Frau Professor auch mit zahlreichen Seufzern garniert hat. Der Holzinger kann aber bloß nicht rechtschreiben, und bei der Schularbeit heißt es dann, zehn Fehler – fünf. Da wird über Grammatik, Stil und Inhalt gar nicht mehr geredet. Den Dreier in Turnen habe ich ja auch nur deswegen bekommen, weil ich unsportlich bin, nicht so schnell rennen und nicht so hoch hüpfen kann wie andere, die dafür nicht einmal die Hauptstadt der Steiermark kennen.

Ich habe ja, ehrlich gesagt, kein Problem mit meinen Noten. Ich fürchte nur, meine Eltern werden ein fürchterliches Theater machen. Vor allem wegen der Betragensnote, denn die gilt als unauslöschliche Schande für die ganze Familie. Meine Mama steht hinter dem Herd, denn am 23. Dezember gilt es, alles für das Weihnachtsfest vorzubereiten. Suppe, Kraut und so weiter. „Na?", fragt Mama. Noch lächelt sie. „Wie ist das Zeugnis ausgefallen?" Ich zucke mit den Schultern. „Ganz okay", sage ich. „Okay?" Mama schüttelt den Kopf. „Was ist denn das für ein blödes Wort? Kannst du nicht Deutsch reden?"

Was englische Wörter betrifft, ist Mama manchmal wie Opa oder unser Turnlehrer Wolf in der Schule. Wir dürfen sie nicht, oder nur möglichst selten, verwenden. Der Wolf hat uns sogar einmal einen Vortrag darüber gehalten, wie die deutsche Sprache und Kultur vor die Hunde gehen würden, wenn wir es zuließen, dass sich Wörter aus der Sprache des Feindes in unsere einschlichen. Das „Foul“ im Fußball lässt er aber gelten, das sei protogermanisch, sagt er. Von einem Turnier will er allerdings nichts wissen, das heißt beim Wolf „Rundspiel“.

Zur Erinnerung, die Engländer waren im Krieg unsere Feinde. Die Nazis haben die Kinder in der Schule sogar ein Lied singen lassen, das „Bomben auf England“ heißt. Das weiß ich, weil Mama ihre Schulsachen aufgehoben hat, und da war auch so ein Nazi-Liederbuch dabei. Wir singen Gott sei Dank nur „Wir radeln durch das Land“.

Mama nimmt mir das Zeugnis aus der Hand, findet zielsicher die Betragensnote ganz oben und zieht die Augenbrauen hoch. „Na warte, bis der Papa heimkommt!“ Die Bedeutung dieser Drohung darf ich als bekannt voraussetzen. Sie dreht sich wieder zu ihren Kochtöpfen um. „Was hast du denn da wieder angestellt? Ha? Wie ist denn so etwas möglich? Haben wir dich nicht gut erzogen? So eine Schande! Das kann man ja niemandem zeigen, so ein Zeugnis! Und gleich das erste im Gymnasium!“ Ich bin mir sicher, dass Mama ihre Fragen nicht beantwortet haben möchte. „Es ist ja nur wegen dem Herrn Professor Zauner! Der sitzt mir auf, weil ich alles schon weiß, was er uns erzählt!“ „Er sitzt mir auf“ heißt, dass er mich nicht mag und mich deswegen benachteiligt. Mama lässt ihren Zorn am Kochlöffel aus, der so wild durch den Topf fährt, dass Suppe über den Rand spritzt. „Da hast du uns ja ein schönes Weihnachtsgeschenk gemacht!“, schimpft sie. „Alles musst du einem verderben! Alles!“ Ich versuche, mich zu verteidigen. „Aber Deutsch und Englisch sind die wichtigsten Fächer! Da habe ich einen Einser!“ „Das wäre ja noch schöner, wenn du da auch noch patzt!“ Ich denke, es ist gescheiter, jetzt den Rückzug anzutreten, anstatt noch einmal zu widersprechen. Ich ziehe mich unter die Dachschräge zurück und verstecke mich hinter meinem „Halbblut“.

Es dauert nicht lange, bis mich Papa ruft. Er hat am Tag vor dem Heiligen Abend früher aus. An seiner Stimme höre ich schon, dass er erstens zornig ist und zweitens getrunken hat. Wahrscheinlich eine kleine Weihnachtsfeier bei der Bahn. Er sitzt im Wohnzimmer und hat sich schon wieder ein Bier aufgemacht. Die Flasche steht neben ihm auf dem Couchtisch. Papa schüttelt den Kopf. „Eigentlich hättest du ein paar Flaschen verdient!“, sagt er und schüttelt den Kopf. Damit meint er natürlich weder Bier- noch Weinflaschen, sondern Ohrfeigen. „Aber mit dem Geographielehrer, da muss ich einmal reden. Was glaubt denn der – nur weil du alles weißt!“ „Es ist eher wegen dem Herausrufen“, erkläre ich. „Das ist ... aber in Turnen einen Dreier! Was bist du denn für ein Versager, hä? Da werden wir trainieren, bis die Schwarten krachen, das garantiere ich dir! Aus dir werde ich schon einen Sportler machen! Und jetzt geh und hol Holz für den Ofen!“ Papa schwingt die Beine aufs Sofa, und ich bin ein wenig erleichtert. Immerhin hat er weder ausgeholt noch mir einen Entzug der Weihnachtsgeschenke angedroht.

Und am Morgen des Heiligen Abend ist sowieso wieder alles vergessen, weil der Briefträger ein Paket für mich bringt. Ich habe noch nie ein Paket bekommen. Als ich den Absender sehe, läuft es mir kalt den Rücken hinunter. Es kommt vom „Seeklausner Boten“, unserer regionalen Tageszeitung, die wirklich jeder liest. Wenn man wissen will, wer in der näheren Umgebung einen Unfall gehabt hat, weil er zum Beispiel besoffen Auto gefahren ist, dann muss man den Seeklausner Boten lesen. Und dieser Bote hat einen Aufsatzwettbewerb veranstaltet, das ist sicher schon sechs Wochen her. Das Thema war „Mutter bäckt Weihnachtsbäckerei". Ich habe natürlich einen vier Seiten langen Aufsatz eingesandt. Uschi sieht mir zu, als ich ungeduldig den Karton aufreiße. Drinnen sind ein grauer Plastikkoffer und ein Brief. „Lieber Siegfried!", steht da. „Du hast in unserem Aufsatzwettbewerb einen der Hauptpreise gewonnen. Viel Spaß mit deinem neuen Spielekoffer! Dein Aufsatz wird am 24. Dezember in der Feiertagsbeilage des ‚Seeklausner Boten' veröffentlicht." Mir wird schwindlig. Ich öffne den Koffer und staune. Drinnen ist ein komplettes Roulette-Set mit jeder Menge Spielgeld, dazu noch ein Mühle-, ein Dame- und ein Halmaspiel. Selbstverständlich auch die dazugehörigen Spielfiguren in bunten Farben. Plötzlich fällt mir ein, dass wir ja den Seeklausner Boten im Haus haben. Ich schmeiße den Koffer auf den Tisch und rase in die Küche. „Was ist?", schreit mir Uschi nach.

Auf dem Küchentisch liegt der Seeklausner Bote. Ich fetze die Seiten auseinander. „Spinnst du?", fragt Mama, die schon wieder irgendwas schnippelt und rührt. Da! Auf der zweiten Seite des Wochenendmagazins. Mein Aufsatz! Ich bin in der Zeitung! Darunter steht „Siegfried Niedermayr"! „Mama, ich habe einen Preis gewonnen! Und mein Aufsatz ist in der Zeitung!" „Was?" Mama reißt das Blatt an sich und beginnt zu strahlen, sobald sie meinen Namen gelesen hat. „Siegfried Niedermayr! Wahnsinn!" Der Aufsatz ist nicht so wichtig, aber dass man in der Zeitung ist, das gilt etwas. „Alle meine Freundinnen werden das lesen! Und die Nachbarn! Und sogar die eingebildeten Gehbauers!" Mama ist glücklich. Und ich bin glücklich, dass ich sie glücklich gemacht habe. Der Spielekoffer ist zwar nett – aber die wirkliche Sensation ist, dass ich in der Zeitung bin. „Das ist mein schönstes Weihnachtsgeschenk!" Mama drückt mich an sich. So nahe bin ich ihr schon lange nicht mehr gewesen. Ihre Schürze riecht nach Knoblauch und

Zimt. Ich reiße mich los, so viel körperliche Nähe bin ich nicht gewohnt. Mama nimmt noch einmal die Zeitung in die Hand. „Das wird ausgeschnitten und eingerahmt!“ Ich beschließe endgültig, Schriftsteller zu werden und sowohl die Koch- als auch die Astronautenkarriere an den Nagel zu hängen. Wenn Karl May jede Menge spannender Indianergeschichten geschrieben hat, ohne dass er jemals in Amerika war, dann kann ich das auch.

„Was ist denn los?“ Uschi hat zwar die Zeitungsseite in der Hand, aber sie hat noch nichts kapiert. „Ich hab einen Aufsatzwettbewerb gewonnen!“, informiere ich sie. „Und meine Geschichte steht in der Zeitung!“ Uschi hält sich die Seite vor die Nase. „Die ist aber lang!“, klagt sie. „Brauchst sie ja nicht zu lesen, dumme Gurke!“ Uschi schlägt nach mir, und leider zerreißt dabei die Seite. „Hört auf, hört auf!“, keift Mama schrill. Am besten, ich fange gleich heute mit meinem Roman an. Papa taucht jetzt erst auf und erkundigt sich, warum wir so einen Lärm machen. „Der Siegfried ist in der Zeitung!“, schluchzt Mama mit tränenerstickter Stimme. „Einen Aufsatzwettbewerb hat er gewonnen!“ Papa bekommt die eingerissene Zeitungsseite in die Hand gedrückt. Er wirft einen kurzen Blick darauf und nickt mit dem Kopf. „Respekt!“, sagt er und legt das Blatt wieder weg. „Da werden die Verwandten staunen!“ Nach Weihnachten gibt es nämlich immer ein großes Familientreffen, und diesmal, so scheint es, werde ich im Mittelpunkt stehen. „Wichtiger wär's allerdings, dass er mehr trainiert, dass er ein paar Muskeln bekommt!“, sagt er noch, bevor er sich wieder aus der Küche verabschiedet. Er wird schon noch merken, dass nicht nur Fußball zählt, denke ich mir.

Natürlich gibt es heute neben Weihnachten noch ein weiteres, viel bedeutenderes Ereignis. Zumindest aus meiner Sicht. Genau heute sollen die Astronauten in ihrem Raumschiff den Mond erreichen, und auch das wird im Fernsehen übertragen. Da habe ich Glück, denn Heiligabend folgt bei uns einem ganz strengen Zeremoniell, das ist für mich aber günstig. Oder wäre zumindest günstig, wenn da nicht Uschi neben mir sitzen würde. Es ist nämlich so: Der Fernseher steht im Wohnzimmer. Das aber wird abgesperrt, denn wir Kinder dürfen natürlich nicht sehen, wie das Christkind den Baum schmückt. Also hat Papa ein extra langes Antennenkabel besorgt, den Fernseher, der ohnehin auf einem Wagen steht, in die Küche gerollt und ihn dort für uns eingeschaltet. Zu Weihnachten gibt es nämlich den ganzen Tag lang Kinderprogramm, damit die Kinder ruhiggestellt sind und den Erwachsenen, die ja schrecklich viel zu tun haben, nicht auf die Nerven gehen. Papa hat anscheinend nicht so viel zu tun, denn er sitzt die meiste Zeit bei uns in der Küche und raucht eine Zigarette nach der anderen. Das Kochen, Putzen, Geschenkeeinpacken und so weiter, das ist nämlich alles Frauenarbeit. Nur den Christbaum in den Ständer zu zwängen und im Wohnzimmer aufzustellen, das ist Papas Aufgabe. „Da ist bis Mittag Zeit, vorher kommen sie eh nicht zum Christbaumschmücken“, meint er und macht sich ein Bier auf.

Um elf Uhr unserer Zeit etwa soll die Apollo-Kapsel im Funkschatten des Mondes verschwinden, und dann heißt es Bangen und Hoffen. Denn nur, wenn es den Astronauten gelingt, die Kapsel in die genau richtige Position zu bringen und das Triebwerk für genau den richtigen Zeitraum zu zünden, nur dann wird die Kapsel in eine Umlaufbahn um den Mond einschwenken. Wenn das nicht gelingt, fliegen sie am Mond vorbei und sind in den Tiefen des Weltalls verloren. Und das müssen die Astronauten selber machen, denn ein Funksignal von der Erde gibt es nicht, weil eben der Mond zwischen dem Raumschiff und der Erde steht. Der Funkverkehr zwischen dem Raumschiff und der Kontrollstation in Houston besteht hauptsächlich aus Rauschen und aus quäkenden Lauten, die ich nicht verstehen kann. „Loss of signal!", ruft Frau Kurz. „Das bedeutet, man hat den Kontakt mit Apollo 8 verloren." Herr Pichler nickt. „Das war genau vorhergesehen und geplant. Und jetzt müssen wir warten, bis sie wieder aus dem Schatten des Mondes auftauchen." „Oder eben auch nicht", sagt Frau Kurz. Herr Pichler wirft ihr einen vernichtenden Blick zu. Nun sieht man Szenen aus dem Kontrollzentrum in Houston, wo es so ähnlich aussieht wie bei uns: Vor lauter Rauchschwaden ist kaum etwas zu sehen.

„Ich will jetzt aber Lassie schauen!", raunzt Uschi. „Da sieht man ja fast nichts. Und es ist so fad!" Papa lacht. „Jetzt, wo es gerade spannend ist!", protestiere ich. Mama kommt in die Küche. „Ich muss jetzt den Fisch machen", kündigt sie an. Zu Mittag gibt es bei uns am Heiligen Abend immer Fisch, denn es ist ja ein Fasttag. Zumindest bis zum Abend. Ich gehe zum Fernseher und drehe lauter, Papa verabschiedet sich. „Ich geh noch schnell ..." Er lässt offen, wohin er geht, aber wir wissen es ohnehin. Er schaut noch schnell beim Dorfwirt vorbei, auf ein Seidel oder zwei. „Ich muss jetzt unbedingt zuschauen!", bestehe ich auf meinem Fernsehprogramm. „Es ist gerade am spannendsten!" Mit Müh und Not gelingt es mir, trotz der raunzenden Uschi und der mit den Töpfen klappernden Mama dranzubleiben, bis um 20 nach elf Jubel ausbricht: Apollo 8 ist wieder aus dem Mondschatten aufgetaucht und in eine Umlaufbahn eingeschwenkt. Ich springe auf und brülle vor Begeisterung. Mama misst mich mit einem skeptischen Blick. „Jetzt dreht er durch", meint sie nur. „Ich will jetzt Lassie schauen!", meldet sich Uschi wieder zu Wort. „Lass sie halt auch einmal schauen!", mischt sich Mama ein, geht zum Fernseher und schaltet um. Die beiden haben überhaupt kein Gefühl für bedeutende Momente der Geschichte. Und von Wissenschaft und Technik verstehen sie rein gar nichts. Es ist zum Heulen. Aber irgendwie, finde ich, ist jetzt auch die Luft raus. Jetzt werden sie halt ein paarmal um den Mond kreisen, und das war's dann. Spannend wird es dann wieder, wenn sie aus der Mondumlaufbahn ausschwenken, um zur Erde zurückzukehren.

Ich nehme den zerfledderten Seeklausner Boten, hole meinen Spielekoffer aus dem Wohnzimmer und ziehe mich in meine Dachschräge zurück. Dort glätte ich die zerrissene Seite mit meinem Aufsatz. Man kann sie sicher wieder kleben, es ist nicht so schlimm. Und außerdem gibt es ja noch viele andere Exemplare des Seeklausner Boten, alle Nachbarn haben ihn abonniert. Vielleicht bekomme ich sogar noch ein unzerrissenes Exemplar. Ich lese meinen Aufsatz einmal durch, dann den Brief. Es ist wirklich ein großer Moment in meinem Leben, und vielleicht hat wenigstens Mama das verstanden. Am wichtigsten ist ihr, dass sie mit mir angeben kann, das ist mir schon klar. Aber vielleicht kann ich es jetzt auch leichter durchsetzen, dass ich viel lesen und schreiben muss, um später Schriftsteller zu werden. Ich hole ein neues, blütenweißes Heft aus meiner Schublade, lege es vor mich hin auf den Tisch und klappe es auf. Dann schraube ich die Hülle von meiner Füllfeder und setze die Feder auf die erste Zeile. Wie soll mein Roman heißen? Das Wichtigste ist doch der Titel, damit man weiß, worum es geht. Mir fällt aber kein Titel ein. Dann denke ich an Ribanna und Nscho-Tschi aus den Winnetou-Filmen, die ich im Kino gesehen habe. Die waren natürlich, von der Handlung her, ein Blödsinn, weil die Geschichte ganz falsch erzählt worden ist, komplett anders als im Buch. Aber die beiden Indianerinnen waren wunderschön. Natürlich auch Winnetou und Old Shatterhand.

„Nscho-Tschi war die schönste Squaw aus dem Volk der Apatschen", schreibe ich. Natürlich ist mir klar, dass ich einen anderen Namen finden muss, aber mir ist in der Eile keiner eingefallen. Ich kenne ja nicht so viele indianische Namen. Und damit es auf keinen Fall eine kitschige Liebesgeschichte wird, muss meine schöne Indianerin gefährliche Abenteuer erleben. Allerdings muss ich aufpassen, dass es nicht genauso klingt wie bei Karl. Das wäre fast wie Abschreiben. Oder vielleicht sollte ich doch überhaupt einen Roman über das Leben der Familie Niedermayr schreiben. Die würde ich dann natürlich zum Beispiel Obermayr nennen, damit niemand darauf kommt, dass wir selber gemeint sind. Aber das wäre wahrscheinlich viel zu langweilig, denn in unserer Familie passiert ja nichts. Momentan komme ich jedenfalls auf keinen zweiten Satz, und Mama ruft zum Essen.

Gott sei Dank ist Papa auch schon da, er ist nicht, wie es schon einmal vorgekommen ist, im Wirtshaus hängen geblieben. Wahrscheinlich hat ihm Mama deutlich gesagt, was passieren wird, wenn er nicht rechtzeitig zum Essen zu Hause ist. Es gibt gebackene Fischfilets und Erdäpfelsalat, eben wegen des Fasttages, wie schon erwähnt. Mama ist fahrig und nervös, weil es noch so viel zu tun gibt. „Und dann noch die Küche aufräumen, und am Abend geht es schon wieder los!", klagt sie. Dann werden nämlich Bratwürstel und Erdäpfelschmarren serviert, und weil Opa und Oma auch kommen, muss sie das für sechs Personen zubereiten. Papa, wie gesagt, ist keine große Hilfe, denn der weiß nicht einmal, wie man den Herd einschaltet.

„Du hilfst mir jetzt beim Christbaumaufstellen!", kommandiert Papa, sobald er aufgegessen hat. „Aber Adolf!", ermahnt ihn Mama. „Den Baum bringt doch das Christkind!" „Ach was!" Papa wischt ihren Einwand mit einer ärgerlichen Handbewegung beiseite. „Der ist alt genug! Und ich seh nicht ein, warum ich alles allein machen soll!" „Alles!", ätzt Mama. Anstatt mich meinem Roman zu widmen, muss ich Papa in die Werkstatt von Opa folgen, wo

Baum und Ständer schon bereitstehen. Ich sehe auf den ersten Blick, dass der Baum nicht in den Ständer passen wird. „Viel zu dick!", sage ich. „Für's Klugscheißen brauch ich dich nicht!", antwortet Papa. Den Ausdruck würde er sich vor Mama nicht zu verwenden trauen. „Das haben wir gleich!", erklärt er mir, nimmt eine Axt zur Hand und schlägt Späne vom Stamm des Christbaums. „Halt du einmal oben!" Ich greife zu, doch die spitzen Nadeln stechen unangenehm. „Aua!" „Sei nicht so ein Waschlappen!", ächzt Papa, denn der Stamm leistet mehr Widerstand, als er erwartet hat. Nach jedem wuchtigen Schlag mit der Hacke rieseln bereits Nadeln zu Boden. „Papa, er nadelt schon!", versuche ich, ihn auf das Problem hinzuweisen. „Sind noch genug da!", stöhnt er und haut wieder zu. Dann richtet er sich auf. „So!", erklärt er. „Das passt!" „Das ist aber ganz schief!", gebe ich zu bedenken. Papa hat an einer Seite des Stammes viel mehr abgehackt als an der anderen. „Gib Ruhe, das passt! Halt mir den Ständer fest!" Ich gehe auf die Knie und fasse nach dem gusseisernen Christbaumständer, Papa hebt die Fichte hoch und steckt sie in den Ring. „Jetzt zuschrauben!", befiehlt er mir. Ich drehe die drei Schrauben zu, so fest ich kann. Papa lässt los, und der Baum neigt sich. Und zwar so kräftig, dass er schließlich umkippt und weitere Nadeln verliert. Es braucht noch zwei weitere Kürzungs- und Zuschneideversuche, bis der Baum wenigstens halbwegs gerade im Ständer steht. Das kann man allerdings nur schwer beurteilen, denn er ist ein wenig schief gewachsen, und kurz vor dem Wipfel beschreibt der Stamm eine S-Kurve. Ich halte lieber den Mund, Mama wird ihm ihre Meinung schon sagen, wenn er den Baum ins Wohnzimmer stellt.

Papa verschwindet mit dem Baum im Haus, und ich überlege, ob ich an meinem Roman weiterarbeiten soll. Auf dem Weg von der Werkstatt ins Haus fallen dicke Tropfen auf meinen Kopf. Wie üblich hat das Weihnachtstauwetter eingesetzt, der Schnee unter meinen Füßen verwandelt sich gerade in Matsch, und ich beschließe, dass das nicht das richtige Ambiente für das Verfassen einer Indianergeschichte sein kann, und gehe zu Uschi in die Küche. Dort läuft zwar nur ein langweiliger Märchenfilm, aber ich muss zugeben, dass ich jetzt doch schon ein wenig zu nervös bin, um mich auf Anspruchsvolleres zu konzentrieren. Ich habe mir natürlich Bücher zu Weihnachten gewünscht und ein paar Lego-Modelle und, sicherheitshalber, auch noch eine Ergänzung zu meinem Matador-Baukasten. Natürlich war das etwas unverschämt, aber man muss dem Christkind ja schließlich eine gewisse Auswahl bieten. Am liebsten hätte ich eine Garage und eine Tankstelle, denn ich habe einen Lego-Straßenplan, auf dem man Gebäude aufstellen und Autos fahren lassen kann. Leider fehlen mir noch ein paar Gebäude, bis er wirklich voll ausgebaut ist. Die Garage hat sogar eine automatische Tür, die aufklappt, wenn ein Auto auf die Platte vor dem Tor fährt.

Um vier Uhr nachmittags gibt es Kaffee für die Erwachsenen, Kakao für uns und Lebkuchen. Der Rest der Weihnachtsbäckerei darf vor der Bescherung nicht angerührt werden. Danach wird die Familie hübsch angezogen, was für mich Anzug und Krawatte bedeutet – und es wird der Friedhof besucht, wo wir auf dem Grab der Vorfahren die Kerzen auf einem kleinen Christbaum anzünden. Dazu spielt ein Quartett der örtlichen Blasmusik weihnachtliche Weisen. Leider hat der Regen zugenommen und es weht ein heftiger Wind, sodass weder Mütze noch Schirm viel nützen und ich ziemlich durchnässt auf dem Friedhof ankomme. Immerhin geht man fast 20 Minuten von uns bis zur Kirche. Papa versucht zwar, die Kerzen auf dem kleinen Christbaum anzuzünden, aber es ist hoffnungslos – Wind und Regen machen alle Bemühungen zunichte. „Ich muss jetzt sowieso wieder heim!" Mama blickt auf ihre Uhr. „Die Erdäpfel! Und die Bratwürstel!" Papa nickt. Ihm reicht es auch, und uns sowieso. „Ich bin schon so müde!", jammert Uschi auf dem Nachhauseweg. „Kein Problem", sagt Papa. „Dann gehst du eben gleich nach dem Abendessen ins Bett!" Daraufhin beginnt Uschi zu heulen. Es ist jedes Mal dasselbe. Ich glaube, sie ist mit dem Heiligen Abend emotional überfordert. Manchmal frage ich mich, ob Uschi und ich einmal genauso sein werden wie unsere Eltern. Mama ständig gestresst, Papa meist mit einer Zigarette in der Hand und einer Bierflasche in Griffweite. Ich jedenfalls habe mir vorgenommen, nicht zu rauchen. Erstens kostet es viel Geld, das ich lieber in etwas anderes investieren möchte. Zweitens stinkt es, und drittens ist es ja angeblich ungesund.

Während Mama Erdäpfel schält und die Bratwürstel in der Pfanne vor sich hin brutzeln, sitzen wir dumm herum, weil der Fernseher nicht mehr eingeschaltet werden darf. „Uschi, du hilfst beim Tischdecken, Siegfried, du holst Opa und Oma von oben!", kommandiert Mama. Papa verzieht sich ins Wohnzimmer, damit er keinen Auftrag bekommen kann. Vor der Wohnzimmertür, die verglast ist, hängt eine alte Decke, damit Uschi und ich auf keinen Fall sehen können, was drinnen geschieht. Eine Vorgangsweise, die ich mittlerweile als absolut peinlich empfinde.

Am Treppenabsatz rufe ich laut nach Oma und Opa. „Es gibt Bratwürstel!" „Schrei doch nicht so!", antwortet Oma von oben. „Es ist Weihnachten! Das ist eine besinnliche Zeit!" Mir ist das noch nicht so aufgefallen, denn Mama und Papa sind auf jeden Fall nicht besinnlich. Und Uschi mit ihrem ständigen Geheule schon gar nicht.

Oma hat sich ihr Dirndl angezogen, das irgendwie so riecht, als wäre es schon seit dem Krieg ungewaschen im Schrank gehängt. Oder ist das der Trachtenanzug vom

Opa? Der fährt mir mit den Fingern durch die Haare. „Na, bist du schon gespannt, was das Christkind bringt?“ Ich nicke.

Um den Küchentisch wird es ein wenig eng, und man bekommt kaum noch Luft, denn Mama hat die Bratrückstände von den Würsteln mit Wasser übergossen, damit Bratensaft entsteht, und dadurch eine gewaltige Dampfwolke erzeugt. Papa raucht Zigaretten und Opa seine Pfeife, und noch dazu steht auf dem Tisch ein gut gefüllter Aschenbecher. „Siegfried, Uschi, ihr bindet euch entweder ein Lätzchen vor oder steckt euch ein Geschirrtuch oben hinein, nicht, dass das schöne Gewand noch angepatzt wird!“ Ich stöhne, hole mir aber ein Geschirrtuch, denn jeder Widerspruch würde ja nur zur Aufheizung der ohnehin angespannten Situation beitragen.

„Magst einen Bock?“, fragt Papa. Natürlich nur Opa, Bockbier ist Männersache. Opa nickt. „Ja, damit ihr dann schon angesoffen unter dem Christbaum steht! Jeder nur ein halbes, hört ihr!“ Mama hat schon wieder diese schrille Stimme, die darauf hindeutet, dass sie nervös ist. Oma nickt zustimmend. „Ist ja nicht das erste heute!“, fügt sie mit einem warnenden Blick zu Opa noch hinzu. „Ich mag aber kein Sauerkraut! Und ich will die Semmel da!“ Uschi zeigt auf die hellste unter den Semmeln, die Mama in den Brotkorb gelegt hat. „Gegessen wird, was auf den Tisch kommt! Wär ja noch schöner!“, brummt Opa. Uschi fängt an zu heulen. „Ein bisschen vom Sauerkraut musst du schon essen. Sonst kommt kein Christkind!“ Mama hat sich gesetzt und die Würstel verteilt, aber ihre Bemerkung hat nur dazu geführt, dass Uschi noch lauter heult. „Jetzt ist aber einmal Ruhe!“, herrscht Papa sie an. Uschi legt noch einen Zahn zu, was ich kaum für möglich gehalten habe. „Der gehört öfter eine geschmiert, dann hört das auf!“ Opa kann sich mit seinen Erziehungstipps einfach nie zurückhalten.

Ich widme mich lieber den Bratwürsteln, die wirklich ausgezeichnet schmecken. Zu Weihnachten muss ich mich wenigstens nicht mit zweien davon begnügen, da gibt es so viele, dass man essen kann, bis man platzt. Uschi wimmert jetzt nur noch leise vor sich hin, und Opas Pfeife stinkt noch mehr, weil er sie ausgeklopft und beiseitegelegt hat. Leider rutscht mir das Geschirrtuch in einem entscheidenden Moment aus dem Hemdkragen, und ein Fettfleck ziert mein Hemd, auch die Krawatte hat etwas abbekommen. „Himmeldonnerwetter!", flucht Mama. „Kannst du nicht aufpassen?" Sie schmeißt ihr Besteck hin. Schon stehen ihr die Tränen in den Augen. Schuldbewusst hole ich ein Geschirrtuch aus der Küche, befeuchte es und tupfe an dem Fleck herum. „Ist ja wurst!", sagt Papa. „Sieht ja eh niemand!" „Ich seh es!", kontert Mama. „Und ich ärgere mich grün und blau!" „Sieh mal, schon weg!" Ich zeige mein Hemd vor, nun mit einem nassen anstatt einem Fettfleck. Mama zieht mich an sich und fährt mit den Fingern über die nasse Stelle. „Noch mal gut gegangen!", murmelt sie.

Natürlich muss vor der Bescherung noch das Geschirr abgewaschen werden, denn einen Geschirrspüler gibt es nicht. Währenddessen trocknet mein Hemd. Ein winziger Fleck ist noch da, aber da kann ich die Krawatte drüberziehen. Opa und Papa ziehen sich ins Wohnzimmer zurück, damit in der Küche mehr Platz ist. Papa zwinkert noch verschwörerisch. „Gleich kommt das Christkind!" Ich fühle mich ein wenig überflüssig und steige noch einmal die zwei Treppen in meine Dachschräge hinauf und hole den Legoplan unter dem Bett heraus, denn den, so hoffe ich, werde ich heute noch brauchen.

Als ich gerade wieder über dem Heft mit dem ersten Satz meines Romans brüte, klingelt das Glöckchen. Nun erfasst mich doch eine Art Unruhe, ich stürze die Stiegen hinunter und betrete das feierlich geschmückte Wohnzimmer. Obwohl es jedes Jahr das Gleiche ist, ist es doch immer wieder ein rührender Anblick. Die Kerzen auf dem Christbaum brennen, darunter liegen ein ganzer Haufen bunt eingepackter Geschenke. Mama strahlt, denn am Heiligen Abend muss gestrahlt werden, auch wenn es noch so viel Arbeit war. „Was singen wir als Erstes?“, fragt sie. Uschi will „Leise rieselt der Schnee“ singen. Als nach der ersten auch noch die zweite Strophe angestimmt wird, werde ich ein wenig ungeduldig. Allerdings ist es Oma, die viel zu schnell singt und keine Pausen einhält. Ich weiß auch nicht, warum sie es so eilig hat. Ich versuche herauszufinden, welche der Pakete mir gehören könnten, um schon Vermutungen anzustellen, was sich drinnen befinden könnte. „Siegfried, das zweite Lied darfst du vorschlagen!“ „Jingle Bells!“, rufe ich, denn das haben wir in der Schule gelernt. „Was?“, fragt Papa. „Kommt ja gar nicht in Frage“, poltert Opa, „dass wir da eine englische Negermusik unter dem Christbaum singen. Das wär ja noch schöner!“ Leider habe ich darauf vergessen, dass alles, was nach dem Krieg aufgenommen wurde, für Opa „Negermusik“ ist, die er nicht akzeptieren kann. Und auf Englisch schon gar nicht. Am liebsten wäre ihm wohl ein Militärmarsch, aber da gibt es für Weihnachten nichts Passendes.

Wir singen dann noch drei oder vier Lieder, bis von den Kerzen auf dem Christbaum Wachs tropft. Außerdem ist es gleich sieben Uhr, und um sieben Uhr singen die Wiener Sängerknaben im Radio „Stille Nacht“, das darf Oma auf keinen Fall verpassen. Papa dreht schon an den Knöpfen am Radio, und Oma deutet mit dem Finger und macht „Sch sch!“, damit ja alle still sind, wenn die glockenhellen Stimmen der Sängerknaben erklingen. Mitsingen darf man nicht und keinen Mucks von sich geben, denn dann heißt es gleich, bei uns fehlt dem Weihnachtsfest die nötige Andacht.

Mir ist furchtbar heiß, aber vor dem obligaten Weihnachtsfoto darf ich das Sakko auf keinen Fall ausziehen. „Foto, Foto!“, schreit Mama auch schon, kaum dass die Sängerknaben die dritte Strophe hinter sich gebracht haben, weil Uschi sich auf den Boden setzt, um mit dem Auspacken zu beginnen. „Also, besinnlich ist das nicht!“, meckert Oma. „Ich würde schon noch gerne die Weihnachtsansprache von unserem Herrn Kardinal hören!“ „Ich pfeif auf deinen Kardinal! Prost!“ Opa hebt schon wieder sein Bierglas. Dass die Luft dick von Pfeifen- und Zigarettenrauch ist, brauche ich nicht mehr zu erwähnen.

Das mit dem Foto ist auch eine recht umständliche Angelegenheit. Papas Kamera ist ein ganz schön schwerer Apparat, in dem ein Filmstreifen steckt, der auf keinen Fall mit Licht in Berührung kommen darf. Außer, wenn man ein Foto macht. Und dann wird die Kapsel mit dem Streifen zum Fotografen gebracht, und ein paar Tage später kann man dann seine Abzüge abholen. Wenn man Glück hat, sind die Fotos sogar etwas geworden. Noch umständlicher ist das Fotografieren im Wohnzimmer, denn dazu brauchen wir ein Blitzgerät. Das wird auf den Fotoapparat gesteckt, und im Blitzgerät steckt eine winzige Glühbirne. Und die blitzt genau einmal auf, wenn man ein Foto macht, und dann muss man sie wegschmeißen und eine neue hineinstecken. Und weil das alles teuer und umständlich ist, bedarf es entsprechend umfangreicher Vorbereitung. „Ein bisschen nach links, Adolf, dass man den Christbaum auch noch sieht. Schau nicht so finster, Uschi. Lächeln!“ Dann drückt Mama Opa die Kamera in die Hand. „Und nicht so wackeln wie beim letzten Mal!“, mahnt sie. „Die Bilder waren ganz unscharf! Und die sind teuer! Ich hab extra einen Farbfilm gekauft!“ „Ja, ja!“, winkt Opa ab. Ich bemühe mich, möglichst fröhlich in die Kamera zu blinzeln, obwohl mir der Schweiß schon den Rücken hinunterläuft. „Ich will auch einmal drauf sein!“, beschwert sich Opa, und so wird die ganze Familie noch einmal neu arrangiert, und Papa macht das Foto.

„Zuerst die Kerzen ausblasen!“, ermahnt uns Mama. „Damit ihr euch nicht an den Wachstropfen verbrennt!“ Das muss Papa erledigen, denn er ist der Größte von uns allen und kommt auch an die Kerzen ganz oben heran. Allerdings ist er nicht mehr ganz sicher auf den Beinen und rempelt den Christbaum an, sodass der sich gefährlich neigt. „Um Gottes willen!“, kreischt Mama, aber Papa gelingt es, den Baum wieder in senkrechte Lage zu bringen und die letzten Kerzen zu löschen.

Oma schüttelt den Kopf, während ich das erste Paket mit meinem Namen finde und schüttle. Es klingt nach Lego. Tatsächlich – ich habe ein großes Eckhaus bekommen. „Danke!“, juble ich und will mich schon in mein Dachzimmer verdrücken, um alles aufzubauen. „Hiergeblieben!“, ruft Mama, denn ich muss ja auch noch dabei sein, wenn alle anderen auspacken. „Wahnsinn!“, strahlt Mama, als sie eine venezianische Gondel auspackt. „Die kann man auf den Fernseher stellen, und da ist sogar Licht drin! So eine schöne Erinnerung an Italien!“ Ihr kommen die Tränen. Dabei hat sie die Gondel, da bin ich mir ganz sicher, selber gekauft und Papa dazu gebracht, dass er sie ihr schenkt. „Steckst du sie gleich an?“ Ich dränge mich vor, denn Papa ist mit Zigarette und Bier viel zu beschäftigt. Leider finde ich keine freie Steckdose hinter dem Fernseher, und so muss ich erst ein Verlängerungskabel aus der Werkstatt holen. Als ich zurückkomme, höre ich italienische Musik im Wohnzimmer. „Peppino di Capri!“, grinst Papa. „Die hab ich Mama gekauft. Weil ihr doch die Musik im Café in Caorle so gefallen hat!“ Mama schüttelt den Kopf. „Ja, aber alles, wo es hinpasst! Für zu Hause wäre mir die Callas schon lieber gewesen! Oder irgendeine andere Oper!“ Peppino di

Capri singt „Melancolie in settembre“. Ich finde ihn super. Da kann man vielleicht sogar Italienisch lernen.

Plötzlich ein lautes Knarren. Opa ist mit dem Ellenbogen gegen den Plattenspieler gestoßen, und der Tonarm ist verrutscht. „Die Platte!“, kreischt Mama. Oma jammert. „Weihnachtlich ist das nicht! Und besinnlich schon gar nicht!“

*Seltsam, dachte er. Wenn die Erinnerungen in allen Details wieder auflebten, spielten sich immer die Missgeschicke in den Vordergrund, das, was eben nicht glatt gelaufen war. Wahrscheinlich hatte es damit zu tun, dass diese Geschichten später öfter weitererzählt und über die Jahre immer wieder wiederholt wurden.*

*Insgesamt gesehen hatte er Weinachten sehr geliebt, es war eine magische Zeit gewesen, und für ihn war sie es immer noch. Die Gerüche, die Musik, das gemeinsame Essen und Trinken. Eigentlich hatten sie es doch schön gehabt, es hatte an nichts gefehlt. Vielleicht sollte er seine Schwester und ihre Familie zu Weihnachten wieder einmal einladen.*

*Er schloss den Karton und stellte ihn zurück in den verstaubten Schrank. Das Entrümpeln würde wohl länger dauern, als er sich das vorgestellt hatte.*

## Dank

Das Ende dieses Romans wäre ohne meine Frau Ulrike nicht möglich gewesen, denn es war ihre Idee, die ich in meine Worte gegossen habe. Ganz lieben Dank.

Wenn man 50 Jahre in der Geschichte zurückgeht, fragt man sich natürlich, wer eigentlich maßgeblich daran beteiligt war, dass ich Schriftsteller geworden bin und dieses Buch geschrieben habe. Meine Mutter, Elfriede Dutzler, hat mich vom Kindergartenalter an in die örtliche Bücherei geschleppt und mich mit ihrer Leselust angesteckt. Ihr gebührt dafür Dank.

In der Schule waren es nicht die Deutschlehrer, die mich in die Arme der Literatur getrieben haben, sondern mein (damals blutjunger) Lehrer für Psychologie und Philosophie, Richard Pertlwieser, der uns auch als Schauspieler und Vorleser (Schnitzler und Karl Kraus!) fasziniert hat. Ihm gebührt dafür ebenfalls Dank.

Schließlich bedanke ich mich ganz herzlich beim Team des HaymonVerlags, allen voran bei meiner Lektorin Linda Müller und meinem Verleger Markus Hatzer dafür, dass sie einem Krimiautor die Chance geboten haben, zu zeigen, dass noch mehr in ihm steckt.

Herbert Dutzler entführt diesmal nicht ins Revier des Altausseer Polizisten Franz Gasperlmaier, sondern in die Zeit seiner eigenen Kindheit. Die Welt seines Protagonisten Siegfried kennt Herbert Dutzler ganz genau: Auch er ist in den sechziger Jahren aufgewachsen, hat Kracherl geschlürft und sich mit Winnetou in den Wilden Westen geträumt.